あの日のあなた

遠田潤子

ハルキ文庫

JN184185

角川春樹事務所

あの日のあなた

序章

梅雨入りの日は、日暮れから雨になった。

はじめはしょぼしょぼと小雨が落ちていたのだが、家まであとすこしというところで突然激しく降りだした。在《ある》は図面の入った角筒を抱え直すと、慌てて駆けだした。大学から真《ま》っ直《す》ぐ家に帰ればよかった、と思う。父の誕生日は来週。まだすこし日にちがある。プレゼント選びは明日でもかまわなかったからだ。

跳《は》ねを上げながら、在は石畳の堤を駆けた。行人川《ぎょうにんがわ》の堤は柳の並んだ遊歩道になっている。晴れた日は気持ちのいい川だが、雨が降るとすぐに増水した。今も、あっという間に水嵩《みずかさ》が増していくのがわかる。

背を丸めて走りながら、在は考えた。プレゼントはなにがいいだろう。大学生のバイト代で買える値段で、洒落《しゃれ》て気の利いた小物だ。できれば一生物がいい。父は良いものを長く使う主義で、独身時代からの万年筆やら本やら椅子やらを大事にしている。迂闊《うかつ》なものはあげられない。

白蝶《しろちょう》神社を過ぎて、堤の横手に刻まれた石段を駆け下りる。ビルの並ぶ広い通りに出て、大きな交差点を越えた。ここからは旧市街だ。すぐに堀割沿いの小道になる。旧市街の中心は白蝶町で、そのシンボルが堀割だ。行人川から引いた水を流す堀で、家々の前をぐりとめぐっている。町の人は「お堀」と呼んで昔から大切にしていた。

アスコットタイは一昨年、帽子は昨年。父のイニシャル、片瀬《かたせ》和彦《かずひこ》のK.Kを刺繍《ししゅう》した麻のハンカチをあげたのはいつだったか。今年はどうしよう。カジュアルなシャツ？　それとも、スニーカー？

雨はいよいよ激しくなる。風がないだけマシだが、雨音がすさまじくて自分の足音も聞こえないくらいだ。眼の前もかすんでいる。真っ直ぐ続く黄土色の土塀と白のカキツバタが、雨に煙って溶けたようだ。

ネットでなにか探してみるか。だが、実物を見ないで選ぶのは怖い。間に合わせの使い捨てではいけない。父にふさわしいのは一生使えるもの、死ぬまで大切にできるものだ。

在は最後の角を曲がった。もう完全にずぶ濡《ぬ》れだ。足に貼り付いたジーンズが気持ち悪い。まさか角筒の中まで雨が浸みていないだろうか。日曜日を潰して仕上げた課題の製図だ。だめになったら大変だ。腕の中でかばうように抱え直し、すこし前屈《まえかが》みで走り続ける。

やがて、屋根付きの大きな門が見えてきた。やっと着いた、とほっとする。お堀に架かる橋を渡って、門の下に駆け込んだ。

お堀沿いに並ぶ家は、みな家の前に専用の石橋を架けている。それぞれの橋を渡ってお堀を越えると、門と玄関になるというかたちだ。石橋の脇に咲く白のカキツバタはすっかり満開だった。お堀地区では、石橋のたもとや門の周りには必ず白のカキツバタを植える。黄土の土塀、石橋、そして白いカキツバタ。これがお堀に並ぶ家の決まりだ。

　一息ついて門を開けようとすると、中から開いた。

「うわ」思わず驚いて声が出た。角筒を落としそうになる。

　立っていたのは父だ。父はすこし驚いた顔をしただけで、すぐに気持ちよく笑った。

「ああ、在か。おかえり」

　父の涼しげな笑顔を見ていると、在は無様《ぶざま》に驚いた自分が恥ずかしくなった。今日の父の格好はオリーブグリーンのシャツにチャコールグレーのパンツ。ただそれだけだが、父が着ると普通ではない。こんな雨の中でも鮮やかで際立っている。単純にすごいと思う。すこし見とれてから、気を取り直して言った。

「父さん、ただいま」

「びしょ濡れだな」父はいたずらっぽく笑った。「小学生みたいだぞ」

　全身ずぶ濡れでジーンズの裾は泥だらけ。たしかに小学生だ。父なら、と思う。片瀬和彦なら雨に濡れてもこうはならない。それどころか、濡れたらもっと男前が上がる。

「廊下を濡らすなよ」父は深鼠色《ふかねずみいろ》の傘を差した。「ちょっと出てくる」

「今から？　夕飯は？」

「百合《ゆり》を買ってくるだけだ。すぐに戻るよ」

「こんな雨の日に？　明日にしたら？」

父は黙って微笑《ほほえ》んだ。すこし照れくさそうだった。

「わかった。じゃあ、待ってる」

在は思わず苦笑した。父は百合が好きでいつも書斎に飾っている。子供っぽいこだわりだが、父がやればなぜか渋く思えるから不思議だ。

父は石橋を渡りかけ、ふと真ん中で立ち止まった。振り返って、じっと見つめる。瞬間、眼に陰が射した。

「……びしょ濡れだな」

さっきと同じ台詞《せりふ》だが、口調はまるで違う。なにか淀《よど》みのようなものが感じられた。思わず父の顔を見た。だが、もう父は笑っていた。いつものように愛嬌《あいきょう》たっぷりに笑った。

「今度、和室に手を入れようと思う。お前もすこし考えておいてくれ」

「またリフォーム？　今度はなにを作るの？」

「さあな」父は軽く微笑んでから背を向けた。

やがて、ガレージから聞き慣れたVQエンジンの響きが聞こえてきた。父のスカイラインは心地よい音を立て、雨の中を出ていった。すごいな、と思う。父が運転するとスカイラインのエンジン音すら上品に聞こえる。

家に入って、まず二階の自分の部屋で着替えた。一日中閉めきっていた部屋は蒸し暑かったので、窓を半分だけ開ける。風がないので雨が吹き込むことはないはずだ。念のため角筒の中を確かめる。引いたばかりの製図は無事だったのでほっとした。

夕食の支度をしようと台所に行くと、御飯と味噌汁《みそしる》の用意はできていた。父が出かける前に作っていったらしい。冷蔵庫をのぞくと鰹《かつお》のタタキがあったので、薬味の用意をした。ニンニクは薄切り、生姜《しょうが》はすり下ろし、ネギはみじん切り。母が死んで二年。自分でもずいぶん上手になったと思う。鰹のタタキだけでは食卓が寂しいので、新ジャガイモでサラダを作った。あとは、父が帰ってきたら並べるだけだ。

炊き上がった御飯を仏壇に供えていると、突然風が出てきた。ごうっと空がうなって、あられのような雨粒が窓ガラスを叩《たた》いている。すさまじい音だ。

やばい、と一段とばしで階段を駆け上がる。部屋へ飛び込むと、青焼きやらレポート用紙やらが床一面に散乱していた。慌てて窓を閉めて拾い上げる。ざっと見たところ、濡れているのは紙の端だけのようだ。線の滲《にじ》みもない。ほっとした。

念のため、他の部屋も見て回った。階段を下りて、キッチン、リビング、仏間と一部屋ずつのぞいていく。最後に、暗い廊下を歩いて突き当たりの秘密基地に向かった。

廊下の奥には父の書斎がある。古いドアの前に立つだけで、すこし緊張してくるのがわかった。幼い頃からの刷り込みのせいだ。

あれは、まだ在が幼稚園に通っていたときだ。設計事務所に勤める父は、仕事を持ち帰ることも多かった。幼い息子のいたずらを恐れたのだろう。在の肩に手を置き、こう言った。

――ここは父さんの秘密基地なんだ。だから勝手に入っちゃだめだぞ。男と男の約束だ。

今から考えれば相当に恥ずかしい台詞だ。なのに、父が言うとすこしも不自然ではなかった。片瀬和彦は爽やかに微笑みながら、軽々と言ってのけたのだ。

大学生になった今でも、在は約束を守っている。中に入ったことは一度もない。父の資料を借りたいときでも、頼んでわざわざ持ってきてもらう。死んだ母も立ち入りを禁じられていた。書斎は完璧な秘密基地だった。

廊下の突き当たりで逡巡《しゆんじゆん》した挙げ句、在は踵《きびす》を返してリビングに戻った。どんな理由があろうと父の書斎に入るわけにはいかない。あそこは父の秘密基地。父の世界だからだ。

リビングの窓から眺めると、風が渦を巻いて吹き荒れていた。梅雨入りどころか台風並みだ。雨の塊が窓ガラスにぶつかり、滲んだ巨大な輪を作りながら、ひっきりなしに流れ落ちていく。庭の金木犀《きんもくせい》がねじれて揺れていた。

暖炉からごうごう音が聞こえてくる。外の風が煙突の中で渦を巻いて、反響しているからだ。

「クロ、おまえはこの音が嫌いだったよな」

在は柴犬の写真に語りかけた。マントルピースには写真が二つ並んでいる。母とクロだ。二年前に母を亡くして以来、在は父と助け合って暮らしてきた。大学と家事の両方をこなすのは大変だったが、父も忙しい仕事の合間を見て手伝ってくれた。おかげで、最近ではすっかり家事が上達した。米も炊けるし、揚げ物もできる。アイロンも掛けられるし、晴れた日には布団を干すのを忘れない。

――いつもすまんな。在のおかげで助かる。

父はどんなときもさらりと感謝を口にした。軽く肩に触れ、にっこりと笑う。完璧な笑顔だ。

在もさらりと返せればいいのだが、父のようにはうまくできない。仕方なしに、「父さんは草取り担当でいいよ」とごまかすことにしている。照れたような怒ったような格好の悪い返事になるのだが、父はやっぱりさらりと気づかないふりをしてくれる。そして、いよいよ思う。やっぱり父にはかなわない、と。

寂しい暮らしにも慣れた。生活とは慣れだと思う。大抵のことには慣れられる。母が死んだとき、クロが死んだときはどちらも哀しくて苦しくてたまらなかったが、やがて慣れた。今では普通に暮らしている。これもやっぱり父のおかげだ。

腹が減ったので時計を見た。それにしても遅い。父が出ていったのは六時過ぎ。今はもう七時半だ。百合を買ってすぐ戻るはずなのに、一体どうしたのだろう。気が変わってスポーツジムにでも寄っているのだろうか、と携帯を見たがメールは来ていない。在からメールを送ってしばらく待ったが、返事が来ない。運転中なのかもしれない。

せっかくの日曜だ。父とゆっくり食べたいので、気長に待つことにした。ソファに寝転がってボクシングのタイトルマッチを眺める。ほとんど打ち合わないまま試合が進んでいった。なんだかいろいろとひどい。ボクシング好きの父が見たら顔をしかめるに違いない。

八時半になったが、まだ父は帰ってこない。あまり遅いので携帯に掛けてみた。だが、父は出ず、そのまま留守番サービスに繋《つな》がった。

「在です。遅くなるようだったら、連絡ください」

もうすこしだけ待ってみよう、と思った。やがて、ボクシング中継はすこしも盛り上がらないまま、終わってしまった。判定も微妙だ。腹も減りすぎてどうでもよくなってきた。

父からの連絡は一向にない。なにかあったのだろうか、と在は心配になってきた。この雨だ。まさか事故でも起こしたのだろうか。だが、それなら連絡が来るはずだ。もしかしたら、顔の広い父のことだ。偶然だれかと会って食事をしているのかもしれない。連絡がないのはおかしいが、仕事をしている以上やむを得ないこともあるだろう。

諦めて、在は先に食事を済ませた。残った鰹のタタキとサラダはラップを掛けて冷蔵庫に入れた。

九時を過ぎて電話が鳴った。警察からだった。

父が事故を起こし病院に運ばれたという。在は車のキーを引っつかんで家を飛びだした。外はどしゃ降りだ。フォルクスワーゲン・ゴルフに乗って車庫から出る。アクセルを踏もうと思った瞬間、息を呑《の》んだ。

眼の前に少女が立っている。

在は慌ててブレーキを踏んだ。がくんと前のめりになって、シートベルトが食い込む。タイヤが滑ったが、なんとか止まることができた。

ほっとして顔を上げると、ヘッドライトに浮かび上がったのはセーラー服の少女だ。傘も差さずにずぶ濡れだ。水色のスカーフ、下ろしたまま結わない長い髪が額に、首に、胸に貼り付いている。慌てて車を降りた。

「大丈夫ですか？」

知らない顔だ。近所の人間ではない。少女はじっとこちらを見ていたが、突然くるりと背を向けると駆けだした。

いきなりのことで声が出ない。少女はあっという間に角を曲がって見えなくなった。在はしばらくの間立ち尽くしていた。今の少女は一体だれだ？　うちの家に用事があったのか？　わけがわからない、と首をかしげたとき、道路に白いものが見えた。少女の立っていたあたりになにか落ちている。なんだろう、と近づいてはっとした。

百合だ。百合の花が一輪、雨に濡れた道路に落ちている。

なぜ百合がこんなところにあるのだろう。父が買ってきたものか？　では、父は一度家に戻ってきたのか？　それとも、あの少女の落とし物だろうか。在はあたりを見回し少女の姿を探した。だが、もうどこにも見えない。雨が激しく打ち付け、堀の水がごうごう音を立てているだけだ。

そのとき、はっと気づいて我に返った。今はこんなことをしている場合ではない、早く病院に行かなければ。在はゴルフに飛び乗り、濡れた手でハンドルを握った。雨の中、思い切りアクセルを踏む。死んだ母が乗っていた車だ。母の形見だと思って大切に乗ってきた。これほど乱暴に運転するのは、はじめてだ。ひっきりなしに冷たい汗が背中を流れる。

背中にもワイパーが欲しい。

病院に着くと、夜間出入り口から入った。喉がからからだった。震える足で廊下を走ると、転びそうになった。

父は集中治療室にいた。既に意識はなく、かろうじてモニターの波形でその生が確認できるだけだ。顔半分は包帯に覆われ、鼻と喉にはチューブが差し込まれていた。点滴スタンドに吊《つ》り下げられた輸液バッグには、黒の油性ペンで片瀬和彦と書かれている。その名前を見て、ようやく目の前で死にかけている人間が父だということを実感した。

在にできることはなにもなかった。父の横で呆然《ぼうぜん》としていると、看護師が気を遣って声を掛けてきた。

「ほかのご家族のかたに連絡はお済みですか？　あと、お勤め先には？」

その言葉でようやく頭が動きだした。そうだ。弁護士に連絡しなくてはならない。急いで廊下に出ると、中川《なかがわ》という顧問弁護士に連絡を取った。中川弁護士は片瀬家とはつきあいが長い。父の祖父、つまり在の曽祖父の代からの関係だと聞いていた。

「和彦くんが？」中川弁護士は在からの連絡に一瞬絶句したが、すぐに落ち着いた声で指示をくれた。「在くん。すぐに私も病院に行く。落ち着いて待っていなさい。今はとにかく、一秒でも長くお父さんのそばにいてあげることだ」

「わかりました」なんとか返事をした。

「必ず和彦くんを看取《みと》ってあげなさい。ひとりでは絶対に死なせちゃいかんよ」中川弁護士は力を込めて言った。「和彦くんをひとりにしちゃいけない。絶対に君が看取ってあげるんだ」

中川弁護士が到着したのは一時間ほどした頃だった。初老で気のいい弁護士は汗だくになりながら、病院、警察、保険会社への対応を引き受けてくれた。在はただひたすら父のそばにいた。

父は医師の予想時間が過ぎても、まだ生きていた。だが、とうとう最期のときがやってきた。

点滴の針の刺さった父の腕がかすかに動いた。はっとして在は父を見つめた。父の手はなにかをつかもうとするかのように、軽く開き、そして閉じた。まだ血のこびりついたままの切れた唇が震え、わずかに歯がのぞく。在は思わず息を呑んだ。

父が笑っている。幸せそうに笑っている――。

父は半分潰れた顔のまま、幸せそうに笑っていた。次の瞬間、モニターから耳障りな警告音が鳴った。医師と看護師が飛んできて、手順どおりの蘇生《そせい》措置を行った。在はその様子をただぼんやりと眺めていた。とてつもなく混乱していた。なにが起こっているのか、まるで理解できないような気がした。そして、午前三時二十八分、父の死亡が確認された。

「……在くん、大丈夫かい？」

声を掛けられ、在は我に返った。いつの間にか横に中川弁護士がいる。弁護士はゆっくりとうなずきながら言った。

「口許《くちもと》が穏やかだよ。きっと和彦くんは苦しまずに逝ったんだろう」

在は返事ができなかった。違う。あれはただ穏やかな口許ではない。笑みの名残だ。父は苦しみ抜いた挙げ句、笑みを遺《のこ》して死んだ。

「在くんに看取られて、和彦くんも心残りはなかっただろうよ」

たしかに父は満足そうに笑った。だが、それは僕が看取ったからではない、と思った。父は僕ではないなにかに満たされ、微笑み、そして死んだんだ――。

遺体の処置があるため、一旦部屋の外に出ることになった。

「もう在くんひとりなんだからね。しっかりしないと」中川弁護士の眼は赤かった。「和彦くんから手紙を預かっているんだ。書類はいろいろあるけど、緊急に開封するよう言われているのは、この一通だけだから」

「手紙のことなら父から聞いています。すべて中川さんにお任せしていると」

「なら話が早い。万一のときはすぐに確認するよう頼まれている。今、大丈夫かい？」

中川弁護士がバッグから封筒を取りだした。ごく普通の上質の封筒だ。堅く封がされている。在はひとつ息をした。手が震えている。落ち着け、ともう一度深呼吸をした。封を切ると、きれいな折り目のついた便箋《びんせん》が一枚。几帳面《きちょうめん》な父の字が飛び込んできた。

葬式不要、戒名不要、弔いごと一切不要。書斎の机の中の書類は決して目を通さず、すべて処分すること。以降、書斎への立ち入りは厳禁とする。以上のこと、固く頼む。

ある程の　百合投げ入れよ　棺《かん》の中

便箋を手に、在は呆然とした。想像もしなかった父の遺言だ。わけがわからない。なぜ、弔いごと一切不要なのだろう。理解できないことはまだある。それに、どうしてここまで書斎にこだわるんだ？　書斎の机の中にはなにがある？　父にとって書斎とはなんだ？　そして、ある程の……というなにか俳句のようなもの。これは辞世の句というものなのか？　父は棺に百合を入れてほしいのだろうか。

「父さん、あなたは一体――？」

手紙を握り締め、在は暗い廊下に立ち尽くした。

＊

父が事故に遭ったのは、家からすこし離れたバイパス道だった。行人橋の架け替え工事のため、つい先日から迂回路《うかいろ》が設定されていた。

激しい雨で視界は悪かった。工事区間を示す赤色灯もよく見えなかったという。父は分岐直前で迂回路に気づき、慌ててハンドルを切った。だが、車は曲がりきれず、ガードフエンスを突き破った。そして、工事途中の橋脚にぶつかった後、河川敷に裏返った。即死でなかったのは奇跡だった。

もともと通行量の少ない道路だった。工事中で見通しも悪かった。父の車が発見されたのは、事故を起こしてから一時間以上経《た》ってからだった。父はその間、車の中で苦しみ続けたという。

父のスカイラインはレッカー業者の保管場にあった。無惨に変形した車を見て、在は言葉を失った。美しかった3ナンバーボディが酷《むご》たらしくひしゃげている。運転席側のドアはなくなっていた。衝突の衝撃で開かなくなったので、父を出すためには切断するしかなかったそうだ。中をのぞくと、シートも計器パネルも血で汚れていた。途端に息が詰まった。立っているのがやっとだった。

スカイラインV36。しかも限定生産の特別仕様車だ。父がどれだけこの車を大切にしていたか知っている。父はスカイラインが好きだった。若い頃からずっとスカイラインだけを乗り継いできた。いつも色は白。ほかの車を検討したことすらない。

警察の話によると、父の車はかなりスピードが出ていたらしい。だが、在はその説明に納得できなかった。父は決して無茶な運転はしなかった。免許を取ってからずっと無事故無違反で、いつも性格のとおり穏やかで気持ちのよいドライブをした。その父があんな雨の夜に車を急がせるなど変だ。ふと魔が差したのだろうか。

在は唇をかんだ。夕飯の約束をしなければよかった。待ってる、なんて言わなければよかった――。

そのとき、助手席の足許になにか黒いものが見えた。身をかがめてのぞき込むと、油となまぐさい血の臭いに混じって甘く強い芳香が鼻を襲った。

落ちていたのは花だ。しおれた花が一輪。暗赤色をした百合、黒百合が一輪だ。

そのとき、はっと気づいて思わずうめいた。黒ではない。白だ。白百合の真っ白な花弁が父の血で赤黒く染まっている。在は思わず手を伸ばした。これは父が最後に買った百合だ。父の形見の百合だ。

指が触れた途端、血に汚れた花弁は堪《た》えかねたかのように、はらはらと散った。

1

棺にある程の百合《ゆり》を投げ入れ、在は父を見送った。一切の弔いごと不要、と記した父の希望を尊重し、通夜も告別式もしなかった。仕事の関係で最低限の連絡は必要だったが、弔問、香典はすべて固辞した。父方にも母方にも親戚はないので、斎場まで来てくれたのは中川弁護士だけだった。

父の骨を抱え、在はひとりで家に戻った。

「ただいま」

ドアを閉めながら、暗い廊下の奥に声を掛ける。だが、返事はない。習慣で数秒返事を待ち、それから気づいた。

お帰り、と答える父はいない。廊下奥の書斎のドアが開くことはない。父が気持ちよく笑うこともない。父はもういない。そして、思い直した。――いや、いる。ここにいる。在は胸に抱えた白布の包みを見下ろした。父はここにいる。骨になってここにいる。

数日前から閉めきったままなので、家の中は空気が淀《よど》んでいる。父の骨を抱えたまま、在はリビングのソファに腰を下ろした。スウェード張りのソファはじっとりと湿って、背中に嫌な寒さを伝えてくる。だだっ広いリビングは普段から陽当たりが悪い。以前、改築した際に窓を広げたのだが、それでもやはり薄暗い。梅雨時は毎年こんな感じだ。

大理石のテーブルに、中川弁護士から受け取った封筒が置いてある。その横に遺骨を並べた。

あれは今から二年前のことだった。母の葬儀が済んだ後、父に呼ばれた。父は封筒を示してこう言った。

——中川さんにこの手紙を預けておく。私が死んだらすぐに開いてくれ。

遺言状だろうか。こんな心配をするなど、妻を亡くして気弱になったのだろうか。心配になって父の顔をじっと見た。だが、そこにあったのは普段どおりの穏やかな笑顔だった。

——うちは親戚がないからな。私が死んだらおまえひとりになる。後始末をすべてひとりでやらなきゃならん。大変だぞ。面倒が山のように押し寄せてくるからな。

そのとき、眼の前の封筒は父の死を連想させた。縁起でもないと不安になったが、それを口に出すのは恥ずかしかった。父が僕にさらりと覚悟を強いるなら、と思った。僕もさらりと覚悟をしなければならない。

——なにかわからないことがあったり、煩わしいことが起きたら、中川さんに相談すればいい。長いつきあいだから、うちのことは何でも知ってるからな。頼むぞ。

父は軽く在の肩を叩《たた》き、やっぱりさらりと微笑《ほほえ》んだ。

いつかその日が訪れることはわかっている。だが、それはずっとずっと遠い先のことだ。

父はまだ四十五歳だ。あと三十年は元気で生きる。今から心配する必要などない。そう思って、無理矢理自分を納得させた。

まさか、こんなに早く封筒を開くことになるとは思わなかった。在は途方に暮れてテーブルの上の白布包みを見下ろした。母のときは世間一般のことを行った。通夜、告別式、初七日、四十九日、納骨と手順どおりに進め、父はなにひとつ文句を言わなかった。なのに、自分のときだけは一切の儀式を拒否というわけか。たったひとりになった在に気を遣ってのことだろうが、ひどく寂しい心持ちがした。

「父さん、これからどうしてほしい？」

父の骨に訊《たず》ねてみた。一切の弔いごと不要ということは、あらゆる儀式を拒否するということだろう。仏壇も線香の一本もお断り、ということだ。ならば、父の骨の居場所は仏間にはない。

「そりゃ、ここにいても僕はかまわないけどさ」

さらりと冗談めかして話しかける。だが、リビングのテーブルの上に父の骨を置いたままというのは、どう考えてもおかしい。ぐるりと部屋を見渡し、暖炉に眼を留めた。マントルピースの上というのはどうだろう。母とクロの写真も飾ってある。骨を置いてもおかしくはないかもしれない。横に父の写真を並べれば、儀式色のない祭壇になるだろう。マホガニーのマントルピースの上に骨を置いてみる。暗赤色の天板の上だと、白い布包みはどきりとするほど映えた。

「なあ、父さん。母さんとクロの横ならいいだろ？」

父は評判の愛妻家だった。そして、クロをかわいがっていた。父もここなら満足のはずだ。在はソファに戻って腰を下ろした。

途端にぶるっと身体が震えた。やはり寒いリビングだ。本格的な暖炉のある豪華なリビングだが、三十畳近くあるせいで冷暖房が効きにくい。

父が事故に遭った日、和室のリフォームを口にしていた。どうせなら、普段あまり使わない和室よりも、このリビングをリフォームするべきではなかったか。

だが、結果的にはあれが父との最後の会話となったわけだ。父の希望をかなえるべきだろうか、と考え、ふっとあの言葉が浮かんだ。

——ある程の　百合投げ入れよ　棺の中。

生前、父は週に一度、百合を買って帰ってきた。他の花だったことはない。いつも百合だ。しかも、一輪。一輪だけの百合は父の書斎専用だった。そのとき在はぞくりとした。

父が死んだ夜、家の前に立っていた少女がいる。少女が去った後には百合が落ちていた。まさか、あの少女は百合を投げ入れに来たのだろうか。

ソファに寝転がって、在はため息をついた。あの少女は一体何者なのだろう。父とはなにか関係があるのだろうか。セーラー服を着ていたが、見かけない制服だ。在が知る限り、この近くにあんな制服の学校はない。

そのとき、ふいにおかしな気持ちになった。もしかしたら、あれは幻だったのではないか？　父の事故というショックを受けた頭が生みだした妄想、幻覚の類《たぐい》ではないか？　いや、それとも、まさか幽霊か？

そこで我に返った。ばかばかしい。これはただの逃避だ。くだらないことを考えて、父の死の衝撃から逃げているだけだ。少女はたしかに生きていた。幻でも幽霊でもない。その証拠に、落ちていた百合は本物だった。青くて甘い香りがしたし、手に取ると黄色の花粉が散って服について取れなくて困った。

寝転がったまま、リビングを見渡した。この家は戦前に父の祖父が建てたものだ。早くに両親を亡くした父は、ここで祖父母に育てられた。当時としては珍しく、台所、食堂、居間、書斎、子供部屋がきちんと独立した設計だ。外観は大正モダンの名残を残す和洋折衷で、お堀に沿って並ぶ和風の家ともきちんと調和していた。

だが、とにかく古い家なので使い勝手は悪かった。特に水回りの設備の古さは致命的だった。父は母と結婚してから、台所、風呂、洗面、トイレを順番に作り直した。一カ所手を入れると他の部分とそぐわず、また新たな工事が必要になる。おかげで何度もリフォームを繰り返すことになった。リビングを改装して暖炉を作ったときには工事の最中に台風が直撃し、ブルーシートが飛ばされないかとひやひやしたものだ。

生前、母は建て替えを望んでいた。だが、父が反対した。

――古いといっても構造はしっかりしてる。大事にしてやらないと家がかわいそうだ。

一級建築士の父がそう言っているのだ。母はあっさり諦めた。

たしかに、簡単に取り壊せる家ではなかった。白蝶町《しろちょうまち》のお堀沿いの家々は、条例で町並み保存地区に指定されている。市の観光課では国から伝統的建造物群保存地区の指定を受けようと、懸命に運動しているところだった。

やがて、家はレトロな外観に最新設備のキッチン、バスルーム、それにモデルルームのような暖炉付きのリビングルームという、ちぐはぐな様子になった。だが、その豪華なリビングは陽当たりが悪いせいで、天気の悪い日は昼でも照明が必要だ。雨が降れば芯《しん》から冷え込む。お堀からの湿気が上がってくるからだ。この家で一番陽当たりの良い部屋はどこかというと、昼間は誰もいない父の書斎——廊下の突き当たりの秘密基地だった。

昔、一度だけ訊ねたことがある。たしか、在が小学校二、三年の頃だった。

——お父さんはどうしてそんなに百合が好きなの？

すると、父はすこし怒った顔をつくった。秘密基地の内部を詮索《せんさく》するのはスパイ行為と同じ、重大な信義違反ということだ。

——秘密だ。

それだけ言って、父は静かに書斎に消えた。その背中は氷でできているように見えた。だが、今から思えば、それは勘違いだ。あれはただ怒ったふりをしただけだ。冗談めかして言っただけで、本気で責める様子などなかった。なのに、そのときの在には死刑判決と同じくらい怖《おそ》ろしく響いた。

僕は男と男の約束を破った裏切り者だ。きっと、もう二度と信用してもらえない。お父さんに嫌われてしまった――。

幼い在は軽いパニックを起こした。今すぐ詫《わ》びて、許してもらわなければならない。そう思って、父の後を追った。だが、廊下の突き当たりで立ちすくんだ。この先は書斎だ。父の秘密基地だ。父がなによりも大事にしているところだ。ここに入れば、今度こそ本物の悪者になってしまう。

ひるんだ在は声も掛けられず、ドアをノックすることもできず、ただ黙って廊下に立ち尽くした。そして、ただひたすら父が出てくるのを待った。何時間も何時間もだ。

あれも雨の日だった。梅雨に入って間もない頃、冷たい雨が降り続いて行人川が増水し、家の前のお堀も溢《あふ》れんばかりに水が流れていた頃だ。

秘密基地のドアが開いたのは、もう夜も更けてからのことだった。父の顔を見た途端、在は泣きだした。ごめんなさい、ごめんなさい、と何度も何度も謝った。最後はもう言葉にならなくて、ただ泣きじゃくるだけだった。父は驚き、それから苦しそうな顔をした。そして、膝をついて抱きしめてくれた。

――すまん。

父が絞りだすように言った。在の名も呼ばず、いつものように気の利いた台詞《せりふ》もなかった。

父の胸の中で泣きながら在は絶望した。完全に父に嫌われたのだと思った。だが、次の日になると、父は完全にいつもの父に戻っていた。快活で、優しく、愛嬌《あいきょう》たっぷりに笑う完璧な父にだ。

　翌日は朝から天気が悪かった。薄曇りの空は今にも降りだしそうだ。リビングの雨戸を開けると、梔子《くちなし》の香りが流れ込んできた。庭には、ぽつぽつと小指の先ほどの青い芽が見える。次に雨が降れば一面に草が茂るだろう。放っておけば、すぐに手がつけられなくなる。父はいないので、これからは自分ひとりで庭の手入れをしなければならない――。

　在は胸が苦しくなった。こんな些細《ささい》なことで思い知らされる。もう父はいない、と。

　バカ。落ち込むな。元気を出せ。そう言い聞かせて雑用を片づけることにした。電気、ガス、水道、電話にNHKなどなど。それぞれに電話を掛けて名義変更やらの諸手続きをした。そして、父宛《あて》の郵便物に目を通し、連絡の必要なものとそうでないものをより分け、不要なものはシュレッダーにかけた。気ばかり遣って退屈な作業だ。父の言っていたことは本当だった。確かに「面倒が山のように押し寄せてくる」だ。

　昼からは銀行で手続きを済ませ、それから、父の通っていたスポーツジムに行って退会届を出した。フロントにいたのは、大柄な三十過ぎの女性だった。化粧はせず、ショートカットでやたらと姿勢がいい。インストラクターを兼任しているようだ。父の死を告げると、絶句した。

「まだお若いのに……本当にいい方でしたのに」

震える手で書類を揃《そろ》えながら、女性は眼を潤ませた。

最後に花屋に寄って百合を買った。家に戻ると、真《ま》っ直《す》ぐに書斎へ向かった。

在は緊張しながら廊下を歩いた。秘密基地が近づくにつれ、鼓動が速くなってくる。ドアの前で一旦立ち止まった。ひとつ深呼吸をして、古びた真鍮《しんちゅう》のノブに手を掛ける。表面には細かい傷が無数に付いていて、曇ったようになっていた。この書斎だけは一度も改装したことがない。建てた当時のままだ。思い切ってノブを回すと、重たいドアは上下に軋《きし》みながらゆっくりと開いた。

「父さん、入るよ」

半分開いたドアから頭だけ突っ込み、そうっと部屋をのぞいてみる。父が死んだ今、もうなんの遠慮もないというのに、なぜかこそこそしてしまう。刷り込みとは怖いものだ。

一歩入った途端、むせそうになった。部屋中に甘酸っぱい奇妙な匂いが満ちている。反射的に、手で鼻と口を覆った。この甘ったるい匂いには憶《おぼ》えがある。百合だ。だが、おかしい。ざっと部屋の中を見回したが、花など見当たらない。

部屋の中央に進み、もう一度ぐるりと見渡した。広さは十二畳ほどか。床板は最近よくあるフローリングではなく、古めかしい寄木だ。壁は漆喰《しっくい》塗りだが、いたるところで剝《は》がれかけている。下の部分は腰板をめぐらせてあるが、こちらも相当傷が目立った。壁の片側は書棚が並び、その反対には机がある。昭和初期の映画のセットみたいだな、と思った。机の上のパソコンさえなければ完璧だ。

庭に面した一角は、ガラス障子で仕切られた広縁《ひろえん》になっていた。障子は開けたままなので、掃き出し窓にかかるレースのカーテンが見える。在は広縁に出てみた。

広縁の突き当たり、ガラス障子の陰になるところに揺り椅子がある。これも年代物らしい。曲げ木で作られていて、シンプルな曲線が美しい。すっかり陽に焼けて褪《あ》せてはいるが、きっと元は相当よいものだったのだろう。

そのとき、背後から強い芳香を感じた。振り返って、在は息を呑《の》んだ。もう一方の突き当たりに腰程の高さの木製の花台がある。その上に、細身の青いガラスの一輪挿しが置いてあった。花瓶の縁からは、すっかり萎《しお》れた百合がだらしなく垂れ下がっている。半ば腐りかけた花弁は茶に変色し、周囲には黄色い花粉が散らばっていた。

在はしばらく黙って枯れた百合を眺めていた。なにかおかしい。なぜ、父はこんな隅に百合を飾ったのだろう。ここでは机からは完全な死角だ。書斎部分にいれば、まったく花は見えない。広縁の一番奥にある百合を眺めようと思うなら、揺り椅子に座るしかない。

無論、父が揺り椅子に座って身体を休め、百合を眺めていたとも考えられる。だが、ここは部屋の一番隅だ。花を飾るのなら、他にもっと相応《ふさわ》しい場所があるだろう。普段は障子の陰に隠れてしまうような場所に花を置くのは変だ。やっぱりおかしい。

「父さんは欲張りだな。そうまでして百合を独り占めしたかったの？」

自分の声が空っぽの書斎に反響する。居心地が悪くなって、在はひとり笑ってごまかした。枯れていた百合を捨てて水を入れ替え、買ってきた百合を一輪挿しに挿すと、すこし下がって揺り椅子のそばから百合を眺める。青い花瓶に白い花はどきりとするほど鮮やかに映え、薄暗い広縁が途端に輝いて見えた。なかなかいい感じだ。

そっと揺り椅子の背に触れてみた。すると、空っぽの椅子はほんのすこしの力で簡単に揺れた。きい、と軋んで乾いた音が書斎に響く。胸に刺さるような音だ。

瞬間、あの少女を思いだした。父が死んだ夜に見た少女。雨の中、ずぶ濡れになって家の前に立っていた少女。走り去ったあとには百合が一輪落ちていた――。

きりきりと胸が苦しくなったが、慌てて息をして痛みを振り払う。気にしても仕方ない。振り返って父の机を見る。くだらないことは考えず、今はさっさと仕事をしよう。中身は見ずに処分しろとの遺言だ。

几帳面《きちょうめん》な父は机の上を完璧に整頓していた。メモ一枚、ペン一本も転がっていない。出ているのはパソコンだけだ。机には薄い大きな抽斗《ひきだし》がひとつある。机の両側には袖机が置いてあって、それぞれに四段の抽斗があった。

抽斗の中身が気にならないと言ったら嘘《うそ》になる。だが、父の遺言だ。なにも見ずに捨てるしかない。ゴミ袋に放り込むか。それとも、段ボール箱に詰めるべきか。ゴミの収集日を考えていると、携帯が鳴った。中川弁護士だった。

「ああ、在くん。中川です。すこし話があるので、これからそちらにうかがってもいいかな？」

「お待ちしています」

仕方ない。人が来るなら、リビングの掃除が先だ。机の整理はまた今度にしよう。諦めて書斎を出た。

夕方頃に、中川弁護士が来た。暑いねえ、と言いながらリビングに入るなりグレーの背広を脱いだ。髪のない頭頂部から額へと、汗が次から次へと流れてくる。エアコンはつけているが、なにせ部屋が広いのでなかなか効かない。とうとう、懐から大ぶりの扇子を取りだし、ばさばさと使いだした。

「この扇子いいだろ？　柿渋《かきしぶ》なんだよ。この色は朱銹《しゅさび》と言ってね」

もともと気のいい人だが、今日は特に明るい。在を元気づけようとしてくれているらしい。

早くに両親を亡くした父は祖父母に育てられた。父の祖父の親友が初代の中川弁護士だ。今、在が中川さんと呼んでいるのはその息子で、二代目になる。

「ひとりじゃ広すぎてよけいに寂しいね。どう、すこしは落ち着いた？」

「ええ、なんとかやってます」

在が麦茶を出すと、弁護士はすぐに手を伸ばした。グラスを手にマントルピースに眼を向け、父の骨にぎょっとした顔をする。

「あれ、和彦くんかい？」

「なにせ弔いごと不要なので、祭壇も作れず」

「遺言なら仕方ないけど、なかなかびっくりするよ」一息に麦茶を飲み干した。「しかし、和彦くんも不憫《ふびん》な人生だったねえ。葬式ばっかり出してた一生だったよ」

「だから、葬式不要なんて言ったんでしょうか」

「葬式を出す面倒が身に沁《し》みてたんだろうねえ。きっと、在くんにはそんな苦労をさせたくなかったんだろうよ」中川弁護士が空っぽのグラスを恨めしそうに見た。「和彦くんは高校生のときには、もうひとりぼっちだったからね」

「母に先立たれたときは、相当辛《つら》かったと思います。僕の前では気丈なふりをしていましたが」

麦茶のお代わりを出した。すると、弁護士はまた一息で飲み干した。

「ああ、愛妻家だったものねえ。あれは気の毒だった」グラスを置いて小さなため息をつく。「君のお母さんはまさに良妻賢母。似合いの夫婦だったよ」

もし理想の夫婦コンテストがあったなら、在は自信を持って両親を推薦しただろう。片瀬和彦と片瀬由香里《ゆかり》なら、少々古風だが文句なしにグランプリに輝いたはずだ。父は母をいたわり、母は父に尽くした。父は快活で魅力的で、母は優しく美しかった。言葉にするとまるで陳腐だが、それが冗談ではない完璧な夫婦だった。

「今から見れば結婚が早いんですよ。母が二十二歳、父が二十四歳。父は大学出て二年で結婚してるんです」

結婚して翌年には在が生まれた。だが、母は在が十八歳のときガンで死んだ。気づいたときは手遅れだった。

「たしかに。あっという間の人生だったねえ」中川弁護士が目頭を押さえた。

「ほんとにぴんとこないんです。まだ、わけがわからないままで」

「でも、和彦くんも満足してるさ。在くんに看取《みと》ってもらえたんだから」弁護士が汗と涙を一緒に拭いた。「君のお母さんの通夜の席でね、和彦くんはこんなふうに言ってた。——看取ってばかりです、って。そう言って静かに微笑んでたよ。あんなときまで上品で感心したよ」

「看取ってばかり、ですか」

微笑む父がありありと浮かんだ。だが、一方でなにか違和感を覚えた。なんだろう、とすこし考えたが、原因はわからない。腹の底にもやもやとした塊があるようで、もどかしくなった。

「両親、祖父母、奥方。和彦くんは子供の頃からずっと家族を看取ってきたからね。本当に哀しい一生だよ」ひとつ咳払《せきばら》いをして、弁護士は話を続けた。「和彦くんの両親は、和彦くんがまだ小さい頃に亡くなったんだよ。和彦くんのお母さんはなかなか子供ができなかったから、妊娠がわかったときは大喜びだったそうだよ。なのに、息子の成長を見ることもできず、気の毒なことだった」

「そう言えば、父はクロも看取ったんです。ものすごくかわいがってました」

「クロ？　ああ、柴犬を飼ってたね。でも、犬は仕方ないよ。寿命が違うから」ばさばさと渋扇《しぶせん》を使った。「とにかく、自分の息子に看取られて亡くなったんだ。心残りはなかったに違いない。いい顔で亡くなられてたしね」

たしかに父は微笑んで死んだ。だが、あれは僕が看取ったからではなく――。

そのとき、はっとした。先程の違和感の正体がわかった。あれは母の葬儀のときだ。棺を見下ろす父は微笑んでなどいなかった。無表情で闇のような眼をしていた。

――看取られて死ぬ者は幸せだろうな。

普段の父からは信じられない、暗く淀んだ声だった。驚いて父の顔を見つめると、濁ったかげりは一瞬で消えた。

――もう、女を看取るのは嫌だ。僕は女に看取られたいよ。

そう言って、父は不謹慎にならない程度に軽く笑って見せた。

普段、父は「私」と言ったが、プライヴェートでは「僕」と言った。青臭くもなく、歳《とし》を取っても少年を気取っているのでもない。「僕」がごく自然に聞こえる、本当に恵まれた男だった。

そうだ。あれこそが父の本音だ、と思った。父は僕に看取られたかったんじゃない。女に看取られたかったんだ。

「でも、父は『女に看取られたい』って言ってたんですよ」なんとか軽く言おうとした。

「僕じゃだめだったと思います」

「そりゃ、奥方に看取られたかったんだろう。結婚してからずっとおしどり夫婦だったもんねえ。うらやましいくらいの」

中川弁護士は扇子を閉じたり開いたり、ぱちりぱちりと鳴らしている。大ぶりの扇子なので音も大きい。

「結婚する前からだそうですよ」まだ小学生の頃、母から聞いたノロケ話を思いだした。

「母は父に一目惚《ひとめぼ》れしたそうなんです」

母は父と同じで、幼い頃に両親と死に別れた。行く末を心配した親戚が、短大を出たばかりの母に大学を出たばかりの父を紹介したということだ。

「お互いに一目惚れだったんじゃないのかい？　美男美女だから」

「かもしれません」

「こんなこと言っちゃいかんが、奥方が呼んだのかもね。今頃はきっと天国で仲良くやってるよ。みんなが焼き餅を焼くくらいにね」

父は旧家のお坊ちゃんで母は苦労人だった。ふたりを深く結びつけたのは、どちらも親がいないという共通点だろう。父は本当に母を大事にしていた。母の誕生日や結婚記念日にはびっくりするほど豪華な花束を贈った。一抱えもあるバラだったり、変わり咲きのチューリップを集めたものだったり、いかにも高価とわかるものだった。母は喜び、クリスタルの花瓶に活《い》けるとマントルピースに飾った。

「それならいいですね」

すこし心がなごんだ。思わず笑うと、弁護士も嬉《うれ》しそうな顔をした。

「思ったより元気そうで安心したよ。ひとりになってどうしてるかと心配でねえ」

「でも、ほんとはヘロヘロなんです。気がつくと、ぼんやりしてて」

「仕方ないよ。当分はね。でも、在くんはしっかりしてるほうだよ。ひとりきりになったのにえらいよ。なにも手につかなくなって、魂が抜けたようになる人もいるから」

「じゃあ、僕は情が薄いのかもしれない」

「そんなことないよ。在くん」慌てて取りなすように言った。「今は気を張ってるから平気なだけだよ。後でどかんと来る人もいるから」

「そうでしょうか」

「遅れて来ると応えるんだよ」そこで、弁護士は突然思いだしたように言った。「そう言えば、和彦くんの若い頃も落ち着いてたなあ。そう、やたらと平気だったよ」

「看取り続けて慣れてたんでしょうか？」

「かもね。たしか、おじいさんとおばあさんが亡くなったときも、まるで平気な顔してたよ。赤の他人の葬式に出てるみたいだった」

「でも、父は祖父母に育てられたんですよね。なのに平気だったんですか？」

「平気だったよ。よっぽど堪《こら》えてたんだろうねえ」中川弁護士が辛《つら》そうに顔をしかめた。

「でも、父が泣いて取り乱すところなんか想像できないです。お葬式で平気ってのは、いかにも父らしいですよ」

「そう言われりゃそうかもしれないけど」中川弁護士は首をひねって、ぱちぱち渋扇を鳴らした。「……まあ、そんなことより、君が元気でなによりだよ」

「ありがとうございます」頭を下げて、中川弁護士にもう一杯麦茶を注いだ。「父の遺品の整理を思うと、ちょっとうんざりするんです」

「蔵書かい？　それとも、なにか特別なコレクションでも？」

「服の量がすごいんです。古着屋が開けそうですよ」

　身なりにうるさかった父は、服も靴も在の倍はあった。ひとつのブランドにこだわることはなく、よいと思ったものはなんでも着た。イタリアンブランドもあれば、ブリティッシュトラッドもあった。ブルックスブラザーズ、バーバリー、ポール・スミス、ラルフ・ローレン、アルマーニ、ヴェルサーチなどなど。流行に左右されないものを選んで着た。シンプルな麻のジャケットなど、うらやましく思っていたものもある。

「たしかにいつも洒落《しゃれ》た格好をしてたからねえ。なんて言うか、どこにいてもとにかく目立つ人だったよ」

　確かに父はどこにいても際立った。元はモデルか？　と友人に訊《き》かれたこともある。顔はそれなりに整ってはいたが特に美形ではない。なのに、だれが見ても魅力的だった。男の在から見ても、父は文句なしに素敵だった。女が見れば一目惚れしても当然だ。

「そうそう、在くん。実は事故のあった日、和彦くんから私に連絡があったんだよ。留守番サービスに入っててね。また連絡する、って言ってたけど、なにか聞いてたかな」

「いえ。父からはなにも」

　あの日を思いだしてみた。だが、父が言っていたのは和室に手を入れる話だけだ。

「そう。なんだったんだろうね」弁護士は首をかしげた。「それより大学はどうするの？」

「あんまり休めないんです。来週からは普通に行こうと思います」

「ああ、理系はうるさいよね。昔の法科なんてのんびりしてたけどねえ」一瞬遠い眼をする。「でも、残念だね。和彦くんだって、在くんが立派な建築士になるのを見たかっただろうに」

「はは。建築士なんて掃いて捨てるほどいますよ。国家資格と言っても司法試験とは比べものになりませんから」

いやいや、と笑って弁護士はまた麦茶を飲んだ。

「事故の処理は私と保険会社に任せてくれたらいいから。在くんはなにも心配しなくていい。あとは、今週中に役所に行って戸籍謄本と住民票を取ってきてほしいんだよ。印鑑登録はしてる？　まだだったら、ついでにそれもしてきて。今回相続人は在くんひとりだから、手間はかからないよ。揉《も》めることもないしね。じゃ、一応これ読んどいて」

弁護士は「相続の仕組みと流れ」という冊子を渡すと、麦茶を飲み干して帰っていった。たいした用件でもないのにわざわざ来てくれたのは、在を心配してらしい。親身になってくれる弁護士に感謝した。

ひとりになった在はすこしの間、ソファでぼんやりしていた。

父の死は苦しく辛い。当たり前に悲しい。なのに、なぜか涙が出ない。

もともと仲のよい父子だったが、母が死んでからは一緒にいる機会が増えた。休日にはふたりで出かけ、静かな店で食事をした。ブティックをのぞき、父が時間をかけて服を選ぶのにつきあった。

そのことを学校の友人に話すと、みな芋虫でも食ったかのような顔をした。──親父とデートかよ。気持ち悪い、と。だが、一度でも父を見た者は、二度と「気持ち悪い」とは口にしなかった。そして、しみじみと言った。──あんな親父さんがいてうらやましい、と。

父を誉《ほ》められ、在は素直に嬉しかった。自分でも嬉しすぎて恥ずかしいくらいだった。そんな父が死んだのに素直に泣けない。父のことが頭を離れないのに、なぜか涙が出ない。心が詰まったようで苦しい。

母が死んだときはこうではなかった。入院したときから助からないことはわかっていたので、心の準備をする二ヶ月ほどの猶予はあった。それでも、実際に物言わぬ母を見ると辛かった。葬式では涙を堪《こら》えていたものの、自分の部屋でひとり涙をこぼしたことは何度もある。そのあと、半年ほどは辛かった。クロが死んだときもそうだ。勝手に涙が出た。冷たくなったクロを抱き、胸が張り裂けるというのが、決して大げさでないことを知った。

父の死をうまく哀しめず混乱しているのは、あのわけのわからない遺言と少女のせいかもしれない、とマントルピースの父の骨を見た。

「父さん、泣けなくてもいい？」

当然返事はなかったが、在はすこし笑った。シンプルな白布で包まれた父は、骨になってもやっぱりスマートに見えたからだ。

夕食はどうしようか、と考えているとメールが来た。

高丘《たかおか》からだった。いたわりの言葉も励ましの言葉もない。ただ「今夜そっちへ行く。酒とつまみは持参」とある。いかにもあいつらしい。

高丘聡司《さとし》とは高校からのつきあいになる。親しくなったきっかけは「ゴミ」だった。

講堂での入学式が終わり、新入生はそれぞれ指定された教室に向かった。前を歩いていたのは、ひょろひょろと縦に長い男だった。男は後ろのドアから教室に入るなり、つい先程配られたばかりの資料——式次第、ＰＴＡ会長や市教育委員会の祝辞、在校生が作ったイラスト入りの小冊子など——をばさりとゴミ箱に突っ込んだ。在は一瞬度肝を抜かれた。席に着くとき、さりげなく顔を見たが、やたらとかわいげのない無関心なふうだった。たまたま帰りが同じ方向だったので、「いきなり捨てたんで驚いた」と声をかけてみた。

——要《い》らないものを、いつまでも持っててても仕方ないだろ？

高丘はあっさりと答えた。当たり前のことを訊くなという顔だ。

——でも、このパンフだってさ。ここの先輩たちが作ったわけだろ？　こういう手作りっぽいやつって、なんか捨てにくくないか？

Welcome!　というタイトルの下には、この高校の制服を着た女の子が笑っていた。流行《はや》りのアニメ絵だ。中身は、高校生活の豆知識、教員の似顔絵、学校の七不思議など、古典的な内容でマンガと文章が同じくらいの比率だった。

——なんで？　大体クソつまらないだろ、これ。

取り付く島のない相手だったが、不思議と不快感は感じなかった。その後、互いに簡単な自己紹介をした。すると、高丘はまるで他人事のように言った。

——二、三度死にかけた。

小学校、中学校とずっと入院していたらしい。病名は言わなかったが、かなりの難病だったようだ。今でも腕にはかなり針の痕《あと》が残っている。別に隠すことはしないので、気にはしていないらしい。

——あのなあ、ずっと入院してるとマンガにもテレビにも飽きるんだよ。そのうちに勉強くらいしかすることがなくなってさ。

高丘が面倒臭そうに言った。そんなこと思いだしたくもない、といったふうだった。

——千羽鶴も山ほどもらったよ。もうとっくに捨てたけどな。紙だから燃えるゴミの日に出したんだ。そうしたら親父に殴られた。じゃあ、どうすりゃよかったんだ？　あの大量の千羽鶴を死ぬまで後生大事に抱えてろってか？

本来は中高一貫の学校なのだが、高丘は高校からの外部募集生だった。合格者若干名という難関の試験を突破してきただけあって、成績はよかった。在だって成績が悪いわけではない。だが、高丘が特Aランクだとしたら、在はただのAランクだった。

二人はすぐに仲良くなり、在は高校三年間を高丘の毒舌を聞いて過ごした。

夜になって、高丘がやってきた。すこし会わないうちに髪が短くなっている。元々痩せているせいか、病み上がりの修行僧のようだ。

「なんだよ、その頭」

「暑いからな。何回も散髪に行くのは面倒だから、思い切り短くした」

つまらなそうに答える。やっぱりお悔やみひとつない。高丘はリビングのソファに座ると、おつまみを並べて酒の封を切った。手早くロックを作ると、在の前に置く。

「ほら、泡盛『残波 古酒』だ」

一口飲んでみると、思ったより口当たりがいい。ラベルを確かめると四十三度とある。普段、ビールやワイン程度しか飲まないので、今まで飲んだどんな酒より強い。調子に乗ると危なそうだ。

高丘は酒好きで甘味好きだ。しかも、両方を同時に口に入れられる。ウィスキーにチョコレートくらいなら普通だが、高丘は豆大福で日本酒を飲める。かりんとうにワインでも平気だ。大抵のことには驚かなくなった在だが、大きなシュークリームにかぶりつきながらビールを飲むのを見たときには、さすがに呆《あき》れた。

在はゴーヤチップス、高丘は黒糖ちんすこうを食べながら泡盛を飲んだ。沖縄づくしということらしい。

「在、おい、あれ」高丘がマントルピースの上を指さした。「あれって、まさか……」

「ああ、親父だ」

「いいのか？　あんなところに置きっぱなしで」

「親父の遺言なんだ。葬式不要、戒名不要、弔いごと一切不要」

　さらりと言って、ちんすこうをひとつ食べてみる。思ったよりもぱさついていて、むせそうになった。だが、高丘は眼を細めて美味《おい》しそうにかじっている。

「親父さんはそんな偏屈なタイプには見えなかったけど」高丘がおかしな顔をした。「じゃあ、なにもしなかったのか？」

「そう。病院から火葬場に直行。あっという間だ」

　たしかにそこまではあっという間だった。だが、これから先はどうすればいいのだろう。弔いごと一切不要なら、納骨もだめなのだろうか。

「それで置きっぱなしか……」高丘にしては珍しく歯切れが悪い。「親父さんの希望なら仕方ないけど……」

　チップスとちんすこうだけでは物足りないので、焼きそばを作って出した。高丘はあおるように泡盛を飲み干し、焼きそばをずるずるとすすった。次にちんすこうをかじりながら、手早くお代わりを作り、またグラスを空ける。

「おい、あんまり飛ばすなよ」すこし心配になってきた。

「親父さんの弔い酒さ」

「弔い、か。禁止されてるんだけどな」

うまく哀しめないのは、儀式がなかったせいかもしれない。通夜、告別式、香典、会食、坊主、喪服の群れ。情感たっぷりの葬儀社のアナウンスと演出BGM――。だが、父には一切なにもなかった。わけのわからない父のこだわりのせいで、在の心は宙ぶらりんのまだ。残った人間のためには、やはり儀式は必要らしい。葬式は故人を弔うためではなくて、あくまでも遺族を納得させるためのものだ。

グラスを持ったままぼんやりしていると、高丘が妙にしみじみと言った。

「在んち、家のCMみたいな家族だったもんな」

「家のCM？」

「そう。ハウスメーカーがよくつくるやつさ」高丘の呂律《ろれつ》がすこし怪しかった。「晩飯を食わせてもらいながら、いつも思ってたんだよ。幸せいっぱい夢家族、ってところか」

「なんだよ、そりゃ」

「要するに、在の両親は完璧だったんだよ、特に親父さんはな。高校の頃、体育祭に来ただろ？　あんとき挨拶しようと近づいたものの、なんだか緊張してさ。声が掛けられなかったんだ。すると親父さんのほうから言ったんだ」

――こんにちは、高丘くんだね。いつも息子が世話を掛けてすまないね。よければ、また家のほうにも遊びに来てください。

「どう思う？　俺はあれを思い出したよ。『銀河鉄道の夜』のカムパネルラの親父さ。息子が水に落ちたってのに、どこまでも紳士なやつだ。おまけにすげえ陳腐な台詞だろ？

翻訳小説か映画の字幕みたいでさ。なのに、俺は感動した。優しくて上品で、それでいて親しみがこもってた。とにかくすげえと思った。おい、親父さん、なんで俳優にならなかったんだ？」

「さあな」ひと息に泡盛を飲み干すと喉に絡んだ。ついでに高丘にも絡みたくなった。「おまえんとこの親父さん、風呂上がりにどんな格好してる？」

「え？　どうせパジャマかジャージだろ？　よく知らないけどさ」

「片瀬和彦は風呂上がりでもきちんとした服装をしてた。さすがにスーツは着なかったけど、ブランド物のシャツを着て折り目の付いたパンツをはいてた」

「それ、ほんとか？」

「Tシャツとジーンズのときもあったけど、それでも髪は整えてた。パジャマに着替えるのはベッドに入る直前でさ、真夜中でも完璧な服装だった。カジュアルなパーティなら、そのまま出られそうだった。どんなときでもだらしない格好はしなかったな。寝転んでテレビを見たりしなかった」

「すげえな。そんなことして疲れないか？」

「僕は長い間、それが普通だと信じてたんだ。どこの家の父親もそんなもんだとね。でも違うらしいな」

「当たり前だろ？　そんな完璧親父、どこにいるんだよ。普通の家の親父は風呂上がりは裸でゴロゴロして、家族にうっとうしがられるもんだ」

「でも、うちの親父は違った。片瀬和彦は深夜にポール・スチュアートのシャツを着ている人間だった」

それを聞くと、高丘がうなった。しきりと首をひねっている。在はもう一杯泡盛を注いでやった。

「感心していいのか呆れていいのか、よくわからないな。すごいとも思うし、変だとも思うし」

それからは、とりとめのない話ばかりが続いて、やがて女の話になった。在は半年前に一年つきあった彼女と別れた。向こうの両親にも挨拶をした仲だったが、呆気《あっけ》なく終わった。以来、何となく独り身だ。ダメになったきっかけはあまりに悲惨で、思いだしただけでも頭を抱えたくなる。話を変えようとして、ふっと思いだした。

「なあ、高校の制服なんだけどさ。セーラー服で、白の襟カバーで、水色の二本線が入ってる。スカーフも水色。どこの高校かわかるか？」

「水色のスカーフとくれば、南川《みなみかわ》だろ」高丘がこともなげに答えた。

「南川高校？　でも、あそこはブレザーだろ？」

どきりとした。南川高校は父の出身校だ。あの少女はやはりどこかで父と関係があるのか？

「大昔は違ったんだよ。男は学ラン、女はセーラー服って。バブルんときに制服を変えたんだ、卒業生の反対がすさまじかったらしいけどな」

なら、あれは昭和の時代からやってきた少女ということか。まさか本当に幽霊なのか？一瞬ぞくりとしたがすぐに、いや、ばかばかしい、と思い直した。

「なんでそんなことまで知ってるんだよ。制服マニアなのか？」冗談めかして笑ってみせる。

「入院が長いと地獄耳になるんだよ。ローカルなネタには詳しいんだ」

「なるほど。病院って年寄りの社交場だもんな」

そういうこと、と笑いながら高丘はグラスを空けた。

「在、おまえさ、バイトどうする？」

高丘の叔父は便利屋をやっていた。高丘はそこでバイトをしていて、在もときどき手伝っている。融通が利いて割のいいバイトなので重宝していた。

「悪いけど、落ち着くまでしばらく休むよ。叔父さんに言っといてくれ」

「わかった」

酒がなくなったのは、十一時過ぎだった。泊まっていくかと訊ねたが、猫の世話があるという。高丘は千鳥足で帰っていった。

ひとりになると、在はゴミ袋を抱えて書斎に向かった。

父とあの少女の接点は南川高校。書斎を調べれば、なにかわかるかもしれない。だが、なにも見ずに処分しろとの遺言だ。子供の頃のように約束を破るわけにはいかない。もし、約束を破っても、「すまん」と許してくれる父はもういない。落ち着かないのは、いつまでも秘密が家にあるからだ。さっさと処分してしまおう。

書斎に入ると真っ直ぐに机に向かった。抽斗を抜いて、中身をそのままゴミ袋に放り込む。だが、まったく見ずに、というのは不可能だ。見ないふりをして捨てるしかない。ちらちらと眼に入るのは仕事関係のものばかりだ。名刺、住所録、過去の年賀状など、みな、きちんと整理されている。とくに変わったものは入っていない。見ないように、見ないように、とゴミ袋に押し込んだ。

次は袖机だ。まずは右側のものに取りかかる。一番上の抽斗を抜いて、中身をゴミ袋に移した。分厚いファイルが何冊も入っている。写真が見えた。日本家屋だ。古民家や伝統家屋の資料のようだった。古い製図も何枚もある。ボロボロの大きな角封筒も入っていた。かなり古くからのものらしい。やはりゴミ袋に入れた。

一番下の大きな抽斗に手を掛けると、妙に軽く開いた。なにも入っていないのかと覗き込むと、小さな白いものが見えた。取りだすと、陶製で蝶のかたちをしている。握れば掌にすっぽり隠れるほどのサイズだ。

白い蝶？　白蝶神社のなにかだろうか。なんだろう、と裏返してみると「在」と書かれていた。

在はどきりとした。なぜ、自分の名前があるのだろう。見覚えがないが、これは自分の持ち物だったのだろうか――。そこで、はっと我に返った。気にするな、と言い聞かせ、白い蝶をゴミ袋に突っ込んだ。

さらに奥を探ると、高校の卒業アルバムがあった。臙脂《えんじ》の布表紙に金文字で「南川高校卒業記念　一九八八年三月」とある。また、どきりとした。この中にあの少女の手がかりがあるかもしれない。開いてみようか。いや、ダメだ。捨てるんだ。目をつぶってゴミ袋に放り込もうとしたが、勝手に手が止まってしまった。

父の遺言を無視するのか？　また、父を裏切るのか？　父はあの世でどう思うだろう。在はすこしの間、逡巡《しゅんじゅん》した。

だめだ。やっぱり父を裏切るわけにはいかない。アルバムをゴミ袋に入れようとして、先程の白い蝶が眼に入った。また手が止まる。あの裏には在の名があった。つまり、秘密は父だけのものではない。在にも関係あるということだ。

「父さん、ごめん」

もう、我慢できない。半ばやけくそでアルバムを開いた。

アルバムの前半はクラス別の編成で、集合写真とスナップ写真で構成されている。後半は、三年間の行事写真と部活動や委員会の様子だ。クラス写真は今も昔も変わらない。校舎を背に全員が雛壇《ひなだん》に並び、欠席者は別枠で上隅にいる。右端には大きな蘇鉄《そてつ》の植え込みがあり、左端には煉瓦《れんが》造りの丸い塔のような建物が写っていた。

集合写真をざっと眺めていったが、顔だけではどれが父かわからない。写真下の名前を確認していくと、片瀬和彦の名が三年一組にあった。最上段の右から三人目だ。見ると、台の上で若い父が退屈そうにしていた。耳の隠れた適当な髪形が気恥ずかしい。微かな苛《いら》立《だ》ちが首筋の辺りに現れている。気の利かなそうな男に見えた。父だと思って眺めれば父に見える。だが、知らなければそのまま見過ごしてしまうだろう。高校生の父にはまだ後年の魅力は見当たらなかった。

五組の集合写真まで来て、在は思わず息を呑んだ。アルバムを落としそうになり、慌てて抱え直す。心臓がすさまじい速さで鳴っていた。

あの少女だ。前から二列目の中央に、あの夜に見た少女がいる。少女は集合写真特有の無表情をしているが、間違いない。写真の下を見て名前を確認した。

森下翠《もりしたみどり》。

在は息苦しくなってきた。二十六年前の色褪《いろあ》せたアルバムの中にいるということは、あの少女はやはり幽霊なのか？　いや、まさか。そんなことがあるわけない。ばかばかしい。

震える手でさらにページをめくる。アルバムの後半はさまざまな行事でのスナップ写真だ。眼をこらして懸命に森下翠を捜す。すると、二枚の写真で見つけた。一枚は「営繕委員」のメンバーとして。もう一枚は、修学旅行で女子数名とソフトクリームを食べているところだ。どちらも写真の端っこにいた。

父の写真は一枚だけだった。やはり修学旅行でどこかの寺で撮ったものだ。ほかの男子がそれぞれバカなポーズを決めている中、父はただ突っ立っていた。撮ったタイミングが悪かったのか、父だけカメラのほうを見ていなかった。

アルバムを最後まで見たが、父と森下翠が一緒に写っている写真はなかった。驚いたことに、巻末には卒業生全員の住所と電話番号が載っていた。二十六年前は、個人情報などだれも気にしなかったらしい。

もちろん森下翠の住所と電話番号もちゃんと載っていた。地図を確かめれば、五つほど離れた駅の郊外で、住宅、工場、農地やらがぽつぽつ点在する寂しい地域だった。森下翠が普通の家に住んでいることに、在は違和感を覚えた。なにもない山の中だったり白蝶神社に住んでいたほうが、納得できるような気がした。

さらに抽斗の底を探ると、ノートのようなものが入っていた。取りだしてみると薄いパンフレットと手帳だ。

「ようこそ、赤ちゃん――新しい命を迎える前に――」

パンフレットの表紙は褪せたクリーム色だ。赤ん坊を抱いた母親と、その母親を背後から見守る父親が描かれている。みな笑っていた。今時は見かけない古臭い絵柄だ。妙にリアルな赤ん坊の顔がホラーコミックのようで怖い。

もうひとつは母子手帳だった。パンフレットよりはひとまわり小さい。ビニールカバーには細かい擦り傷が無数にある。こちらの表紙では、四つ葉のクローバーをくわえた鳥が虹の上を飛んでいた。

表紙の下部には記名欄がある。母親の名は片瀬翠、子の名は片瀬在となっていた。

しばらくの間、在は呆然と母子手帳を見つめていた。まさか、これは僕の母子手帳なのか？　だが、おかしい。母の名は由香里、片瀬由香里だ。翠ではない。では、片瀬翠とは一体だれだ？　まさか、森下翠のことか？　森下翠が片瀬和彦と結婚して、名前が変わったのか？　ということは、父は母と結婚する前に森下翠と結婚していたのか？

そこで、はっとした。じゃあ、僕は母の本当の子供ではなく、森下翠の子供なのか？

いや、おかしい。パスポートを取るとき、在は戸籍抄本を見た。間違いなく、父と母の実子だった。改めて母子手帳をじっと見る。この几帳面《きちょうめん》な字は父の字だ。その横には、役所の交付スタンプが押してあった、一九八八年四月十五日交付とある。今から二十六年前だ。

違う。僕の母子手帳じゃない。日付がおかしい。僕の生まれる六年前だ。これは、だれか別人の母子手帳だ。在は思わずほっとした。僕は母の本当の子供だ。よかった——。

安堵《あんど》もつかの間、今度は疑問が湧《わ》いてきた。では、これは一体、だれの母子手帳なのだろう。この片瀬在とは一体だれのことなんだ？

また、じわりと恐怖が浸みてくる。母子手帳の中を開いてみた。

「なんだ、これ」

なにも書かれていない。慌ててページをめくる。だが、すべて空欄だ。妊婦検診からはじまって、出生時、新生児検診、予防接種などさまざまな記入欄がある。そのどれもが未記入だった。手帳の中はすべて未使用で、書き込みがあるのは表紙の「片瀬翠」と「片瀬在」と、半分かすれた日付スタンプだけだ。

白紙の母子手帳が意味するところとは、つまり「片瀬在」など生まれていない、存在しないということだ。だが、母子手帳はまったくの手付かずというわけではない。どのページにも開いた跡がある。白紙のページをめくった痕跡《こんせき》がはっきりと残っていた。

ふいに血の気が引いて、身体中の毛が逆立った。反射的に手帳を床に投げ捨て、書斎から飛びだした。ドアを閉めてリビングまで駆け戻る。ソファに倒れ込んで、クッションに顔を埋めた。

生まれなかった「片瀬在」の母子手帳を繰り返し眺めた人間がいる。それは、父だ。父はこの秘密基地で存在しない「在」の母子手帳を宝物にしていた。

在はクッションに顔を押しつけ、うめいた。身体の震えが止まらない。あの少女は、森下翠は「片瀬在」を産むはずだったのか？　なら、僕は二代目か？　スペアか？　偽者の片瀬在なのか？

落ち着け、と在は自分に言い聞かせた。水を一杯飲んで、深呼吸する。考えろ。冷静になれ。おびえて震えるようなことじゃない。

父は母と結婚する前、森下翠と結婚していた。そして、森下翠は妊娠し、母子手帳をもらった。そして、生まれてくる子供の名を在とした。だが、その子供は生まれてこず、父と翠は別れた。その後、父は母と再婚して息子が生まれた。「在」という名が気に入っていた父は、再びその名をつけた。

そうだ、それだけのことだ。在は懸命にそう思い込もうとした。だが、偽者、二代目、スペアであるという不快感は消えない。それどころか、いてもたってもいられないほどの苛立たしさ、もどかしさがつのってきた。

母はこのことを知っていたのだろうか。在という名は最初の妻との間に生まれるはずだった子のものだった。それを知った上でなにもかも受け入れていたのか？

だが、それなら父が秘密基地にこだわった理由がない。父は過去を隠すために書斎を立ち入り禁止にしていた、と考えるほうが自然だ。なら、母はなにも知らなかった可能性が高い。

では、父は母をだましていたのか？　父は本当に母を愛していたのか？　幸せな家族というのはみな嘘だったのか？　次から次へといやな想像が湧いてくる。

父さん、あなたは書斎で一体なにをしてたんですか――。

在はだだっ広いリビングで頭を抱えた。

その夜は酔っていたのにすこしも眠れなかった。

朝になったが頭が痺《しび》れたようだった。酒が残っている上、睡眠不足のせいだ。そろそろ大学に行かなければならないが、身体が動かない。結局、在は一日中ぼんやりとして過ごした。

自分は父にとってスペア、偽者の在だったのか、という思いが重苦しくのしかかってくる。森下翠、本物の在を産むはずだった少女のことも頭を離れない。

悶々《もんもん》と考えているうち、日が暮れた。いつまでもひとりで考えていても埒《らち》が明かない、と思って、書斎に入った。机の抽斗からアルバムを取りだし、巻末の住所録を開く。しばらく携帯を眺めていたが、決心して電話を掛けた。

「はい」

若い女の声だった。在はどきりとした。まさか、森下翠か？　だが、なぜ歳を取らない？　本当に幽霊なのか？

「もしもし、もしもし？」

驚きのあまり絶句していると、向こうからいぶかしげな声が聞こえてきた。いたずら電話ではないか、という不審のこもった声だ。その声を聞いた途端、在は落ち着きを取り戻した。向こうだって警戒している。つまり、まともな人間だという証拠だ。

「夜分失礼します。片瀬と申しますが、森下さんのお宅でいらっしゃいますか？」

すこし声が上ずったが、なんとか言うことができた。返事を待ったが、電話の向こうは無言だ。

「もしもし？　そちらは森下さんのお宅で間違いないでしょうか？」

どうしたのだろう。在はまた不安になってきた。

「はい」細い声で返事があった。

「森下翠さんはご在宅でしょうか？」

「森下翠……ですか？」

「はい。森下翠さんは今、そちらにお住まいでしょうか？」

そのとき、電話の向こうで大きな音がした。なんだ、だれからだ？　と険しい声が聞こえてくる。がたっ、と耳障りな音がして、急に乱暴な男の声になった。

「もしもし。君は一体だれだ？　なぜ森下翠のことを訊《き》く？」

中年男性の声だ。先程の女性の父親だろうか。一瞬気圧《けお》されたが、なんとか返事をした。

「突然、夜分にお電話を差し上げて申し訳ありません。片瀬在と申します。そちらに、森下翠さんはいらっしゃいますでしょうか」

「片瀬？　片瀬アル？　まさか、君は片瀬和彦となにか関係が？」

「片瀬和彦は僕の父です」

だが、それに対する男の返事はない。

「もしもし？」

やはり答えがない。男は完全に黙り込んでしまった。電話の向こうを想像してみるが、まったく見当がつかない。ただ、この電話は歓迎されていないということだけは、ひしひしと伝わってきた。

「片瀬和彦の息子……か」

長い沈黙の後に、魚の浮き袋のような声がした。ぶよぶよと、得体の知れない感情がいっぱいに詰まった声だ。全身が粟立って在はぞくりと震えた。

「君に話すことはない。これで失礼する」

「あの、待ってください。森下翠さんは今、そちらにいらっしゃるんですか？」

「それを訊いてどうする？」

「いえ、父がこの前亡くなりまして、そのときに……」

　すると、男が在を遮って叫ぶように言った。

「死んだ？　片瀬和彦が死んだ？　本当か？」

「ええ。先週、交通事故で」

「交通事故？」一瞬の間の後、鋭く息を吐く音がした。笑い声のようにも聞こえた。「なるほど。交通事故か。なるほど」

　男が笑いながら繰り返した。すると、その後ろで――お父さん、やめて、と悲鳴のような声がした。若い女の声だ。最初に電話に出た女性だろうか。

　一体、森下家でなにが起こっているのだろうか。まったくわけがわからない。とまどっていると、男の声がぼそりと言った。

「ブルーシート」

「え？」

　思わず訊き返すと、男はまったく感情のこもらない声で言った。

「報い、だ」

「なんのことですか？　ブルーシート？　報いって……」

　ブルーシート。雨。そのとき、ふっとなにか暗い影のようなものが頭をよぎった。はっきりと思いだせないのに、ただ胸の痛みだけがよみがえる。もどかしい。

「わからないのならいい」

「ちょっと待ってください。森下さん、もうすこし話を……」

「いや、失礼。先程申し上げたとおり、話すことはなにもない。それでは」

乱暴に電話が切れた。在は携帯を持ったまま立ち尽くした。思いもかけない反応だ。父を悪く思う人間にはじめて会った。あれほど剝きだしの憎悪をぶつけられたのもはじめてだ。父は、あの男に一体なにをしたのだろうか。

混乱したままあたりを見回した。机の周りは昨夜のまま、ゴミ袋と書類が散乱している。在はゴミ袋を逆さにし、一度捨てた書類を床にぶちまけた。もうすでに父との約束を破った。今さら、いい子のふりをしても仕方ない。

分厚いファイルをひとつずつ見ていく。すると、中はすべて古民家の資料だった。太い梁《はり》や、鉤《かぎ》の下がった囲炉裏《いろり》、豪勢な格天井など、時代、地域を越え膨大な量だ。古い雑誌の切り抜きもあれば、最近のパンフレットもある。相当以前から、長い時間をかけて集めたものらしい。おまけに、解体、移築、保存の方法など、費用の見積書まで揃っていた。おかしいな、と思った。父は大規模施設や公共施設を専門に手がけていた。なかでも医療施設には定評があったと聞いている。個人住宅、しかも古民家などまるで畑違いだ。それに、机の横には大きな木製キャビネットがある。仕事の資料はみなこの中か、もしくは背後の本棚に整理してある。なぜ、古民家の資料だけ抽斗にしまってあるのだろう。

父は専門外の分野で独立開業を考えていたのか？　それとも、これはあくまで趣味なのか？

机の上には父のＰＣがある。在はすこし迷ってから電源を入れた。ＰＣが立ち上がると、パスワードの入力画面が出た。当然とはいえ、一瞬たじろいだ。やはり、ここも秘密らしい。

気を取り直して、パスワードのヒントというのをクリックした。すると、「アノヒ」と出た。「アノヒ」とは「あの日」か「あの火」か。それともまったく別の意味の言葉なのだろうか。

そこで行き詰まり、在は途方に暮れた。結局、いくら考えてもわからないので、それ以上は試さず終了させた。他人のＰＣを覗くのは、抽斗をかき回すよりずっと気が咎《とが》めたからだ。

足許《あしもと》に散らばる古民家の資料をもう一度見ていった。疑問はまだある。これだけ集めているのなら、古民家について一言くらい口にしてもいいはずだ。ましてや、在は建築家志望だ。仲の悪い親子ではなかった。なのに、会話の端にすら上ったことがないのは変だ。

しばらくファイルをかき回していると、ぼろぼろの角封筒が見つかった。古い手描きの製図が何枚も入っている。変色し染みができたものもあった。どれも個人住宅の図面だ。玄関には大きな土間があり、庭に面してぐるりと広縁がある。どの図にも囲炉裏のスペースがあった。よく見ればずいぶん稚拙なもので、日付を見ると父が学生の頃の習作らしい。

古民家は学生の頃からの研究テーマだったのだろうか。

手描きの図面に交じって、一九八八年と日付のある片瀬家の地籍図を見つけた。在が生まれる前には建て替えの計画があったらしい。では、なぜ父は建て替え計画を放棄したのだろう。

在は図面を持ったまま、しばらく動けなかった。胸が締め付けられるように痛んだ。母が死んで以来、父とは助け合ってやってきたつもりだ。なのに、本当に父が大切にしていたことには、すこしも触れさせてもらえなかった。父の本当の世界は書斎の中、秘密基地の中にあったということか。

あたりを見回した。百合の香りのこもった部屋はじっとりと青臭い。ふいに激しい混乱が襲ってきた。

「父さん。あなたは一体……」

次の言葉が出なかった。今、感じているものが寂しさなのか、怒りなのか、それとも両方なのか。どんなに考えてもわからなかった。

2

次の朝、在はひどい気分で眼が覚めた。二日続けて寝覚めが悪い。

時計を見るとまだ六時だ。外はきれいに晴れている。もう眠れそうにないので、在は新聞を取りに出た。お堀はずいぶん水の勢いが増している。そっとあたりを見回したが、少女の姿はない。ほっとした途端に勝手に怯えている自分が恥ずかしくなった。みっともないぞ、と自分に言い聞かせるが、森下翠をめぐるさまざまなイメージが頭から離れない。

とりあえず落ち着こうとコーヒーを淹《い》れ、新聞を読んだ。天気予報では一日晴れるそうだ。梅雨の晴れ間は貴重なので、布団を干してシーツを洗った。物干しから庭を眺めると、小指の先程だった雑草がもう貝割れくらいになっている。ぞっとした。いよいよ草取りをしなければならない。

やることがなくなると、また落ち着かなくなってきた。思いあまって、まだ九時過ぎだというのに中川弁護士に連絡してみた。

「ああ、在くんか。どうした？　こんな朝早くに？　なにか問題でも？」

「ひとつ訊きたいんですが、父は母と結婚したとき初婚でしたか？」

「なんだい、藪から棒に」いぶかしげな声で返事が来た。「もちろん初婚だよ」いきなり仮説が崩れて、混乱した。片瀬翠は存在しないのか？ では、あの母子手帳はなんなんだ？　しばらく黙っていると、突然中川弁護士が笑いだした。

「ああ、そうか」電話の向こうから、ぱちりと音がした。渋扇の音だ。「あのニュースを思いだしたんだね。非嫡出子の相続に関するやつ。話題になったから」

「え？」

「大丈夫、大丈夫。和彦くんに隠し子なんていないから。子供は在くんひとりだよ。なんの心配も要らない」本当に面白そうに弁護士は笑い続けた。「そりゃ、今から認知を求めてくる人間がいないとは断言できないけど、でもねえ、和彦くんは愛妻家だったからね。大丈夫」

「わかりました。いえ、すみません。ちょっと心配になっただけで」ごまかして電話を切った。

中川弁護士の電話で余計にわけがわからなくなったが、なんとか頭を切り換えて大学へ顔を出した。大学の保証人は中川弁護士が引き受けてくれることになったので、講義の前に工学部事務室に寄って変更届を出した。忌引きについて訊ねると、通常講義では公式の規定がないとのこと。担当教官の判断に任されるという。「一応、各教官に文書で連絡はしておきますが」と初老の事務員はすまなそうな顔をして言った。

その後、ＣＡＤ演習に出ると、みなから声を掛けられた。

「在。しばらく見なかったけど、どうしたんだよ」

「ちょっと家の用事でな」

曖昧《あいまい》な返事をしてから、在は自分でも驚いた。まるで平気で答えている。以前、中川弁護士が言ったことを思いだした。父はひとりぼっちになったときも平気な顔をしていた、と。どうやら、こんなところだけは父に似たらしい。

休んでいた間のノートをコピーさせてもらった。大量の硬貨を投入口に落とし込みながら、窓の外を見る。模型用のスチレンボードを抱えた学生が歩いている。中庭から詩吟部《しぎんぶ》の練習が聞こえてくる。掲示板の前では、生協食堂の日替わりランチについて大声で話しているやつがいる。今日はクリームコロッケだって、ラッキー、と。

大学は平和だ。ここにいさえすれば、なにひとつ変わらないような気がする。ひたすら線を引いたり、Auto CADと格闘したり、指先を接着剤まみれにして模型を作る生活だ。なのに、ふと気づくと森下翠のことを考えている。書斎で見つけた母子手帳のことが頭を離れない。喉の奥深くに刺さった骨のようだ。

「……僕は偽者か」

クリームコロッケを受け取りながら思わずつぶやくと、食堂の調理員がおかしな顔をした。恥ずかしくなって、トレーを抱えて早足で席へ戻った。

授業は一時間だけだったので、在は角筒を抱えて二時には大学を出た。その足で父の勤務先に向かう。健康保険証の返却や退職金の件など、諸手続きがあった。父の私物の整理もしなくてはならない。

ビルの前まで来て、Tシャツとジーンズだったことに気づいた。就職活動ではないが、やはり失礼だろうか、と悩む。気後れしながら、エレベータのボタンを押した。

父は大手の設計事務所で、第二企画室室長というポストにあった。葬儀を行わなかったせいで、在はここでお悔やみの言葉を聞かされた。みな親身になって、いたわりの言葉を掛けてくれる。目に涙を浮かべている女性が何人もいた。

三十過ぎに見える女性が声を詰まらせた。細身できれいな人だった。

「いつも優しくて思いやりがあって、本当に素敵な方でした。私は片瀬室長が大好きでした。あんなことになるなんて……」

上品な栗色《くりいろ》の髪は仕事の邪魔にならないよう、きちんとまとめられている。そのぶん、大ぶりのピアスが耳許で目立っていた。いかにも仕事ができそうな人だった。

「今でも信じられません。室長がお亡くなりになったなんて……」

ハンカチを眼に当てているのは柔らかなウェーブボブの女性だった。色白ですこしふっくらしている。在とそれほど歳が変わらないように見えた。

泣いているのは女性だけではなかった。二十七、八かと思う男性もやってきた。デザイナーズブランドのスーツを着た男だった。

「仕事には厳しくて、よく注意されました。でも決して感情的な叱り方はしない人でした。僕がミスをしたとき、室長のフォローのおかげで大事にならなかったんです。感謝しています」レトロデザインの金属縁の眼鏡をはずし、赤い眼を拭った。「嘘じゃない。本当に憧れていました」

やはり父はみなに好かれていた、と在は安堵した。父が怨《うら》まれるようなことをするわけがない。森下家の男はなにか誤解をしているに違いない。

ひと通りお悔やみを聞いてから、父の私物の整理に取りかかった。机もロッカーもきちんと片づいていたので、ほとんど手間は掛からなかった。書類や資料の類《たぐい》はみな事務所に判断してもらうことにし、このまま置いていくことにした。結局、名刺と手紙類、それに筆記用具、ロッカーにあった礼服一式だけを持って帰ることになった。

大きな紙袋に礼服を詰めていると、先程のレトロ眼鏡の男性がやってきた。

「片瀬くん。お父さんは会社のそばに駐車場を借りてたから。場所はわかる？」

「ええ。ありがとうございます。忘れてました。解約しておかないと」

父はスカイラインで通勤していた。もう父も車もないのに駐車場など必要ない。あとで行ってみることにした。

後任の室長がエレベータホールまで送ってくれた。白髪が多いので父よりずっと老けて見える。ふと思いだして訊ねてみた。

「父は古民家に関する仕事を手がけていましたか？」

「片瀬さんが？　いや、知らないな。そんな話は聞いたことがない。でも、どうして？」

「いえ。父の書斎に資料があったもので」

「へえ。定年後に田舎暮らしでも考えていたのかな?」

特段、疑問は感じないようだった。それ以上、突っ込んで訊くのはやめた。すると、新室長が在の抱えた角筒に眼を留めた。

「そういえば、君も建築の勉強をしてるんだってね。今、何年?」

「二年ですが、院に進もうかと」

「じゃあ、院を出たらうちに来ないか? 片瀬さんの息子さんなら大歓迎だ」

「ありがとうございます。考えておきます」

礼を言うと、新室長は眼を細めた。この男の眼にもうっすらと涙が見えた。

「私たちは本当に片瀬さんのことが好きだったんだよ」白髪交じりの頭を振ってうなずきながら言った。「こんなに早く亡くなられてお気の毒に」

在は父の遺品を抱えて会社を出た。月極の駐車場に行き連絡先をメモする。家に帰ってから電話することにした。

もう四時過ぎだというのに真昼並みの陽射しだ。おまけに梅雨時だから蒸し暑い。ひっきりなしに汗が浮いてくる。うんざりしながら増水したお堀沿いを歩いて戻ると、家の前にだれかが立っていた。

在は思わず声を上げそうになった。強い西陽の中にうつむいて佇《たたず》んでいるのは、制服を着た少女だ。長袖ブラウスに水色のスカーフ、それにチェックスカートだ。この制服は知っている。今の南川高校だ。

そのとき、少女が顔を上げた。在を見て顔を強張《こわば》らせる。切れ長の眼、細い首。間違いない。父が死んだ夜に見た少女であり、卒業アルバムで見た少女だ。

だが、この前見たときとはすこし雰囲気が違う。あの夜は古い制服を着て、髪を下ろしていた。今は新しい制服を着て、髪を後ろの低い位置でまとめてシニョンにしている。

「君は?」在は思い切って声を掛けた。「森下翠さんではない……よね?」

少女はその問いには答えず、震える声で訊ねた。

「片瀬和彦さんが交通事故で亡くなったというのは本当ですか?」

「ええ」

「いつですか?」

「先週の日曜」

すると、少女の顔がみるみる歪《ゆが》んで眼に涙が浮かんだ。懸命に歯を食いしばって堪えようとしている。だが、その努力も虚《むな》しく、かすかなうめき声とともに涙があふれた。大粒の涙が頬《ほお》を滑り落ちる。

「そんな、片瀬さんが……」

悲痛な声に胸が締め付けられた。眼の前で突然泣きだした少女はあまりにも痛々しかった。顔を覆い、懸命に嗚咽《おえつ》を堪えようとしている。細い首筋が震え、ゆるく作ったシニョンが揺れていた。

「ここじゃなんだから、とにかく中へ」

少女の腕を取って、家に入るようにうながした。だが、少女は首を横に振った。そして、顔を上げ、涙を拭いながら在を見た。

「片瀬さんは……片瀬和彦さんは苦しんで死んだんですか？」

「え？」

質問の意味がわからず、思わず問い返した。少女はじっと在を見つめて繰り返した。

「片瀬さんは苦しんで死んだんですか？」

「それはどういう意味？」あまりにも失礼な質問だ。思わず声を荒らげかけたが、なんとか思いとどまった。

「教えてください。片瀬さんは苦しんで死んだんですか？」

少女は一心に在を見つめている。その眼に冗談も悪意もない。ただただ、その問いの答えが知りたいというふうだ。

「いや、違う。この上もなく幸せそうに笑って父は死んだ。満足して死んでいったんだと思う」

「そうですか」少女の眼から再び涙が滑り落ちた。「……かわいそうに」

かわいそう？　どういうことだ？　まったくわけがわからない。そもそも、父とは一体どういう関係なのだろう。この少女は父のなんだ？　父の死を聞いてここまで取り乱すのだから、ただの知り合いではないだろう。では、ただの知り合いでなければ、どんな知り合いだ？　いや、落ち着け。取り乱すな。在は気を取り直してなんとか門を開けた。

「とにかく家へ入って。話は中で」

するると、少女はまた首を横に振った。

「家はだめなんです」

「遠慮しなくていいよ。こんなところで話すのもなんだから。さあ」

「ありがとうございます。でも、絶対この家には入れないんです。本当は来てもいけないのに……」

「どうして？」

「ごめんなさい」少女は礼儀正しく詫びた。

なんだこの女の子は、と思った。こちらの質問には答えないくせに、自分からは失礼な質問をする。そのくせ礼儀正しい。

「じゃあ、場所を変えよう。喫茶店で話すのならＯＫ？」

「はい」少女は真剣な顔でうなずいた。

蒸し暑い中歩くのはもうごめんだったので、車を出した。少女は失礼します、と一礼して乗り込んだが、それきり黙り込んだ。

名前のわからない少女とゴルフでしばらく走って、行人川沿いの古い喫茶店に入った。店内は半分ほど埋まっている。サラリーマン、学生、主婦がほぼ同じ割合でいた。

窓際の席に着き、アイスコーヒーを二つ頼んだ。もう一度じっくりと少女を見る。化粧はしていない。耳にピアスの穴もない。ネイルもない。真面目《まじめ》で清楚《せいそ》な高校生だ。特別の美人というわけではないが、印象的な顔だ。ほんのすこし汗の浮いた肌は透明感のある白だ。この暑い日に長袖を着ているところを見ると、日焼けには気を遣っているのだろう。色白で眼が真っ赤になっているので、少女はなんだかウサギのようだった。

「いい加減そろそろ名前を教えてもらえるかな」在は水を一口飲んだ。喉がからからだ。実は緊張しているらしい。「僕は片瀬和彦の息子の片瀬在。君は電話に出た人だよね」

少女はしばらく黙っていたが、やがて眼を伏せたまま言った。

「そうです。あたしは森下水樹《みずき》。水に樹木のジュと書いて、水樹です」すこしためらってから言う。「森下翠の姪《めい》です」

「姪ってことは、森下翠さんはきみの伯母さんってこと?」

「そうです」

「その制服、南川高校だね。何年生?」

「高三です」

「じゃあ、この前、途中から電話に出た男の人は?」

「あれはあたしの父です。森下英夫《ひでお》と言います。森下翠の弟です」水樹が頭を下げた。

「父が失礼なことを言ってすみませんでした」

「いや、いきなり電話を掛けた僕も悪い」慌てて頭を下げた。

わけがわかると、すこしほっとした。伯母と姪なら顔が似ていても当然だ。幽霊などと考えた自分がおかしくなる。すこし気が楽になり、在は眼の前の少女に質問を続けた。

「変な言い方になるけど、君は父とはどういう関係？」

「片瀬さんとは、ときどき会って伯母の話をしました」水樹が水を飲んで氷を口に含んだ。そのままじっと在を見つめる。「それだけです」

「森下翠さんというのは南川高校で父と同窓だったんだろ？　でも、どうして姪の君が父と伯母さんの話をしてたんだ？」

　無論、ただの同窓生ではない。あの母子手帳に記された名は片瀬翠。結婚こそしていないが、深い関係があったのはたしかだ。だが、水樹はどこまで知っているのだろう？　もしかしたら、在の知らないことまで知っているのだろうか？

「伯母は南川高校に通っているとき、片瀬さんとつきあっていました。やがて、伯母は妊娠し、卒業後は片瀬さんの家で一緒に暮らしていたんです」

「僕の家で？」

「そうです。でも、ほんの短い間だけです。結局、赤ちゃんは生まれませんでした。伯母は身ごもったまま、交通事故で死んだんです。高校を卒業してすぐ、四月十四日に」水樹が声を詰まらせた。「赤ちゃんが生まれるのを楽しみにしていたのに……」

　これで母子手帳の謎が解けた。父は母と結婚する前、恋人の森下翠と同棲《どうせい》していた。翠は妊娠して母子手帳を受け取ったが、父と入籍はしていなかった。そのまま、事故で翠は亡くなった。生まれるはずだった赤ん坊が在。つまり、初代の在だ。

　謎は解けたが、在は打ちのめされた。やはり、僕は交通事故で死んだ赤ん坊の代わりだ。

スペアで、偽者だ。

そのとき、やっとアイスコーヒーが来た。ブラックのまま一気に半分ほど飲む。味などまるでわからない。ふと見ると自分の手が震えていた。落ち着け、と思う。

「その死んだ伯母さんの話を父としていたの？」

「そうです」水樹は音を立てずにアイスコーヒーを飲んだ。

「高校を卒業してすぐに死んだというなら、今から二十六年ほど前になる。そんな昔の話をなぜ今さら？」

「それは……」水樹が言葉を濁した。

「君のお父さんはずいぶん父を怨んでいるようだった。電話したときに『報い』とまで言ってた。翠さんは交通事故で亡くなったということだけど、それは父が関係してるの？父の車で事故に遭ったとか？」

「いえ、違います。片瀬さんの起こした事故じゃありません」水樹が首を振った。「でも、父は思い込んでるんです。伯母が死んだのは片瀬さんにひどいことをされたか、ひどい捨てられかたをしたからだ、って」

「まさか。父がそんなことをするはずがない」

「もちろん、片瀬さんが捨てたんじゃありません。でも……」

「でも、なに？」

さっきから水樹は歯切れが悪い。なにかを隠しているように見える。

「片瀬さんは認めてたんです。——決してひどいことなどしていない。決して捨ててはいない。だが、責任は自分にある、って」

「父が認めた？　なぜ？　責任ってどういうこと？」

「わかりません。片瀬さんはそれ以上は話してくれませんでした」

「それじゃわけがわからない」

「ええ。あたしにもわかりません。ただ、片瀬さんはこう言ったんです。——翠の死の責任は私にある。だから、苦しんで死にたい、って」

「苦しんで死にたい、って父が？　父が本当にそう言ったのか？」

「はい。苦しんで苦しんで死ぬことが、自分にできる唯一の罪滅ぼしだ、と」

「罪滅ぼし？」

父は罪を犯したのか？　では、一体どんな罪だ？　父は森下翠になにをしたというんだ？　水樹の話を聞けば聞くほどわけがわからなくなる。混乱しすぎたせいか、息が苦しくなってきた。ひとつ深呼吸をして、水を飲んだ。空になったグラスを置いて息を整える。落ち着け。今度こそ落ち着け。

「そもそも、君と父はどうやって知り合ったんだ？」

「あたしから会いに行きました。子供の頃から伯母の悲劇は聞かされてたので、興味があったんです」

「会ったのは一度だけ？　それとも何回も？」

「何回も、ずっとです。四年ほど前、中二の頃から月に二度ほど会ってました」

「そんなに前から」在は絶句した。

四年前と言えば、まだ母が生きていた頃だ。父は水樹のことなど一言も言わなかった。在もまったく気づかなかった。

「君が父と会ってたことを、君のお父さんは知ってたのか？」

「まさか」水樹が強く否定した。「そんなこと言えるわけありません。ばれたら大変です」

そのとき、また胸の底で陰が動いた。四年にわたって男と少女が密会を続けるなど、普通ではない。本当に伯母の話をするだけの関係なのか？　ほかになにかあったのかもしれない、と思うのは下衆《げす》の勘ぐりなのか？

いや、父がそんなことをするわけがない、と在は心の中で言い聞かせた。母を裏切って少女に手を出すなど、あり得ない。つまらないことを考えるな。

「父が死んだ夜、家の前で少女を見た。古い南川高校の制服を着て、去った後には百合が落ちていた。その少女は君によく似ていた。あれは君だろ？」

反応を確かめながら言ったが、水樹は眼を伏せたまま答えない。否定しないということは、こちらの想像は正しいということか。もどかしいが、なんとか平静を保ちながら質問を続ける。

「父は僕に不思議な遺言を遺した。葬式不要、戒名不要、弔いごと一切不要。書斎の机の中のものは見ずに捨てろ、って。もともと、書斎は秘密基地で立ち入り禁止だったんだけど、父が死んだ後もずっと禁止だ、と」

「片瀬さんは伯母とのことを絶対に家族に知られたくなかったんです」

「君とのことも、だろ?」

「そうです」水樹が苦しげに顔を歪め、頭を下げた。「すみません」

「あ、いや」無実の女の子を無神経に責めたように感じ、気が咎めた。「正直言って、今、動揺してる。わけがわからない、っていう感じだ」

「いえ、当然だと思います。こんな話、いきなり……」そのとき、水樹が壁の時計に眼をやった。しまった、という顔をする。「ごめんなさい。門限があるからこれで」

「門限?」時計を見る。だが、まだ六時過ぎだ。

「門限は七時なんです」水樹が立ち上がりながら、困った顔で笑った。「ちょっと厳しくて」

門限七時と聞いて、在はほっとした。そんな厳しい家の女の子が軽はずみなことはしないだろう。下品な想像をした自分が恥ずかしくなった。

「ごめん。遅くまで引き止めて。家まで送るよ。車のほうが早い」

「すみません」水樹がまた頭を下げた。「お願いします」

遠慮せず、素直に受けてくれてほっとした。

水樹を助手席に乗せ、ゴルフを走らせ行人川を越えた。森下家は市の外れにあった。住宅と田畑、工場が混在する雑然とした地域だ。耕作放棄された荒れ地と、潰れた工場。小さなビニールハウスに青々とした田んぼ。納屋のある古い日本家屋、安っぽいアパートが一緒くたに並んでいる。

「父もこうやって君を送ったの?」さらりと言ったつもりが声が詰まった。「スカイラインで?」

「……そうです」

途端にいやな汗が出てきた。クーラーが効いていない、とパネルを見れば、すでに強だった。

田んぼと道路を挟んで広がる住宅地の端っこが森下家だった。母屋は瓦屋根の木造で、ひびの入った外壁は補修が必要だ。敷地は古いブロック塀で仕切られてはいるが、門はない。元は農家のようだった。母屋の横に小さな物置があって、周りに錆《さ》びた農機具が放置されている。すこし離れたところに車を駐《と》めた。

「ありがとうございました」水樹がお辞儀をして、背を向けようとした。

「待って。また会えない? 父と君の伯母さんのことをもっと知りたいんだ」

慌てて引き止めて、自分の携帯の連絡先を書いたメモを渡した。水樹はじっとメモを見ていたが、申し訳なさそうな顔をした。

「あたし、携帯持ってないんです。だから、家の電話に非通知で、五回鳴らして切ってください。時間はかかるかもしれませんが、必ず折り返し電話しますから」

「そこまでするの?」

「男の人からの電話は取り次いでもらえないんです。履歴に知らない番号が残ってたらチェックされますから」

「ほんとに厳しいんだな」

「とばっちりです。伯母のしたことの」

「とばっちり？」

水樹はそれには答えず、もう一度頭を下げると帰っていった。

水樹の後ろ姿を見送ると、在は車を出した。あたりはようやく暗くなりはじめたところだ。クーラーを切って窓を開ける。途端にカエルの鳴き声が聞こえてきた。

水樹の父、森下英夫が父を憎む理由がわかった。父は妊娠した英夫の姉の翠を捨て、死に追いやったのだと思われていた。父は責任を認めていたというから、怨まれても当然と言える。だが、その一方で、姪の水樹は父を怨んでいない。それどころか四年間も隠れて会い続けていたという。

夕暮れの田に沿って走りながら、在は途方に暮れた。怒りと哀しみ、惨めさが同時に押し寄せてくる。在の知らない父が存在するのはたしかだ。父は一体なにを考えていたのだろう。一体なにをしたのだろう――。

家に戻ってシャワーを浴びた。いやな汗は流れたが、一向に混乱は収まらない。ひとりでいたら叫びだしそうな気がしたので、高丘を呼びだし外で軽く飲むことにした。

駅前にあるチェーンの居酒屋だ。席はほとんど埋まっている。サラリーマンと学生がちょうど半分ずつだ。安いのが取り柄の店で、なにを食ってもたいした差はない。二千五百円の飲み放題セットを頼んだ。高丘は焼酎。在はビールだ。

「なにかあったのか？」高丘が枝豆を食べながら訊いてきた。

在は迷った。父の非道を打ち明けるのは辛い。父のイメージを傷つけたくない。だが、この混乱をだれかに聞いてほしくてたまらない。悩んだ挙げ句、遠回しに言葉が出た。

「なあ、高丘。おまえ、これまで親しい身内を亡くしたことあるか？」

すると、高丘の顔が一瞬強張った。ぎくりとした顔で在を見たが、すぐに眼をそらせた。しばらく黙って枝豆を手の中でもてあそんでいたが、やがて面倒くさそうに答える。

「一応、親は二人とも生きてるさ。死んだのは、ばあさんくらいだな」

「変なこと訊くが、やっぱり悲しかったか？」

高丘は枝豆を口に放り込むと、今度はレモンを握った。軟骨の唐揚げをじっと見つめ、真剣な表情でレモンを搾って掛けていく。

「悲しいって思えないのが悲しかったな」

「どういうことだ？」

「ばあさんは俺をかわいがってくれてたんだが、妙に信心深いところがあったんだ。よく地獄の話をしてさ。で、こう言った」

――あの世で蓋が開くと、なんとも言えない音がしてね。どろどろ、しゅうしゅう。何千何万、それこそ地面が見えなくなるほど、たくさんの蛇がのたくるような、それはそれは怖《おそ》ろしい音がするんだ。

「その頃、俺は入院してた。なのに、小児科病棟に来てそんな話をするんだぜ？　たまらんだろ？」

——昨日、母さんの夢を見た。お前のひいばあさんだよ。玄関のガラスに影が差したかと思うと、いつのまにかあたしの横に立ってた。お盆だから釜の蓋が開いたんだね。いい顔で笑ってたよ。あたしを迎えに来てくれたんだね。

「ばあさんが死んだのは半月後のことだった。入院中だったけど、一応外泊はできた。でも、俺は怖くて葬式には出なかった。退院してからも一切法事に出てない。そうしたら、親父とおふくろからメチャクチャ罵《ののし》られたよ」高丘がへっと笑った。「あれだけかわいがってもらったくせに、薄情者、恩知らず、ってな。それ以来、俺はお盆が苦手になった。死んだばあさんが何千何万の蛇を引き連れ、迎えに来るような気がするからな。だから、今年も山ほどバイトを入れて、ばあさんのことを考えないようにしてる」

在には祖父母の記憶はない。だが、両親がそうだったように、きっと優しいものだと思っていた。だから、小さな子供に蛇の話をするなど信じられない。

「結構きつい記憶だな」

「でも、在んちの親父さん、おふくろさんなら、絶対にそんなこと言わない」

高丘は焼酎のグラスに、先程搾って潰れたレモンを放り込んだ。割り箸で乱暴に突いている。

た。

「かもな、じゃない。絶対に言わない」

高丘が潰れたレモン入りの焼酎を一気に飲み干した。そして、吐きだすようにつぶやい
「うらやましいよ、おまえが」

うらやましい、か。よく言われた言葉だ。子供の頃からずっと言われてきた。在んちのお父さんとお母さん、かっこよくて美人で優しそうでうらやましい、と。照れくさかったが当然だとも思ったし、また単純に嬉しかった。

在も残ったビールを一息に飲んだ。父さん、帰ってきてくれ、と思った。蛇を引き連れてでもいい。帰ってきてくれ。そして、本当のことを教えてくれ。僕と母がだまされていたとは思いたくない。僕はあなたを信じたいんだ、と。


たいして飲んでいないのに、翌日は二日酔いだった。

高丘の蛇の話が効いたらしい。いやな夢を見た。蛇を引き連れて戻ってきたのは、父でもなく母でもなく、森下翠とクロだった。

翠は卒業アルバムそのままの笑顔で片手で子犬の頃のクロを胸に抱き、もう片手には百合を持っていた。蛇は見えなかったが、しゅうしゅうと音がしていた。眼が覚めた後もしばらく動悸《どうき》が収まらなかった。ひどい夢だ。在は無神経な友人をすこし怨んだ。

携帯が鳴ったのは、大学で昼飯を食っていたときだった。今日の日替わり定食はネギトロ丼。添えられたワサビは完全に気が抜けていた。カツ丼にすればよかった、と思いながら出てみると中川弁護士だ。登記書類の件で話があるという。早いほうがよいというので、夕方、外で会うことにした。

喫茶店に現れた弁護士は、きちんとネクタイを締め濃灰色の麻のスーツを着ていた。汗だくだ。運ばれてきた水を美味《うま》そうにひと息で飲み干すと、帰りかけたウェイトレスにお代わりを頼んだ。

「いや、暑いねえ。たまらんよ。最近はね、テレビでタレントみたいな格好した弁護士が人気あるようだけど、実際はなかなかでね。弁護士っていうとお堅いってイメージがあるけど、残念なことに悪徳っていうのもあるからねえ。服装ひとつでもそうなんだ。ちょっと崩すと、すぐに胡散《うさん》臭く思われる。サラリーマンよりよっぽど厳しい」

弁護士の今日の扇子はやはり柿渋で、色は鉄紺色だという。扇子を使いながら注文したのはバナナジュースだった。

「髪が少なくなると、直接陽が当たって辛いんだよ。脳味噌《のうみそ》が焼味噌になりそうでねえ」自分の冗談に笑いながら、おしぼりで額から頭頂部にかけての汗をせっせと拭った。「在くん、どうしたの？　具合悪そうだけど」

「いえ、ちょっと飲み過ぎで」

「ああ、ダメだよ、気をつけなきゃ」汗が止まらないので、また顔を拭き、裏返して更に拭いた。「おしぼりのお代わり頼んだらダメかねえ」

中川弁護士があまり切実な顔をするので、まだ使っていない自分のおしぼりを差し出した。

「いや、助かるよ。私も在くんみたいに半袖シャツ一枚で歩いてみたいねえ」しみじみと言う。

「今のうちだけですよ。いずれ就職したら、中川さんと同じ運命です」

父はいつもきちんとスーツを着ていた。堅苦しくなく、くだけすぎでもなかった。あんなふうに着こなす自信などない。

登記の確認はすぐに済んだ。相続人がひとりというのは、弁護士にとって本当に楽な案件のようだった。

「中川さん。つかぬことを訊きますが、父には親しくしていた女性がいたそうですが?」

「え?」中川弁護士の顔が強張った。

「父は高校生の頃に同棲していた、と」

「高校生の頃? また古い話だね」しばらく考え込んでいたが、はっと顔を上げた。「思いだした。今の今まですっかり忘れていたよ。あのときは大変だったねえ」

「どう大変だったんですか? 詳しく聞かせてください」

「たしか、高校卒業の頃に結婚したいと言いだしてねえ。同じ高校の女の子を、妊娠させたんだよ。大学もね、東大受けずに地元に残るって言って。そんなもったいない話があるか、って」中川弁護士はため息をついて、頭を撫《な》でた。「でも、和彦くんはその女の子を家に引き込んで、さっさと同棲はじめてね」

「今の僕の家に、ってことですね」

「そう。君の自宅でだよ。といってもリフォーム前だね。あの頃は暖炉もなかったし、リビングもあんなに広くなかった」

リビングのリフォームをしたのは中学生のときだ。工事中、クロが落ち着かずに家の中をうろうろしていたのを憶えている。

「父の祖父母はなにも言わなかったんですか？　お父さんはもうひとりぼっちだったんだ」

「そのときにはふたりとも亡くなってた。お父さんはもうひとりぼっちだったんだ」中川弁護士はバナナジュースを飲み干し、おしぼりで口を拭いた。「あのときは参ったね。なに言っても聞く耳持たずなんだ。『誰がなんと言おうと、結婚して子供を育てる』って言い張ってた。正直『このヤロー、世間知らずのガキが偉そうなこと言うな』って思ったな」

「相手の女の子のご両親はどうしてたんですか？」

「母親がね、カンカンだよ。でも、その女の子が事故で亡くなって、それきりになってね」

「交通事故と聞きましたが」

「そう。運が悪いとしか言いようのない、避けようのない事故でね。気の毒に」すこし声を落とした。「でも、その子には悪いが、和彦くんはそんな結婚しなくてよかったんだよ。若いときに勢いだけでくっついた夫婦なんて、どうせ上手くいきっこないからね」

父と森下翠の関係はやはり本当だった。だが、中川弁護士の立場で見るか、森下家の立場で見るかで印象がまったく違う。弁護士は、「若すぎる愚かな結婚から解放された幸運」と取っている。一方、森下家では「鬼畜な男にはらまされ、捨てられて死んだ哀れな娘の悲劇」だ。双方の誤解の根は深い。

弁護士と別れて家に戻った後、在は言われた通りの手順で森下家に電話した。非通知でコールを五回。そして待つ。すると、三十分程して着信があった。森下水樹の礼儀正しい声は、電話を通すとひどく他人行儀に聞こえた。

「この前はありがとう。あれから僕もいろいろ調べた。もう一度話がしたい。会ってもらえないか？　明日はどう？」

「明日ですね。じゃあ、白蝶神社で会いませんか？」

「白蝶神社？　うちから近いけど、なんで？　合格祈願？」

「伯母は神社のそばの交差点で亡くなったんです。だから、ときどきお参りに行ってます」

「え、ああ……」突然胸が重くなったような気がした。「いいよ。なら、そこで会おう」

「わかりました。学校が終わったら神社に行きますので」

白蝶神社か。在は父の書斎にあった白い蝶の置物を思いだした。裏には「在」と書かれていた。あれもやはり森下翠と関係があるのだろうか。

翌日の夕方、白蝶神社には早めに着いた。

神社の前でお堀の幅は広がって、水路というより川と呼ぶほうがふさわしい。石橋ではなく朱塗りの橋が架かって、鳥居と神社の参道に続いている。

水樹の姿を探しながら、在は橋を渡った。参道の両側は雑木の自然林だ。濃い緑が眼に鮮やかで、その中をお堀に注ぐ小川が流れている。

小さい頃はよくクロと散歩に来た。一緒に走り回ったり、雑木林の中で転げ回ったり、ボールを投げて取ってこさせたりしたものだ。だが、父に注意されてからはほとんど来たことがない。正月は家族旅行が習慣だったので、初詣もなかった。足を踏み入れるのは十年ぶりくらいだ。

木が茂っているので、参道は薄暗くひんやりと気持ちがいい。お参りの人の姿もなく、あたりはひっそりと静まり返っている。在はゆっくりと歩いた。参道の突き当たりには古びた石柱が立っていて、そこから先は急な石段だ。懐かしいな、と思う。この石段の下の石柱がスタート地点だった。クロと競走して一気に駆け上がったものだ。

そのとき、ちくりと胸がうずいた。クロとの競走の話をすると父が難しい顔をしたのだ。

――神社には神さまがいるんだ。真剣にお参りに来る人もいる。ふざけて走り回ってはいけない。

すこし厳しい口調だった。クロは駆けっこが好きなんだけど、と思ったが仕方ない。在は父の言いつけを守ってクロと神社で遊ぶのを止めた。

スタート地点の石柱を見下ろした。昔は気づかなかったが、百度石と刻まれている。なにか由来があるのだろうが見当も付かない。この周りをクロがぐるぐる回って、リードが絡まって——。

そのとき、すぐそばで突然蟬《せみ》が鳴きはじめた。思わず跳び上がりそうになって、照れ隠しに慌てて石段に足を掛ける。六十二段を登り切ると、石畳が拝殿までまっすぐに延びていた。せっかく来たのだからお参りしておこう、と鈴を鳴らす紐《ひも》に手を掛けた瞬間、どきりとした。

賽銭箱《さいせんばこ》の横に木製のひな壇がある。そこに、白い蝶の置物がずらりと並べられていた。父の書斎にあったものと同じだ。書斎のものはすこし色褪せていたが、これらはどれも割合新しくて白い塗りが鮮やかだ。

ひとつ手に取って裏を返してみると、結菜とあった。ほかの蝶も見てみる。すると、どれにも名前が書いてあった。梓紗、凛、龍也、憂汰などなど、今風の名前が多い。お参りは止めて、在は社務所に向かった。中に中年の宮司《ぐうじ》がいたので訊いてみる。

「すみません。拝殿に飾ってある白い蝶の置物のことなんですが」

「ああ、あれは白蝶お守りです。安産祈願のお守りですよ」手近にあった白蝶を宮司が示した。まだなにも書かれていない。「無事に生まれましたら、裏に赤ちゃんの名前を書き入れて神さまにお返しいただく、ということになっております」

「じゃあ、あそこにあるのは全部、無事に生まれた赤ちゃんのものなんですね」

「ええ、そうです」

慶事を前提に微笑む宮司を前に、在は息苦しさを感じた。無事という言葉がこれほど残酷に聞こえたのは、はじめてだった。書斎で見つけた白蝶のお守りには、「在」とあった。あれは「在」が無事に生まれなかったから、神さまに返せなかったものなのか。

社務所には神社の縁起を記した薄いパンフレットがあった。拝殿の前に戻って読んでみる。

――昔、大雨が降って行人川の堤が決壊しそうになった。最初に気づいたのは、まだ若い女、腹に子を抱えた女だった。女は一刻も早く村に伝えようと、雨の中を飛ぶように駆けた。その様子はまるで白い蝶のようだったという。女は村にたどり着いて堤のことを告げると、息絶えた。

女の知らせにより、堤は守られ村は助かった。村人は女を手厚く弔い、埋葬した。数日後、その場所を通りかかると赤ん坊の泣き声がした。女の墓を開いてみると、なんと棺の中で赤ん坊が泣いていた。村人は驚き、神のご加護だと感謝して、その赤ん坊を大切に育てたという。

村人たちは女の墓を大切に祀《まつ》った。それが、白蝶神社のはじまりだという。今では安産祈願で信仰を集めている、とあった。

ふいに鈴の音がして顔を上げると、いつの間にか水樹が拝殿の前にいた。一心に手を合わせている。在は一瞬胸を突かれた。着ているのは今の南川高校の制服だ。長袖ブラウスに水色のスカーフ。チェックスカートに紺のハイソックス。髪はやっぱりゆるめのシニョン。見た目はごく当たり前の女子高生なのに、どこか他の女の子たちとは違う空気を感じた。

境内の隅に大きな杉の木が並んでいる。その下に石のベンチがあった。枯れた杉の葉が落ちていたので、手で払って水樹を座らせた。すこし離れて腰を下ろす。ほかに人の姿はない。

「片瀬在さんは伯母のことを知りたいとおっしゃってましたね。伯母のどういったことが知りたいんですか?」

「なんでも。どんなことでもいいから教えてくれないか」

「わかりました。父はなにも話してくれないから、みんな死んだ祖母から聞いた話ですが」

「おばあさんっていうのは、君のお父さんと翠さんのお母さんってこと?」

「そうです。森下嘉子《よしこ》。去年、ガンで亡くなりました。祖母が生きているときに、あたしに話したことです」

水樹はひとつ深呼吸をして話しはじめた。

「祖母は離婚して実家に戻り、二人の子供を育てていました。姉が伯母の翠で、弟が父の英夫です。伯母は南川高校に通っているとき、片瀬さんとつきあっていました。卒業の頃になって妊娠し、大学に行かずに結婚すると言いだしたんです。無論、祖母も父も大反対でした。すると、伯母は家を飛びだして片瀬家で同棲をはじめました。何度連れ戻しに行っても、拒んだそうです。でも、結局伯母は妊娠中に交通事故で亡くなりました。ここからすぐ近くの交差点で、結構大きな事故だったそうです」

「運の悪い避けられない事故だったと聞いた。それなら、父の責任じゃないと思うが」

「直接的にはそうです」水樹が硬い表情で首を横に振った。「でも、片瀬さんが殺したようなものなのだ、と」

「なぜ？　どうしてそんなことが言える？」

「死んだとき、伯母は裸足だったそうです」

「裸足？　どういうことだ？」

「裸足で駆けていたそうです。まるで、必死で逃げているかのように」

「逃げて？　追いかけているやつがいたのか？」

「そこまではわかりません。でも、とにかく、伯母は片瀬家を裸足で飛びだした。そして、事故に遭いました」水樹がゆっくりと一語一語確かめるように口にした。「裸足で飛びだすなんて、よほどのことがあったということです。片瀬さんから逃げだそうとして、伯母は事故に遭った。つまり、片瀬さんに殺された、とあたしの父は考えています」

「殺したっていうのは言い過ぎじゃないのか？　君は父と会ってたんだろ？　そのときの

ことを訊かなかったのか？」

「もちろん何度も訊きました。でも、片瀬さんは責任は認めたけど、それ以上は話してくれませんでした」

「なぜ、父は答えなかったんだろう。やましいことがあると思われても仕方ない」

妊娠しているのに裸足で逃げだすなど尋常ではない。父がとんでもなく非道なことをしたと考えるのが自然だ。なのに、やはり信じられない。父に限って、と思う。

「でも、あたしはそうは思いません」水樹がきっぱりと言い切った。「片瀬さんが伯母にひどいことをしたなんて、絶対にありえない。片瀬さんがそんなことするわけがない。なにか事情があったんだと思います」

「僕もそう思う。でも、君のお父さんはそうは思ってない」

「電話であたしの父が言ったことを憶えていますか？　片瀬さんが交通事故で死んだことを聞いたとき、報いだ、って」水樹が眼を伏せた。「父は因果応報だと思ってるんです」

「因果応報？　ばかばかしい」思わず声が大きくなった。「そんなのただの偶然だ」

「父はどうかしてるんです」水樹が顔を背けた。声が震えている。「ずっと昔に死んだ、自分の姉が忘れられないんです。今でも月命日には必ず花を供えてます。毎月十四日。一度も欠かしたことはありません」

「たしか、四月十四日と言ってたな」

「そうです。その日、父は花を買うんです。それも、菊みたいな仏花じゃなくって、やたらときれいな花束。山のようなかすみ草とかね。少女マンガみたいでしょ？　この前なんか、白のガクアジサイに、斑《ふ》入りで光沢のある南国っぽい葉物が添えてありました。バラの花束なんかよりよっぽど気が利いてます。妻や娘には一度も花なんか買ったことないくせに」

「君のお父さんは花に詳しいの？」

「いえ、花屋に行ってお任せするだけです。毎月買うから常連なんですよ。黙ってても向こうが凝った花束を作ってくれるそうです」

「じゃあ、百合は？」思い切って訊いてみた。

「百合はありません。百合とか菊はお葬式っぽいでしょ？　父はそういう花は買わないんです」

　では、百合を買うのは父だけか。在は不思議に思った。なぜ父は百合にこだわったのだろう。百合には一体どんな意味があるのだろう。

「じゃあ、おばあさんは？　自分の娘の命日になにを供えてた？」

「なにもしませんでした。祖母は仏壇に近寄らなかったんです」すこし口ごもってから、吐きだすように言った。「祖母は自分の娘が嫌いでした。お墓参りも行かないし、仏壇に手を合わせることもしませんでした。伯母と祖母には相当な確執があったようです」

　実母との確執か。手を合わせてもらえないほどの感情のもつれとはひどい。在は思わず顔をしかめた。一体原因はなんだろう？　早すぎる妊娠のせいだけか？

「あたしは伯母の話を物心ついた頃からずっと聞かされてました。祖母は毎日のように死んだ伯母の話をしたんです」

「でも、小さな子供に繰り返し語るような話じゃないだろ？　妊娠したまま事故死した伯母さんの話なんて、トラウマになってもおかしくない」

「実際、トラウマなんです。だから、あたし、小さい頃から伯母のことばかり考えてました。大恋愛をして妊娠して、家出して、それで、事故で死んでしまって」水樹が眼を伏せ、小さなため息をついた。「正直に言うと、伯母に憧れてた部分もあります」

「憧れてた、か。たしかに悲劇のヒロインだからな」

「そう思わないとやってられなかったのかもしれません」すこし迷って、バッグの中から一枚の写真を取りだした。「伯母が高校の卒業式で撮ったものです。この一月半後に死にました」

セーラー服を着た女の子がふたり、黒い筒を抱えて立っている。左の女の子はピースサインをしていた。大昔のアイドルふうの髪形で、勝ち気な顔でこちらを見つめている。すこしつり上がり気味の眼と、角張った顎《あご》が目立つ顔だ。

右側の女の子が森下翠だった。飛び抜けた美人ではないが、十人並と片づけるわけにもいかない。こちらの視線を捉えて離さないような、なにか胸に迫るものがある。ミスコンでは絶対に優勝できない。でも、映画のヒロインを選ぶのなら、必ず人の眼に留まるだろう。

肩下まである髪はゆるやかに波打ち、重たげな奥二重の眼には微妙な翳《かげ》りがある。頬に浮かぶ微笑と眼の奥の翳りは、釣り合いが取れていない。おまけに、見るたびにそのバランスが変わる。結果、美とも醜ともつかぬ不安定な顔だ。

片方だけの手袋。揺れ続けるブランコ。魚のいない水槽。半分腐った床板。頼りなげで、はかなげなのに、圧倒的。非現実的で今にも消え入りそうなのに、どこかなまぐさい。それがこの写真の森下翠だ。ひとことで言えば、危なっかしい顔だ。

「これを伸ばしたものが遺影として仏間に掛けてあります」水樹は淡々と話した。「あたしはこの写真の虜《とりこ》でした。学校から帰るとランドセルを背負ったまま、まず伯母の写真に会いに行くんです。家にいるときは何度も何度も眺めてます。まるで、取り憑《つ》かれたみたいに」

「わかるよ、その気持ち。この笑顔、なんともいえない。君が取り憑かれたという気持ちがよくわかる。こんな写真を毎日見てたら、だれだっておかしくなる」

在がそう言うと、水樹の頬が一瞬で紅潮した。

「わかりますか？　見てるだけで胸が詰まるような気がしませんか？　そして、思うんです。このとき、伯母は一体なにを考えてたんだろう、って」

水樹は声が上ずり早口になっている。杉木立から洩《も》れる光の中で、眼は熱に浮かされたように潤んでぼうっと輝いていた。

「あたし、大人になれば伯母の気持ちがわかるかもしれない、と思ってました。でも、結局今でもわからない。その写真の伯母と同い年になったのに、やっぱりあのとき伯母がなにを考えてたかはわからないんです」

「きっと、だれにもわからないと思う。だから、つい見てしまう」

「あたしもそう思います」水樹がすこし迷ってバッグから一冊の大学ノートを取りだした。「伯母の日記です。五冊あるうちの一冊です。隠すように押し入れの奥にあったんです。たまたま見つけました。はじめからではありませんが、もし、よかったら読んでみますか?」

キャンパスノートだが、ずいぶん古いデザインだ。復刻版が売られていたのを見たことがある。だが、水樹が持っているのは復刻版などではない。色褪せ、角が折れ、ボロボロになった当時のノートだ。表紙には黒のボールペンでDiary 1986～1987とあった。

「ありがとう。是非読ませてくれ。父と君の伯母さんのことを知りたい」

差しだされたノートを受け取った。なぜかそれだけで胸が苦しくなった。

「じゃあ、今日はこれで。門限がありますから」

水樹は立ち上がって歩きだした。在もその横に並んだ。どれくらいの距離を取るべきか、すこし迷ったので、ひとり分空けて歩くことにした。

「この前、とばっちり、って言ってたな。それは伯母さんのせいってこと?」

「伯母のように不純異性交遊をしないように、ってことです」水樹がばかばかしい、というふうに笑った。「小学校の頃の門限は五時。中学校で六時。今は高校だから七時です」

ふたり並んで石段を下りた。自然石なので段の高さが不揃いだ。水樹の頭が上下して、首筋の後れ毛がきらきら光った。

「なら、大学へ行ったら八時になる」

「ええ、あとすこしの辛抱です」

水樹はふっと笑った。思わず息が止まりそうになった。あの遺影の笑顔とまるで同じだ。溶けるような微笑み。アンバランスで危なっかしい。見ているだけで胸が痛くなる。身ごもったまま死んだ少女と同じ笑みだ。

そのとき、また疑問が湧いた。死んだ恋人とそっくりな少女を前にして、父は一体なにを思っていたのか？　四年間会い続けて、話をしていただけか？　本当にそれだけか？

水樹は真面目で礼儀正しい、どちらかというと堅苦しい女子高生だ。だが、四年の間、秘密の関係を続けるのは尋常ではない。男と女だ。ふとしたはずみでどうなるかわからない。しかも、父にとっては昔の恋人にそっくりな少女だ。ふと、気が迷って――。

石段を下り、鬼ごっこで使った百度石の前で足を止めた。水樹がいぶかしげな顔をする。

「どうしたんですか？」

父との関係を知りたい。だが、どう言えばいい？　君は父とつきあっていたの？　と訊けばいいのか。だが、ふたりが知り合ったとき、父には母がいた。そして、水樹は中二だった。到底、普通の恋人同士とは呼べない。もし愛人、援交など金銭がらみの関係だったとしたら――。

バカ。下品はおまえだ、と在は自分を叱った。そんな失礼なことを女の子に訊けるわけがない。いや、そもそも、父さんがそんな下劣なことをするはずがない。絶対にありえない。

そう思いながらも、水樹を見ていると複雑な気分になる。父が母に隠し事をしていたのは事実だ。この少女のため、父は母をだましていたのか。

瞬間、最悪の想像が浮かんだ。まさか、母さんは形だけの惨めな妻に過ぎなかったのか？ 父さんが本当に大切にしていたのは翠と水樹だったのでは——。

在は百度石に手を置き、思い切って言った。

「ねえ、この前会ったとき——どうしてもこの家には入れないんです。本当は来てもいけないのに、って言ったよね。あれはどういう意味？」

「あれは、片瀬さんとの約束です。あたし、約束したんです。片瀬家には決して近づかない。片瀬家の人とは接触しない、って」

「なぜ？」

「伯母のことは秘密だったからです。片瀬さんは自分の家族に、伯母との過去を知られたくなかったんです」

本当にそうだろうか。父が本当に知られたくなかったのは水樹との関係ではないのか。今の水樹の言葉で、いっそう疑念が濃くなる。いよいよ混乱してきた。

「あ、ごめんなさい。ちょっと急ぐので」水樹が時計を見た。

「送ろうか？」

「いえ、今日は大丈夫です」

「そうか。今日は悪かった。また連絡するよ」

「それでは失礼します」

水樹は礼儀正しく頭を下げると、くるりと背を向け走り去った。白いブラウスが蝶の羽のように木立の中にひらめいて、消えた。そのとき、ふっと白蝶神社の縁起を思いだした。死んだ女もあんなふうに駆けたのだろうか、と。

家に戻って早速、森下翠の日記を開いた。女の子らしい几帳面な字で書いてある。適当にページをめくって読んでみた。

＊

6月8日　日曜日
今日は片瀬くんと一緒に映画を観るはずだった。映画に行くのは久しぶり。二年生になってはじめて。片瀬くんが観たいと言ったのは『ロッキー4』で、昨日封切りされたばかり。混んでるかもしれないけど、覚悟してきた。
片瀬くんは結構映画好きだ。『007』のことを、ちゃんとダブルオーセブンって言う。あたしはゼロゼロセブンだと思ってたから、ちょっと恥ずかしかった。

でも、駅で待ち合わせたのに、片瀬くんは来なかった。なにかあったのかと心配になった。で、結局三時間も駅で待ち続けた。あたしはずっと『しけたん』読んでたけど、全然頭に入らなかった。あたしは『しけたん』派だけど、片瀬くんは『赤尾の豆単』派。こればっかりは合わない。
片瀬くんの家まで行ってみた、やっぱり留守だった。がっかりして家に帰ったら、「とうとう振られたのか」って弟に嫌みを言われた。

6月9日　月曜日
片瀬くんは学校を休んでいた。やっぱりなにかあったのかもしれない。すごく心配だ。昨日、すっぽかされたことを祐子《ゆうこ》に言ったら、すごく怒った。抗議してあげる、って言われたけど断った。

6月10日　火曜日
片瀬くんは今日も休んでる。心配だ。お母さんの機嫌が悪い。英夫のテストの成績が悪かったからだ。あたしの成績を引き合いにして、お母さんが文句を言っている。かといって、あたしが誉められるわけじゃない。結局、ふたりとも文句を言われる。英夫は我慢ができずに怒鳴り返している。きりがない。家の中がピリピリして、逃げだしたくなる。

6月14日　土曜日
今日、片瀬くんはやっと学校に来た。「明日、映画に行こう」って言う。この前観られなかった『ロッキー4』で決まり。すごく楽しみ。

6月15日　日曜日
駅で待ち合わせをした。あたしはずっとドキドキしていた。本当に片瀬くんは来るのか不安でたまらなかった。でも、片瀬くんはちゃんと来た。あたしはほっとした。ふたりで並んで『ロッキー4』を観た。あたしはボクシングに興味がないので、殴り合いを見ていると痛くて怖くなってきた。そうっと片瀬くんの顔を見ると、熱中して興奮しているみたいだった。いつも冷静なのに意外だった。やっぱり男の人なんだな、って思う。
映画が終わった後も片瀬くんは楽しそうだった。次は『エイリアン2』を観に行こう、なんて言っている。この前のことはなにも言わない。だから、あたしから訊いてみた。すると、片瀬くんは平気な顔で言った。「おばあちゃんが死んだ」って。
どうして言ってくれなかったんだろうって、あたしは腹が立った。だって、ただのおばあちゃんじゃない。片瀬くんは両親がいないし、おじいちゃんも中学生のときに死んで、おばあちゃんとふたり暮らしだ。だから、おばあちゃんが死んで、片瀬くんはひとりになってしまった。それなのに、平気な顔をしてる。

でも、もっと正しい言い方がある。片瀬くんは平気な顔をしてるんじゃない。平気な顔しかできない。片瀬くんはほかに選択肢がない。たとえば、はじめて会ったときもそう。殴られて鼻血出して、でも平気な顔してた。片瀬くんはどんなに痛くても、どんなに辛くても、平気な顔しかできないだけ。あたしにはわかる。だから、あたしもなにも言わなかった。

映画の後で片瀬くんの家に行った。とにかく広くて古い家だ。片瀬くんはこれからここで、ひとりきりで暮らしていかなければならない。書斎の広縁には揺り椅子が置いてある。いつも、片瀬くんのおばあちゃんが座っていたものだ。でも、もう座る人はいない。空っぽの椅子を見ていると、あたしは苦しくなった。これから片瀬くんは空っぽの椅子を眺めて暮らすんだ。そう思うと、たまらなくなった。

あたしは黙って椅子に座った。堂々と厚かましく座った。片瀬くんはすこしびっくりした顔をしていた。

亡くなったばかりの人のものを勝手に使うなんて本当はすごく失礼なこと。でも、あたしは座った。座らなければいけなかったから。そして、片瀬くんを見上げた。

片瀬くんはなにも言わなかった。じっとあたしを見ていた。それから、かすれた声でこう言った。

「そうだ。これからは翠の椅子だ。翠が座るんだ」

片瀬くんは本当に嬉しそうだった。あたしは座ってよかったと思った。

3

翌日、在はふたたび卒業アルバムを開いた。

捜しているのは、日記に出てきた「祐子」だ。クラスごとの集合写真を丁寧に見ていくと、翠と同じクラスに横山《よこやま》祐子がいた。見れば、以前水樹に見せてもらった写真で一緒に写っていた少女だ。当時の事情を話してもらえるかもしれない。だが、同じところに住んでいるとは限らないし、結婚して名前が変わった可能性もある。うまくいくだろうか、とあまり期待をせずに電話を掛けた。

「横山さんのお宅でしょうか?」

「はい、横山です」かなり年配の女性の声だ。横山祐子の母親だろうか。

「そちらに、祐子さんはいらっしゃいますでしょうか?」

「どちらさまですか?」

いぶかしげな声だ。最近、詐欺電話が多いので警戒されているらしい。

「私、片瀬と申します。父が南川高校で祐子さんと同窓でした。先日、父が亡くなりまして遺品の整理をしていましたら、祐子さんからお借りしたままの本がありまして。お返ししなければ、と思ってお電話を差し上げた次第です」

振り込め詐欺でもやっているような気がして、気が咎《とが》めた。仕方がないとはいえ、嘘《うそ》をつくのは心苦しい。

「はあ、それはそれは。ご丁寧にありがとうございます」老婦人の声のトーンが上がった。

「祐子は結婚して家を出まして、今はここにはおりませんの」

「申し訳ありませんが、ご連絡先を教えていただけますか？」

「連絡先ですか。すこしお待ちくださいね」

保留メロディだ。在は自分の見通しの甘さを悔やんだ。やっぱり、見ず知らずの人間にいきなり連絡先を教えろというのは無理だったか。

「お待たせしました。そちらさまの連絡先を教えてもらえますか？　祐子から連絡させますので」

「わかりました。こちらの番号は……」

電話番号を伝え、横山祐子からの連絡を待つことにした。


三日後、大学の帰りに市役所に向かった。

横山祐子は結婚し、今は酒井《さかい》祐子と名が変わっていた。大学を出て以来市役所勤めで、現在は衛生課にいるという。仕事が終わった後に会うことになった。

市役所は旧市街の中心にある。あたりには、法務局やら地裁やらいろいろな行政機関が集まっていた。待ち合わせの場所は市役所前の「ノアノア」という喫茶店だ。電話で話すと、酒井祐子は妙にテンションの高い女性だった。「オウムの店だから」と笑いながら言っていた。

半信半疑で行ってみると、「ノアノア」はすぐに見つかった。極彩色のオウムが描かれた立看板が、歩道を半分占領していたからだ。

店に入ってコーヒーを飲んで待った。五時を過ぎて現れたのは、すこし肉の付きかけた中年女性だ。卒業式の写真の面影は、はっきりと残っていた。眼は二重になっていたが、角張った顎《あご》はそのままだったからだ。ローライズのジーンズにキャミソールという若作りをしていたが、残念ながら年相応に見える。どことなくバブルの匂いがした。

「君が片瀬くんの息子さん?」

「はい。片瀬在です。お忙しいところすみません」

「あらら、ほんとに? あららー」実際に会うと、酒井祐子は電話のときよりもずっと騒々しい女性だった。「あの片瀬くんの息子さん? それはまあ。あの片瀬くんのねえ」なにが「あの片瀬くん」なのかはよくわからない。酒井祐子が不思議そうな顔でまじまじと在を見つめた。

「じゃ、あたし、今、片瀬ジュニアとデートってこと?」酒井祐子が突然ふきだした。「あはは、世の中わからないもんだわ」

すこし呆《あき》れて見ていると、酒井祐子がふいに真顔になった。

「で、片瀬くん、亡くなったって言ってたけどほんと？」

「はい。交通事故でこの前」

「ご愁傷さま。お気の毒に。元気出してね」お悔やみと励ましを一気に済ませると、酒井祐子はアイスコーヒーを頼んだ。

　とりあえず軽い世間話から入ることにした。

「衛生課のお仕事っていうと、消毒とか予防接種とかですか？」

「違う違う。それは保健課。衛生課は要するにゴミ担当。回収業務全般に、あと市民からの要望もね。自分ちだけ回収時間を変えてくれとか、家の前にゴミが落ちてるとか、カラスがどうとか、ガレージで野良猫が死んだとか、いろいろね。みんな、好きなこと言ってくれるわ」

「大変ですね」

　相槌《あいづち》を打つと、酒井祐子は豪快に笑った。打ち解けるまで雑談をと考えていたのだが、そんな気遣いは無用らしい。

「あはは、今日日《きょうび》、市役所勤めの分際で仕事が大変なんて言ったら、それだけで民間に怒られるわ。で、本って？　あたし、片瀬くんに本なんか貸した憶《おぼ》えないんだけど？　そもそも、あの片瀬くんに本なんか貸せるわけないじゃない」

「どういう意味ですか？」

「だって、片瀬くんは学年トップの秀才くんでしょ？　私はどっちかっていうと下半分だし」酒井祐子が口を尖《とが》らせた。「なにかの間違いじゃない?」

酒井祐子は運ばれてきたアイスコーヒーに、びっくりするほどの量のシロップを入れた。ストローでかき混ぜると、がらがらと派手な氷の音がする。なにをするにも豪快な女性だった。

「すみません、本は嘘です」在は正直に言うことにした。「ちょっと込み入った話なので、電話では言いにくくて」

「嘘? やっぱり」酒井祐子は膝を叩《たた》いた。「なんかおかしいと思ってたのよ。で、嘘ついてまであたしを呼びだした、その込み入った話ってのはなに?」

「森下翠さんのことをお訊《き》きしたいと思ったからです」

「森下翠? やっぱりやっぱり」酒井祐子が身を乗りだした。「そうじゃないかと思ってたの。片瀬くんと言えば翠だから。でも、なんで今になって? 片瀬くんの遺品の中になにかあったの? それで家庭争議?」

「いえ、そういうわけでは」

話がサクサク進むのはいいが、先走りすぎるので面食らった。悪い人間ではないと思うが、すこし口が軽いような気がする。あまりなんでも話さないほうがいいかもしれない。

「じゃ、なに? まさか、まだ翠んちともめてるの?」

「え? 昔、もめてたんですか?」

「もめてた、ってほどじゃないけど、翠が死んだときにはいろいろあったみたいだから」

「すみません、そのときの話、詳しく教えてもらえませんか？」在は勢い込んで訊《たず》ねた。「できれば、もうすこし前から。森下翠さんと父との関係を最初から知りたいんです」

「いいよ」酒井祐子があっさりうなずいた。「でも、もう二十年以上前の話だから、あんまり詳しくは憶えてないけど、いい？」

「ええ、憶えてることだけで結構です」ほっとして頭を下げた。「お願いします」

「あらあら、ほんとに」酒井祐子が首を振った。両手を広げて大きなジェスチャーをする。「礼儀正しいのねえ。全然、お父さんと似てない」

「え？」一瞬耳を疑った。「父は礼儀正しくなかったんですか？」

「礼儀正しくない、ってんじゃないけど、社交辞令なんか鼻で笑ってバカにしてる感じ。どっちかって言うと、無愛想で、無表情で面白みのない男の子だった」

またまた耳を疑った。無愛想？　無表情？　面白みのない？　どれも父を形容するには相応《ふさわ》しくない。それどころか、まるで逆の言葉だ。

「父は無愛想だったんですか？」

「ええ、ええ、そりゃものすごく。とっつきにくくてね。いつも仏頂面で無口で。とにかく、かわいげのないやつでさ。ああいうのなんて言うんだっけ？　えーと、そう、朴念仁《ぼくねんじん》。片瀬くんは絵に描いたような朴念仁だったのよ。こんなこと言ったら悪いけど、正直、あんまり好かれてなかった。っていうか、嫌われてた」

「嫌われてた？　父がですか？」

一体どういうことだ？　父が嫌われていた？　まさか。信じられない。在は混乱した。

「男友達はいなかったな。まあ、わかるような気もするのね。片瀬くんって、すかしてるっていうか、感じ悪いとこがあったから」

「そんなに父は嫌われてたんですか？」

高校時代の父が不愉快な人間だったとすれば、森下英夫の反応も説明がつく。嫌われ者の男が自分の姉をはらませ、挙げ句死に追いやったとなれば、怨《うら》んで当然だ。

「片瀬くんの一匹狼《いっぴきおおかみ》っぽい雰囲気が、周りを見下してるふうに見えたんだと思う。翠が言うには、たんなるマイペースらしいんだけどね。ただ、片瀬くんが笑ったところを見たことがないかな」

「一度もですか？」

「翠の前では笑ってたのかもしれないけど、ほかの人の前ではいつもむすっとしてた」

「でも、森下翠さんとは仲がよかったんでしょう？」

「翠と片瀬くんは高一のときからつきあってた。学校では、あのふたり有名でね。ふたりとも成績よかったし、いつも指定席にいるし。指定席ってのは、西階段の踊り場のこと。古い校舎でね、煉瓦《れんが》の廻《まわ》り階段なのよ。踊り場に細長い出窓があって、それが磨りガラスで薄暗いわけ。あのふたりは、いつもその出窓の縁に腰掛けてた。はっきりと憶えてる。逆光で顔はよく見えないんだけど、でもわかるのよ。いつでも片瀬くんは怒った顔をしていたし、いつでも翠は笑っていた」

「笑ってた……」

「そう。声を立てずに、静かに笑ってた」

ああ、あの笑みか、と思った。思い出すだけで胸が締め付けられるように痛んだ。

「でもねえ、あのふたり、イチャイチャしているつもりはなかったのかな。ただ当たり前に一緒にいただけなのかもね」酒井祐子が眼を伏せた。

「ほんとにずっと一緒にいたから」

「森下翠さんが亡くなったときのことはご存じですか？」

「あたしも詳しくは知らないのよ。卒業してしばらく経《た》った頃かな、翠から手紙が来た。今、片瀬くんと一緒に暮らしてる、って。で、あたしは返事を書いて送ったのよ、今度会おう、って。なにせ、あたしもいろいろ忙しくて。すぐに時間が取れなかったの。で、結局それっきり。一度も会わないまま、翠は交通事故で死んだのよ。片瀬くんちのすぐ近く、白蝶神社のそばだって聞いた。かわいそうに」

「どんな事故だったか憶えてますか？」

「コンクリートミキサー車が交差点でスリップしてね、翠はそのミキサー車とビルに挟まれて……」

「じゃあ、翠さんの飛びだしとか信号無視とか、そういうのじゃないんですね」

「そう。完全に巻き添え。気の毒に」

避けられない事故だったというのは事実らしい。だが、なぜ裸足だったのだろう。

「同棲《どうせい》していたとき、周りはなにか言ってましたか？」

「うーん。片瀬くん、その気になれば東大だって受かるくらいの成績だったのよね。でも、結局、地元の国立に行ったのよ。先生はみんな残念がってた。なにせ、東大合格者がひとり減ったわけだから。で、なんで片瀬くんが東大受けなかったか、っていうと、翠のせいなのよ。実はね」わざとらしく酒井祐子が声をひそめた。「昔の話だから言ってしまうけど、翠が妊娠したの。だから、片瀬くんは責任を取るために東大を諦めて、地元に残って翠と暮らすことにしたのよ」

「それは、森下翠さんが頼んだんですか？　東京に行くな、地元で一緒に暮らしてくれ、って」

「翠はそんなこと言わないと思う」酒井祐子が首を振った。「あの子が自分から言うわけない」

「じゃあ、父自身が決めたことなんですね」

「でもねえ、東大諦める、なんて一生の問題よねえ。片瀬くんの人生、そこで狂ったわけで」酒井祐子が大きなため息をついた。「でもそうまでして、翠と暮らすことを選んだのに、結局、うまくいかなかったわけ」

酒井祐子は友人の死を上手に消化していた。三十年近い月日の間に、翠の死は印象的な思い出のひとつになった。そのなかに、いつも怒ってかわいげのない片瀬和彦も含まれているらしい。

「ねえねえ」酒井祐子が顔をのぞき込むようにしてきた。「片瀬ジュニアは、なんだかさっきから納得いかないって顔ね」

「ええ。ちょっと意外に思ったもので。まるで信じられない話なんです。本当に父はそんなに嫌われてたんですか？　だって、穏やかな好人物で通ってたもので」

「え、ほんと？　穏やか？　好人物？　あの片瀬くんが？　嘘でしょ？」

「いいえ、誰からも好かれていました。息子の僕が言うのもなんですが、笑顔が爽やかで、茶目っ気があってオシャレでした。まるで、ハリウッド映画の中の父親みたいな感じだったんです」

「なにそれ？　嘘、信じられない。あの無愛想な片瀬くんがねえ。オシャレ？　小綺麗《こぎれい》にはしてたけどそれだけ。オシャレなんて言ったら、バカにされて思いっきり鼻で笑われそうだったけど」

「服にはうるさかったですよ。モデルみたいだ、って言われたこともありますから」

父は毎月、数冊のファッション誌を購読して、仕事並みの熱心さで研究していた。楽しむというよりは、なにか求道者のようにも見えたほどだ。

今でもはっきり憶えていることがある。父が行きつけのブティックで、三つ釦段《ぼたん》返りの麻のジャケットを買ったときのことだ。クラシックなスタイルで紺と生成《きな》りがあったが、どちらも父によく似合った。惚《ほ》れ惚《ぼ》れするくらいで、つい真似《まね》をしたくなった。だが、在が紺を羽織ってみると、まるでリクルートスーツのようになった。生成りはというと、寂れたカラオケボックスの店長のようだった。がっかりしてすぐに脱いだのだが、鏡の中の父が眼を細めた。

――懐かしいな。

父は一瞬泣きだしそうな顔をした。驚いて振り向いたが、そのときにはもう父はいつも通りに微笑《ほほえ》んでいた。

――おまえにはこの色が似合うよ。

そのとき父が選んでくれたのが、ペパーミントグリーンのシャツだった。とんでもない色だと思ったが、着てみると自分でもびっくりするほど似合った。父はさすがだった。

「モデルねえ。人って変われるのねえ。あんなにダサくて怒ってばっかりの人がねえ」酒井祐子は首をひねって、まさか、と繰り返した。「怒ってる、って言い方は正確じゃないかもしれないけど、いつ見ても不機嫌そうだったのは確か。近寄りがたくって、親しみにくくて、いやな感じで。勉強ができるだけの、ほんとにどうしようもない朴念仁だったんだけどねえ」

かなり酷《ひど》いことを口にしていたが、酒井祐子は気にせずひとり勝手に話し続けた。

「でも、翠としては、そんな片瀬くんが気に入ったんでしょうね。知り合ったときもひどかったし。そうそう、あのふたりがはじめて出会ったとき、あたしも一緒にいたのよ。絵に描いたような一目惚れ。第一印象から決めてました、みたいな」自分の軽口に大声で笑い、酒井祐子は嬉《うれ》しそうに手を叩いた。

「どんなふうに一目惚れしたんですか？」

「一年のとき、昼休みに翠と中庭で鯛焼《たいや》き食べてたのよ。近くに鯛焼きの美味《おい》しい店があってね。昼休みによく買いに行ってたわけ。なにせ自由な学校でね、みんな結構やりたい放題。自習時間に学校抜けだしてラーメン食べに行っても、なんにも言われないくらい」

「なるほど」いい加減うんざりしたが、顔に出さないようにもう一度催促した。「それで、鯛焼きを食べてたらどうしたんですか？」

「そうそう。翠と鯛焼きを食べてたのよ。そうしたら、前から血まみれのアブナイやつが来た。鼻血ダラダラ流して、シャツの胸の辺りが真っ赤になってってね。よく見たら、理系のクラスの男子でね。そいつは鼻血まみれのくせに平然と歩いてるわけ。あたし思わず引いたわよ。眼を合わせたらダメだ、ってね。で、あたしは慌てて知らないふりしたんだけど、翠はじっと見てたわけ。そしたら、そいつはこっちをにらんできた。すっごい顔で。で、こう言ったのよ。『鼻血が出た』って。いや、鼻血が出てるのは見たらわかるし。そのとき、翠が黙ってティッシュを差しだした。そいつも黙って受け取った。その鼻血ダラダラの変なやつが片瀬くん」

「それだけですか？」

「ええ。次の日にはもう、ふたりは一緒にいたから」

「そもそも、父はなんで鼻血を出してたんですか？」

「後でほかの男子に訊いたら、つまんないケンカだって。片瀬くんが相手にしなかったら、相手が余計にキレてね。いきなり殴られたらしいの」

聞けば聞くほど違和感がつのる。高校時代の父は在の知っている父とはまったくの別人だ。納得できないまま、ぬるくなったコーヒーを飲んだ。

するど、酒井祐子が身を乗り出して、在をのぞき込むようにした。

「君、上品よねえ。うちにも中学生と高校生の子供がいるけど、ほんとガラが悪いのよ。君みたいにお行儀がよかったらいいのにねえ」

「いえ、甘ちゃんなだけです」

「翠も、親が離婚して苦労してたわりには、どこか世間知らずのお嬢さん、っていう感じがあったからね、お母さんが厳しい人だったのよ。森下家の家風ってやつかもね」酒井祐子はがらがら氷を回してから、アイスコーヒーを一息に吸い上げた。「いい子だった。いつもにこにこしてて。でも、妙に冷めたところもあったな」

「そうですか」

それきり黙っていると、酒井祐子が心配そうな顔をした。

「大丈夫？　片瀬ジュニア」

「はい。でも、ちょっと驚くことが多くて」

「お父さんが亡くなられたばかりでショックなのはわかるけど、翠はもう死んじゃったんだし、あんまり考えすぎないほうがいいよ」すこし無神経に聞こえるほど、軽く言い切った。「翠はとにかく片瀬くんのことが好きだった。ひたすら好きだった。ただ、それだけだから」

「父も森下翠さんに夢中だったんですか？　それとも森下翠さんが一方的に？」

「一方的ってことはない。両方だと思う。片瀬くんは人前でノロケたりする男の子じゃなかったけど、いつでも翠と一緒にいたから。とにかく、翠の気持ちなら断言できる。片瀬くんが好き。あの子はただそれだけ」空になったグラスをかき回しながら、酒井祐子は繰り返した。「あの子はほんとに片瀬くんのことが好きだったのよ。ほんとに」

さすがに最後は湿っぽくなり、酒井祐子は大げさに鼻をすすっていた。

「今日はありがとうございました」

「じゃあね、片瀬ジュニア。なにかあったらいつでもね」

喫茶店を出たところで別れたが、そのときにはすっかり笑顔だった。

酒井祐子の言ったことをそのまま信じる気にはなれなかった。父がみなに嫌われていたなど、ありえない。酒井祐子の姿が見えなくなると、在はすぐに携帯を取りだした。中川弁護士に連絡すると、今なら会えるとのこと。事務所は法務局のすぐそばで、「ノアノア」から歩いてもすぐだ。早速、向かった。

中川弁護士はエアコンの効いた部屋で待っていた。在がソファに座るなりコーヒーを出してくれる。にこにこ笑っている弁護士を見ると、さっき飲んだばかりですとは言えなかった。ちょうど、相続の手続きがあるらしく、何枚かの書類にサインをして印鑑を押した。五分も掛からない作業だった。ひと区切りついて、口を開いた。

「中川さんは父が子供の頃からのつきあいですよね。高校生の父を憶えていますか？」

「なんだい？　最近、そんな質問ばっかりだよねえ。なにかあったの？」

「いえ。さっき、父の昔の知り合いという人に会いまして、その頃の父は仏頂面で無愛想な男だったと聞いたんですが」

「仏頂面で無愛想？　和彦くんが？」

弁護士はしばらく首をひねっていた。そして、いきなり閉じた扇子でぱん、とテーブルを打った。びっくりするほどいい音が出た。噺家《はなしか》ですか、と突っ込みたくなるくらいだ。

「そうだ、そうだったよ。思いだした。在くんの言うとおり、高校生の頃は愛想のない男だったねえ。おじいさんおばあさんのお葬式でも平気な顔してて、ひとりぼっちになって気の毒だとは思ったが、かわいげのないガキだとも思ったんだ」

「好かれるタイプではなかったんですか？」

「まあなあ。こう言っちゃなんだが、いつもぶすっとした顔してたからねえ」

「僕の知っている父とは全然違うんですが」

「ああ、そりゃあ、まるで別人だよ」

「じゃあ、父はいつ変わったんですか？」

「いつだろう？　結婚のあたりかなあ。和彦くんが結婚するときには、うちの親父が父親代わりをしたんだ。先方へも一緒に挨拶に行ってね。そのときは、和彦くんはすっかり人当たりがよくなっていた。見違えるほど、世慣れた感じのいい男になってたらしいよ。これがあの片瀬和彦か、ってくらいに、好青年になってたんだ。親父もびっくりしたらしい。

なにせ笑ってたんだからね。あの仏頂面の男が、にこにこ笑ってるんだ」

うんうん、とうなずきながら弁護士が扇子を鳴らした。やはり弁護士より噺家になったほうが似合うような気がした。

「父はなぜそんなに変わったんでしょう？」

「よほど結婚が嬉しかったんだろうねえ。まあ、これまで家族に恵まれなかった人だったから、気持ちはわからんでもないがね。ああ、結婚とは偉大なものだなあ。君のお母さんはすごい人だったんだ。うらやましいねえ」

弁護士がしきりに感嘆の声をあげた。よほど懐かしいのだろう。眼が潤んでいた。

「つまり、父は母と結婚して、別人のようにいい人になった、っていうことですね」

「別に、以前が悪い人だったってわけじゃないよ。まあ、角が取れて人間ができた、ってとこかな。和彦くんはお母さんと巡り会えて幸運だったね」

「他の女の人では、こうはいかなかったと思いますか？」

「さあ、それはどうだか。そこまではわからんよ」

「この前、父は母の前に結婚を考えた女の子がいたと言いましたよね。でも、事故で死んでしまった、と。中川さんは相手の女の子には会ったことがあるんですか？」

「親父は会ったけど、私は直接は知らないね。別に不良少女というのではなかったらしい。おとなしい子で黙ったきりだったらしいよ」

「そんなに無口だったんですか？」

「全然喋《しゃべ》らなくて困った、って言ってたような気がするねえ」中川弁護士が遠い眼をした。「ちらっと聞いただけだからね。それ以上は親父もなにも言わなかったし」

「そうですか」

「でも、なんにしても気にすることはないよ。あんなのは若気の至りってやつだ。和彦くんを変えたのはお母さんだよ」

「その女の子では無理だと？」

「そりゃあ、わからないけどね。でも、その女の子と同棲しているときは、あんなに穏やかじゃなかった。生意気で無愛想だった。和彦くんを変えたのは奥方。君のお母さんの手柄だよ」

中川弁護士は大きな声で笑った。在はようやくほっとした。やはり父は母を愛していた。別にだましていた、裏切ったわけではないということか。

そろそろ失礼しようか、と中川弁護士を見た。だが、弁護士は落ち着きなく扇子を鳴らしている。なにか言いだしかねているようだ。

「あの、中川さん。なにかあったんですか？」

「いや……」

「ほかになにか用事があるんじゃないですか？　僕はかまいませんから、なんでも言ってください」

「うーん」髪のない頭をかきながら、弁護士が唸った。「話すべきかどうかずっと迷っていたんだ。実は、私はこの前君に嘘をついた」

「嘘？　一体なんですか？」

「もう済んだことだから、老いぼれが墓の中まで持っていこうと思っていたが、やっぱり話しておくよ。実は和彦くんには奥方が亡くなられた後に親しくしていた女性がいたようなんだ」弁護士の扇子の動きが止まった。「去年のことだ。和彦くんから相談があってね。ある女性を妊娠させたので責任を取りたい、と言うんだ」

「妊娠させた？　本当ですか？　相手はだれなんですか？」

一瞬、水樹の顔が浮かんで愕然《がくぜん》とした。やはりただの関係ではなかった。しかも、妊娠させていたとは最悪だ。やはり、父は母を裏切っていたのかと思うと、さっき安堵《あんど》したばかりなのに奈落の底に突き落とされた気分だ。

「それがねえ、よく知らないんだ」

「知らない？　どういうことですか？」

「とにかく相手と話をさせてくれ、って言ったんだ。認知で済ませるのか結婚するのか、確認しないといけないからね。でも、和彦くんは渋ってねえ。だから、名前も年齢も、どこのどんな女性かも知らないままなんだ」

「本当に父の子供だったんですか？　父も認めてたんですか？」

「認めてた。たしかに私の子だ、って言ったんだ。びっくりしたけど、奥方の一周忌が終わった頃だったから、まあ仕方ないか、と思ってね。再婚は考えないのか、と訊いたら向こうにその気はない、ってね。で、その日はそれで話が打ち切りになったんだ」

「父はなぜ紹介したくなかったんでしょう？」

「わからない。まあ、下品な勘ぐりだが、相手が訳ありだったのかもしれないね。で、心配してたら、和彦くんから連絡があった。この前の話は忘れてくれ、と」

「じゃあ、子供はどうなったんですか？」

「そのへんを和彦くんははっきりとは言わなかったんだ。養育費の話は出なかったから、堕《お》ろしたんだろうねえ。金でカタがついて別れたんだろう」

「中川さん、父は認知に関してどんな感じでしたか？」

「妊娠させた以上、責任を取るのは当然だ、って顔だった。でも、今から思うに、あれはやっぱりだまされてたんじゃないかなあ。和彦くんは本当に愛妻家だったからねえ。タチの悪い女にはめられたんだと思う。でも、なんとか解決したんだろう」

在はひどく混乱していた。もし相手が水樹だったとしても、父はきちんと責任を取ろうとしたわけだ。下衆《げす》な鬼畜ではない。そう思えば、ほんのすこしだが慰められた。だが、それで父の非道が消えるわけでもない。水樹の心と身体はどれだけ傷ついただろう。

「おいおい、在くん、大丈夫かい？」

「ええ」ひとつ深呼吸をして心を落ち着かせた。「大丈夫です」

「やっぱり黙ってたほうがよかったな」中川弁護士がすまなそうな顔をした。「でも、知らないせいでトラブルになったら困るからねえ。なにせ、どこのだれかもわからないから、本当に解決したのかどうかわからない。この先、向こうがなにか言ってくる可能性もあるんだ」

「本当のことを教えてもらえてよかったです」

「いやいや」中川弁護士は本当に困った顔だった。「もし、おかしなことを言ってくる女性がいたら、すぐに連絡してくれたらいいからね」

そのとき、はっと思いだしたことがある。

「そう言えば、父は亡くなった日に中川さんに連絡してた、ってことでしたが、なんのことだかわかりましたか？」

「いや、なにも。在くんのほうは？」

「いえ、こちらもなにも」

「じゃあ、たいした用事じゃなかったんだよ」

もしかしたら、と在は暗い想像に動揺した。あの日、父と水樹の間に問題が起こった。だから、父は中川弁護士に連絡を取った。そして、夜に水樹が家まで来たということか？

ホットコーヒーを飲んでいるのに、急速に身体が冷えていく。中川弁護士が汗を拭きながら相続税の申告について話していたが、もうすこしも耳に入らなかった。

弁護士事務所を出て、家に帰った。

だが、もやもやして、すこしも落ち着かない。なんだか人恋しくなってきた。高丘に連絡すると、すぐ行くとの返事が来た。

高丘はまた泡盛持参だった。今夜は「久米仙」だ。在がいきなり誘った理由も訊きもしない。いつものようにリビングのソファに陣取ると、ちんすこうを食べながら勝手に飲みはじめた。

ちらりとマントルピースの上の父を見て言う。

「ほら、在んちの親御さん、高校の体育祭を夫婦で見に来てただろ？」

高校一年の六月、よく晴れて暑い日だった。父はどんなに忙しくても、家族のために時間を割いた。息子の学校行事に出かけ、妻の趣味につきあった。決して家族サービスを忘れることはなかった。

「たしか、在のお母さんは黒い日傘を差してた」高丘が遠いところを見るように眼を細めた。「埃《ほこり》で霞《かす》んだグラウンドに、ほっそりとした影が佇《たたず》んでた。涼しげだったな」

「あの傘は親父からの誕生日プレゼントだ」

父と母は観客席の一番後ろに立っていた。母は白のカットソーを着て、汕頭刺繡《すわとうししゅう》の黒い日傘を差していた。父は強い陽射しに眼を細めながら、寛《くつろ》いだ様子で佇んでいた。オレンジのシャツにシンプルなチノパンツ。それに例の麻のジャケットを着ていた。四十歳を過ぎて、オレンジが上品に見えるのはかなりのものだ。ただ立っているだけで、ふたりは否《いや》応《おう》なしに人目を惹《ひ》いた。

小学校なら珍しくもないが、高校ともなると夫婦でやってくるものは少ない。父と母は汗臭いグラウンドでやたらと目立って、すぐに噂《うわさ》になった。芸能人夫婦かと言われたほどだ。父は男性雑誌のモデルのようだという評判だった。知的で穏やかで、それでいて鋭さもある。顔かたちではなく雰囲気の問題だ。

クラスの連中が何人も寄ってきた。

——なんか、親父さん、メチャメチャかっこいいな。

——お母さん、美人だな。女優みたいだ。

——お父さんとお母さん、仲いいな。すげえ羨ましい。

在は笑ってごまかした。正直うんざりした。だが、父や母が疎ましかったからではない。うんざりしたのは、友人に両親を誉《ほ》められて素直に誇らしげな気持ちになる自分が恥ずかしかったからだ。いい加減、親離れしないとな、と思ったからだ。

「今でも目に浮かぶ。若くてきれいなおふくろさんとハンサムな親父さん。ふたりが仲睦《むつ》まじく寄り添って、ひとり息子の競技を見ているわけだ。大声で応援なんかしない。息子に声を掛けたりしない。もちろんビデオカメラなんか持ってない。ただ微笑みながら息子を見守っている」

高丘が大きな息を吐いた。かなり酒臭い。グラスを握ったまま、紫色をしたちんすこうを口に放り込んで言う。

「あれ見て思ったよ。夫婦っていいな、って。俺が思ってるより、ほんとはずっといいものなのかもしれない。それくらい幸せそうに見えたんだよ、在んちの両親は。ああ、俺も早く結婚したいなって、一瞬だけど思ってしまうくらいにな」

へへ、と高丘は笑った。皮肉と投げやりと子供じみた諧謔《かいぎゃく》の混ざった、いつものやつだ。

「あんまり幸せそうなんで眼が離せなくて、いつの間にかふらふらと引き寄せられてた。で、なんと言おうかとまごまごしてたら、親父さんのほうから声を掛けてくれた。感動したよ」

「おまえが礼儀正しくするなんて、どうした風の吹き回しだよ」

「うるせえよ。それほどすごかったんだ、片瀬和彦は」次の瞬間、ふいと高丘の笑みが消えた。所在なくグラスを揺らす。「悪い。こんな思い出話すると辛いよな。悪かった」

違う、と言いかけてやめた。おまえが誉めたたえている片瀬和彦は最低の男だったんだ。未練たらしく昔の恋人にこだわり、死んだ赤ん坊の名を再利用した。おまけに、女子高生をはらませ、中絶させたかもしれないんだ――。

「構わないよ。そんなに幸せそうに見えたのなら、うちの親は幸せだったんだろ。だったらそれでいいじゃないか」

「どうしたんだよ、おまえがそんな皮肉言うなんて」

高丘がまじまじと在の顔を見つめた。いつも平静を装う男が珍しく驚いた顔をしている。

「いや、皮肉のつもりはないんだけど」

知らないうちに厭《いや》な物言いをしていたようだ。気をつけなければ、と反省した。

「とにかく、俺は在んちが好きだったよ。いつ押しかけても親父さんもおふくろさんも優しく迎えてくれたし、うまい飯だって食わせてくれる。最高の家だった」

母が病気で死ぬまでは、週に一度はやってきて夕飯を食っていった。ほかに兄弟のいない在だから、高丘は大歓迎だった。母もそうだったに違いない。人数が増えると料理のしがいがある、と嬉しそうだった。

「自分の親が死ぬより、よっぽど辛い」高丘がぼそりとつぶやいた。「代わりに俺の親が死ねばよかったのによ」

「おい、いくらなんでも自分の親にそんなこと言うなよ」

すると、高丘がひどく曖昧な笑みを浮かべ、投げやりな言い方をした。

「そんなことを平気で言えるのは、おまえがちゃんと育てられたからさ。つまり、今、おまえは自分の両親の素晴らしさを証明したんだ」

在はなんと返事していいかわからなかった。高丘の状況を思いやれなかったのは、在の無神経だ。

高丘は高校入学と同時に家を出て、それからずっとアパート暮らしをしている。実家は市内で、高校へも大学へも三十分以内で通える。下宿する必要などまったくない。だが、高丘の家族はなにも言わず、高丘の好きにさせた。

一度、理由を訊いたことがある。すると、高丘は面倒くさそうに答えた。

——高校入るまで、ずっと入院してただろ？　いざ退院して家に帰っても、もう居場所がないんだよ。部屋はあっても全然落ち着かない。親父もおふくろも弟も、なんか居心地悪そうでさ。口には出さないけど、赤の他人が紛れ込んで迷惑だ、みたいな顔してる。だから、家を出ることにしたんだ。

考えすぎだろ、と答えようとしたが、高丘の暗い眼を見るとなにも言えなくなった。病み上がりの息子のひとり暮らしを簡単に許す親だ。高丘の言うことは決して誇張ではない。高丘を心配してくれたのは祖母だけだったそうだ。だが、その祖母ももう亡くなった。たぶん、高丘も在もそう変わらない。どちらも天涯孤独だ。

「すまん」

「いや、みっともないのは俺さ」高丘は今度はやたらと明るく笑って、グラスを空けた。「辛気くさい話はやめにして、飲もうぜ」

高丘はアパートで飼っている猫の話をはじめた。白黒模様の猫だから名前はシロクロだ。雌だが気の強い猫で、嫉妬《しっと》するのか女を連れ込むと機嫌が悪いらしい。高丘は猫と女のバトルを面白おかしく話し続けた。

「高丘、おまえ、あんな汚い部屋に女を連れ込んでるのかよ」

「仕方ないだろ。毎回ホテル行く金なんてないし」高丘が肩をすくめた。「そういや、おまえは？」

「うるさい。まだ独り身だって言っただろ」

彼女と別れて半年。うまくいかなくなった理由は父と比べられたからだ。

――在よりお父さんのほうがかっこいいかも。

冗談めかして言われたが傷ついた。当然だと思って、言い返せない自分にも腹が立った。

するとと、急に冷めて別れた。

「おまえなら、その気になりゃいくらでも寄ってくるだろ？　選《え》り好みすんなよ」

「今はいいよ。なんか面倒だ」

「贅沢《ぜいたく》だな」

泡盛を舐《な》めながら、在は高丘の話を聞いていた。笑ってはいるが、すこしも笑った気がしない。気がつくと、死んだ父と水樹のことを考えている。

母と自分をだましていた父が憎い。水樹を傷つけたことに怒りを覚える。なのに、心のどこかで今でも信じたいと思っている。完璧で素晴らしい父だと思いたい。

「なあ、僕はファザコンか？」

知らない間に酔っているらしい。すこし舌がもつれた。

「は？　今頃気づいたのかよ。おまえはファザコン。立派なファザコン。愛すべきファザコン。どこに出しても恥ずかしくない完璧なファザコン。ファザコン選手権があったら優勝できる。キングオブファザコンだ」

「いい加減にしろよ。しつこいな。そこまで言うな」

思わずかっとして、きつい口調になった。高丘をにらみつけると、しまった、という顔をした。

「すまん、言い過ぎた」高丘は珍しくうろたえている。「おまえが本気で怒るなんて……

すまん」

しばらく話が途切れた。高丘も在も黙って飲み続けた。頭が冷えてくると、ファザコンという言葉に過剰反応した自分が恥ずかしくなってきた。腹が立ったのは図星だったからだ。高丘の言葉はすべて正しい。

気まずい空気を変えるために、在は口を開いた。

「なあ、高丘。おまえ、百合《ゆり》の花って好きか？」

「百合？　別になんとも思わないけどさ」興味のなさそうな顔だ。「花なんて詳しく知らないしな。百合がどうかしたのか？」

「いや、別に。親父が好きだったんだ。それだけだ」

それだけなんだ、と泡盛を飲み干したら喉が焼けた。

翌日、大学を三限で切り上げ、一旦家に戻った。そして、今度は車で家を出た。

今日は水樹と会う約束をしている。時間に余裕のない水樹のために、南川高校まで迎えに行くことになっていた。

僕はなにをやってるんだろう、と在は苦笑した。前期試験もあるのにまったく勉強が進んでいない。こんなことをしている暇はないのだが、父と水樹が気になってそれどころではない。

ゴルフを走らせ、南川高校に向かう。十分ほどで着くと、正門の手前に車を駐《と》めた。下校時刻まですこし時間があるので、車を降りて高校を眺めてみる。

薄曇りの空の下、レンガ造りの旧校舎が見えた。建物の端は丸いフォルムになっていて、出窓がある。あれが、酒井祐子の言っていた廻り階段だろう。天気が悪いせいか、レンガはくすんで牢獄《ろうごく》のように見えた。

あの窓に父と森下翠は腰掛けていたのだろうか。仏頂面の若い父。黙って微笑む森下翠。逆光に浮かび上がるシルエット。想像すると、胸が詰まって息苦しくなった。

やがて、チャイムが鳴って生徒が出てきた。しばらく待つと、水樹の姿が見えた。今日はブラウスの上に白の長袖サマーセーターを着ている。

「森下さん、こっち」

「お待たせしました」水樹がぺこりと頭を下げた。

助手席のドアを開け、水樹のカバンを受け取った。水樹が乗り込むのを見届け、ドアを閉める。すると、周りの生徒から、おおーという声が上がった。

「え？」

冷やかされて在は当惑した。父が母にしていた通りのことをしただけなのだが、高校生には少々大げさに見えたのだろうか。慌てて運転席に座って、車を出した。

「自然に身についた完璧なレディーファースト」焦る在を見て、水樹がくすっと笑った。

「お父さん譲りですね」

「父ほど上手じゃないけどな」

「そんなことないです」水樹が慌ててフォローした。「在さんも上手です」

「いや、父ならあんなふうに冷やかされなかったと思う」

そう言った後で、在は自分が情けなく思えた。勝手に父と比べて、勝手に傷つき、でも、結局納得してしまう。こういうところがファザコンということだ。

とりあえず、また喫茶店に入った。セルフなので、お互いに飲物を受け取って席に着いた。在はアイスコーヒー、水樹はアイスティーだ。

まずは酒井祐子から聞いた、父の変貌を伝えた。すると、水樹が驚いて眼を見開いた。

「えっ？ 片瀬さんは、昔はあんまり人に好かれるタイプじゃなかったんですか？」

「らしいね。正直言って驚いた」

「信じられません」水樹は混乱しているようだった。「あたしの前では優しくて穏やかで、ハリウッド映画並みにかっこいい人でした」

「僕の前でもそうだった。だから、僕もいまだに信じられないんだ」

「いつ変わったんですか？」

「母と結婚したあたりらしい」

「ということは、伯母とつきあっているときには嫌な人間だったけど、伯母が死んだあとに魅力的になったっていうことですか？」

「そういうことになるな」

「でも、どうして？」

「あくまで想像だが、もしかしたら、父は君の伯母さんを失って、その痛手から立ち直る際に人間的に成長したんじゃないかな。大切なものを失って、はじめてわかることがある、って。そりゃ、もちろん年齢的な成熟とか社会的経験とか、いろいろ合わさってのことだろうけど」

「ええ、そうかもしれませんね」水樹がすこしためらいながら答えた。「そうだとしたら伯母の人生にも意味があった、ってことですよね。祖母に言って聞かせてやりたいです」

「どういうこと？」

「祖母はいつでも言ってました。仏間の写真を指さして『おまえの伯母さんはバカだった。あんたはあんなふうになっちゃいけません』って」

「バカだった？　いくら確執があったとはいえ、孫にそんなことを言って聞かせたのか？」

「祖母はふしだらな娘が許せなかったんです。南川高校という進学校に通いながら、大学にも行かず、道を踏み外した娘に失望したんです」水樹が顔を歪《ゆが》めた。「そりゃ、伯母のしたことは無茶だったと思いますが、でも、自分の娘をバカって言うなんて」

「ああ。あんまりだ。でも、なぜそんなことになったんだ？」

「伯母はかなり成績がよかったそうなので、将来は弁護士にでも、と祖母は期待してたそうです」

「弁護士のはずが、高卒で『でき婚』なんて絶対許せない、ってとこか」

「でしょうね。孫のあたしにはそうなってほしくなかったんです。だから、あたしが小さい頃から、繰り返し死んだ伯母の話をして釘を刺しました。そして、徹底的に厳しくしたんです。門限を決めて、遊ばずに勉強させて、オシャレなんかとんでもない。男を誘うつもりか、って」

「それはひどいな」

「ひどいでしょう？　中学の頃、リップクリーム付けただけで叱られました」

「君のご両親はなにも言わなかったのか？」

「父は祖母に腹を立て、口を出すな、と言いました。すると、必ずケンカになった」水樹が投げやりな口調で言った。「ばかばかしいケンカです。やってられません」

父のしたことが、何十年も経ってから争いの種を蒔《ま》いたかと思うと、在はいたたまれなくなった。一番の被害者はなんの罪もない水樹だ。なのに、父はさらに水樹を傷つけたというのか。

「在さんのご両親は家でケンカなんかしなかったでしょう？」

「一度も見たことがない」

「でしょうね。片瀬さんが奥さんを傷つけるわけがない」水樹が眼を伏せた。「うちとは大違いです」

「ごめん」なにをどう言っていいのかわからず、ただ詫《わ》びた。「もともとは父のしたことに責任があるんだ」

「いえ。片瀬さんが悪いんじゃない。あたしの家がおかしいんです」水樹が低い声で言った。「伯母は今でも森下家の中心です。地獄の中心ってことです」

「地獄？」思わずぞくりとした。

水樹がアイスティーを飲み干すと、バッグを開けた。中から、この前に見た森下翠の写真を取りだした。

「いつも持ち歩いているの？」

「ええ。子供の頃からずっとです」

そこまで伯母に夢中なのか、と息苦しくなった。取り憑《つ》かれている、というのも大袈裟ではないかもしれない。気を取り直して差しだされた写真を見た。森下翠がにじむように笑っていた。その笑顔に吸い込まれそうになる。――息が苦しい。在は思わず喉に手を当てた。

「まだ伯母に慣れてないから、毒気に当てられたんですね」

「毒気？」

「そう。毒気。伯母は毒の塊です。あたしは、伯母を見て育ったから免疫がありますが、慣れていない人には辛いでしょうね」

「なぜ、森下翠さんは毒なんだ？」

「死人は死人。生きてる人間じゃない。なのに、ずっと昔に死んだ伯母が森下家のすべてを動かしてるからです。祖母も父も母もだれも敵《かな》わない」水樹がかすかに顔を歪めた。

「もし、幽霊ならお祓《はら》いだって除霊だってできます。でも、伯母はただの死人。化けて出てくるわけでもないし、だれかに取り憑くわけでもない。なのに、あたしたちは伯母を忘れることができない。毎日毎日、伯母のことを考えてます」

水樹は底に残った氷をほおばり、かりかりとかんでいる。眼を伏せると、マスカラなど塗っていない睫毛《まつげ》が自然できれいだった。なのに、その口から出るのは陰惨な話ばかりだ。地獄という言葉は大げさではない。

「そういえば、君のお母さんは？　翠さんのことをどう思ってるんだ？」

「母はさっさと抵抗を諦めました。家では家政婦と割り切って、外で生きることにしたみたいです。熱心にボランティアサークルをやって、市から表彰されたこともあるんですよ。毎晩、夕食の支度をすると出ていきます。ほとんど家にいない」水樹が疲れた仕草で首を振った。「あの人が一番賢いんだと思います」

水樹が濡《ぬ》れて見えた。水樹の上にだけ雨が降っているようだ。ただの雨ではない。冷たい、氷のような雨だ。傘もなく、雨に打たれながら歩き続けている。生まれてからずっとだ。たったひとりで、だれひとり横を歩く者もなく、傘を差し掛ける者もなく――。

では、父はなにを思っていたのだろう。母と在を裏切り、母子手帳を眺め続ける。父にとっては、森下翠は毒ではなかったのか？　ただの美しい思い出か？　だが、水樹との関係は？

わからない。父という人間がわからない。片瀬和彦とは何者だ？　無愛想で人好きのしない朴念仁か？　妊娠した恋人を死なせた人でなしか？　スマートで優しくて魅力的な愛妻家か？　それとも女子高生を妊娠させる鬼畜か？

「僕の知っている父は、穏やかに微笑んでいる素敵な男なんだ。自慢の父だったんだよ。君が伯母さんに憧れるように、たぶん僕は父に憧れていた。その父が昔は嫌なやつで、君の伯母さんの死に責任があって、しかも僕と母をだましていたなんて知ったら……」在は吐きだすように言った。「心の底では悔しくてたまらない。怒りを抑えられない。なのに、それでもどこかで父を信じてるんだ。仮に父が鬼畜だったとしても、なにか理由があったはずだ。僕はなんとかして真相を知りたい」

窓から道路向かいを眺めた。大きな看板が並んでいる。その中には、とある総合病院の広告もあった。あの病院も父が手がけたものだ。公共建築が専門だったはずの父は、山ほどの古民家の資料を持っていた。あれは、ただの趣味なのだろうか。それとも、父の秘密のひとつなのだろうか。

店を出て水樹を車に乗せた。森下家に向かって車を走らせる。事故でもあったのか、道路は渋滞している。ゴルフはのろのろと進んだ。

空は今にも雨が落ちそうだ。今のふたりの気持ちを代弁しているかのようだ。

本当に訊きたいことが訊けない。――君は父に抱かれたのか？　父の子を妊娠して、堕ろしたのか？

「酒井さんにはまた会うんですか？」

「特に約束したわけじゃない。でも、なにかあったらいつでも、って言われてる」

「もし、今度会う機会があったら、あたしも一緒にいいですか？」

「わかった。連絡する」

水樹は背筋を伸ばして座っていた。きれいに伸びた首で、喉仏がひくひく動いているのが見えた。

そのとき、ざあっと音がしたかと思うと、突然激しい雨が落ちてきた。ばらばらという音が車の中に響き、耳が痛くなる。フロントガラスを滝のように雨が流れ、前がなにも見えない。

ふいに水樹が口を開いた。

「あたしにとって、子供の頃から伯母は特別だったんです。あたしは伯母に憧れてました。だから、祖母が伯母を悪く言うのを聞くのは、とても辛かったんです。祖母が伯母を罵《のの》るたび、あたしは祖母が嫌いになっていきました」

水樹の声は小さくて、ときどき雨の音でかき消されそうになる。

「あの仏間の写真を指さして言うんです。――バカな子だった。折角の人生を自分でダメにした、って。その後で、あたしに向かって言いました。――水樹、あんたはあんなふうになっちゃだめだよ、って。男にだまされてはいけない。男なんかの言いなりになってはいけない。一生、結婚なんかしなくていい、って。すると、父が怒りました。姉貴を悪く言うな、って。父と祖母は毎日ケンカしてました」

水樹の声は言葉の最後でかすかに震える。眼は真《ま》っ直《す》ぐに前を見ている。まばたきひとつしない。在は胸をつかれた。掛ける言葉が見つからない。

「つまらない話なんですが、祖母は三味線を弾いたんです。長唄《ながうた》の『綱館《つなやかた》』って知ってますか？」

「いや。長唄って言われても全然わからない」

「渡辺綱《わたなべのつな》が鬼の腕を斬り落とす。すると、鬼は腕を取り返すため伯母に化けてやってくる、っていう話です。小さい頃、あたしは祖母の三味線の音が怖くてたまりませんでした。鬼は伯母じゃなくて、祖母に化けているような気がしたからです」

　雨がいよいよ激しくなる。ふいに耳許《みみもと》でしゅうしゅう聞こえたような気がした。高丘の話を思いだす。蛇と鬼とではどちらがマシだろう。

「伯母はもうずっと昔に死んでしまった人。生きてる人は死ぬことができるけど、死んだ人はもう死ねない。伯母の存在はこれ以上消えないんです。生きてる人からは逃げられるけど、死人からは逃げられない。だから、ほんとに怖いんです」

　そこで、水樹の言葉が途切れた。それ以上は辛すぎて言えない、といったふうだった。車を路肩に寄せて駐め、ハザードを出した。ハンドルを握ったまま、ひとつ大きく息をした。

　水樹は助手席の窓から外を見ている。雨が激しいから何も見えないはずだ。だが、窓を見つめたまま動かない。

　白くて細い華奢《きやしや》な首だ。柔らかそうな後れ毛がきれいだ、と思った。この少女を父は抱いたのか？　こんなにも傷ついている少女をさらに傷つけたのか？

かっと怒りがこみ上げる。そのとき、ふいに水樹の肩が震えた。

「正直言って伯母が憎くなるときもある。伯母さえいなければと思うんです。でも、やっぱり伯母に惹かれるんです。憧れてしまうんです」

水樹が声を殺して泣いている。静かに、嗚咽《おえつ》をかみ殺し、ひっそりと苦しんでいる。

「ごめん」

「どうして、在さんが謝るんですか？」

「君の伯母さんの死は父に責任があるんだろう？　だから、君の家族は父を怨んでる。結局、父のせいなんだ」

「違います。片瀬さんのせいじゃない」

父は君を傷つけたのか？　あの日、父となにがあった？　そう訊きたかったが、泣いている水樹を見るとなにも言えなくなった。在の横で水樹は懸命に泣きやもうとしているが、すこしも成功しない。その虚《むな》しい努力を見ていると、余計に胸が詰まった。今はこれ以上、水樹の傷をえぐるようなことなどできない。

「僕が謝ってもしかたない。でも、ごめん、としか言えない」

「お願いです。謝らないでください」水樹が強く言った。「結局はあたしの家の問題です。在さんを巻き込むべきじゃなかったんです」

「そんなことはない。父のせいで君の家が混乱したのは事実なんだから」

「だとしても、あたしが自分で解決しなくてはならないんです」

それきり水樹は口をきかなかった。在も無言で車を走らせた。

水樹を送ると、家に戻った。リビングに入ると、マントルピースの上の父の骨を抱えた。廊下を大股《おおまた》で歩いて書斎に向かう。父の机の上にどんと置いた。

「父さん、秘密はとっくにばれてるんだ。本当はこの書斎にいたいんだろ？　母さんより森下翠が好きだったんだろ？　僕はどうせ偽者の在なんだろ？」吐き捨てるように言った。声が震えているのが自分でもわかる。「父さん、あんたは僕と母さんをだまして裏切り続けてたんだろ？　それだけじゃない。今でも森下水樹を泣かせてるんだ」

無人の書斎に虚しく声が響いた。ひとりで空回りしている自分が滑稽に思える。在はいたたまれなくなって、書斎を飛びだした。乱暴にドアを閉めて廊下を駆ける。風呂場に飛び込み、頭から冷水を浴びた。一瞬で鳥肌が立つ。

わかっている。父に悪態をつきながらも、本当は父を憎みきれない。心の底では父を信じたいと思っている。つまり、父に甘えているんだ。高丘の言うとおり、僕は情けないファザコンだ。

歯が鳴るまで冷水を浴びた。それから、ふたたび森下翠の日記を読んだ。ノートの終わりの部分だ。

*

2月3日　火曜日
今日は節分。片瀬くんと豆まきをする。これで本当に鬼が追い払えたらな、って思う。

散らばった豆を片瀬くんと一緒に拾っていたら、急にこんなことを訊ねてきた。

「将来、翠はどんな車に乗りたい？」

片瀬くんの家にあるのは、昔おじいさんが乗っていた「クラウン」っていう車。大きくて高そうな車だ。でも、あたしの家には車がないし、車のことなんか全然わからない。だから、コマーシャルで知っている名前を適当に言った。

「スカイラインがいい」

そうしたら、片瀬くんはすこし考えてうなずいた。

「スカイラインか。わかった。大学に入ったらスカイラインを買って、ドライブに行こう」

「お弁当は？」

「もちろん当たり前だ。絶対にお弁当は必要だ」

片瀬くんは大真面目《おおまじめ》な顔で言った。でも、すごく嬉しそうだった。

片瀬くんの両親は小さい頃に死んだから、家族で出かけたことがない。だから、すごくドライブを楽しみにしてる。あたしも楽しみだ。どんなお弁当を作ろうか、って今から悩んでる。

豆を片づけたあと、学校の帰りに買ってきた河上屋《かわかみや》の鯛焼きを食べた。冷めてたけど美味《おい》しかった。でも、食べたのはあたしだけ。片瀬くんは甘い物が苦手だから、一人でコーラを飲んでた。

2月7日　土曜日

あたしはこの歌が好き。オフコースの『さよなら』が大好き。ときどき鼻歌で歌う。でも、片瀬くんはこの歌が好きじゃない。あたしが歌ってたら、あまりいい顔をしない。さよならの歌は嫌いみたいだ。

あたしは歌謡曲が好き。中森明菜の『DESIRE─情熱─』を思いっ切り歌ってみたいと思うし、松田聖子の『赤いスイートピー』は片瀬くんのイメージだと思う。片瀬くんは歌謡曲はあんまり聴かないけど、一曲お気に入りがあって、ときどき歌ってる。『身も心も』っていうダウンタウン・ブギウギ・バンドの古い曲。……身も心も一つに溶けて、っていう渋いバラード。片瀬くんのイメージとはちょっと違う。だから、面白い。

古い歌なら『あなた』が好きだ。小坂明子の歌。片瀬くんはこの歌が少女趣味すぎて苦手みたいだけど、あたしは好き。ちょっと憧れてしまう。暖炉があって、子犬がいて、坊やがいる。あたしはレース編み。完璧な世界だと思う。中森明菜や松田聖子もいいけど、こういう古いフォークもいい感じだと思う。

片瀬くんが普段聴くのはクラシック。エアチェックしたりする。レニングラード・フィルのムラヴィンスキーっていう指揮者が大好き。でも、ムラヴィンスキーはすごくテンポが速い。はじめて聴いたときは、びっくりしてこの椅子から転げ落ちそうになった。すると片瀬くんが笑った。本当に面白そうに笑った。あたしはあんまり嬉しくて涙が出そうになった。

ムラヴィンスキーのショスタコーヴィチを聴きながら、あたしは片瀬くんと画集を見る。片瀬くんちにはきれいな美術全集が揃ってて、毎日眺めても飽きない。片瀬くんはダ・ヴィンチが好き。スケッチが素晴らしい、って。あたしも一緒に見た。『モナ・リザ』や『受胎告知』を。

もうだいぶ前だけど、日本に『モナ・リザ』が来たことがあった。まだ五歳だったのに、片瀬くんのおばあちゃんは、わざわざ上野まで連れていったらしい。情操教育ってやつ。でも、人がすごくて前を通過しただけらしいけど。

2月10日　火曜日

まるで、片瀬くんの家が自分の家みたいに感じる。母や英夫には悪いけど、片瀬くんの家こそが本当の家だと思う。自分の家は鬼の家としか思えない。片瀬くんと結婚したいって言ったら、反対された。母は何度も言った。『結婚なんかせずに弁護士になるんじゃなかったの？』って。でも、あたしはそんな約束をした憶えはない。英夫は片瀬くんの悪口を言った。『あんなすかした男のどこがいいんだ』って。あたしは懸命にわかってもらおうとした。けれど、どれだけ話しても理解してもらえなかった。母はヒステリックに叫んだ。『父親に似てどうしようもないバカ娘だ』って。英夫は鼻で笑った。『どうせうまくいきっこない。親父の二の舞だ』って。

優しかった母が変わったのは、あたしが小学校五年生の頃だった。きっかけは、父の浮気。毎朝同じ電車に乗ってた若い女の人と突然大恋愛に落ちた。それまで父は真面目で家族思いだったのに、その女の人に夢中になっておかしくなった。それまで仲の良かった父と母は毎晩大ゲンカするようになった。母は鬼のような顔になって、怒鳴って泣き喚《わめ》いた。『家族のためを思って、家事も育児も頑張って尽くしてきたのに裏切られた。なぜ、私がこんな目に？　なぜ、私だけが損をしなくてはならないの？』って。

結局、離婚することになったけど、どちらが子供を取るかでもめた。父は私を連れていきたがった。母は許さなかった。どっちも意地になってるのがわかった。英夫はおびえて毎晩泣いていた。あたしは英夫をかばって、なぐさめた。でも、本当はあたしも泣きたかった。叫びたかった。文句を言いたかった。でも、できなかった。

父は母との泥沼離婚騒動に決着を付けるため、弁護士を雇った。弁護士は有能で父はなんとか協議離婚にこぎ着けた。母はだまされた、と怒って恨み言を言い続けている。

でも、離婚して出ていった父は、たった一年で女の人に捨てられ、酒浸りになってまだ四十前だったのに死んだ。それを知った母は自業自得だと勝ち誇った顔をした。

――正義はあるのね、と。

母があたしを弁護士にさせたがるのは復讐《ふくしゅう》をしたいから。弁護士そのものを見返してやりたいから。あたしはそんなこと、すこしも望んでないのに。

あたしとお父さんは半分だけ共通点がある。あたしと片瀬くんは、会った瞬間大恋愛に落ちた。でも、残りの半分は違う。あたしと片瀬くんが別れるなんてありえない。でも、だれもわかってくれない。祐子も全然理解してくれない。あたしをわかってくれるのは片瀬くんだけだ。

片瀬くんはあたしのことをなにもかもわかってくれる。

昔、拾ってきた子犬を母に捨てられた。それを片瀬くんに言ったら『じゃあ、絶対に犬を飼おう』って言ってくれた。だから、将来子供が生まれたら犬を飼う。そして片瀬くんとあたしと在とで、犬の散歩に行く。名前も決めてる。クロ。小さい頃読んだ椋鳩十《むくはとじゅう》の話の中に、クロって犬が出てきた。片瀬くんも同じ話を読んだことがある。

クロは熊狩りの犬だ。熊に襲われて大怪我をするけれど、飼い主の前では痛みを堪《こら》える、すごく健気《けなげ》な犬だ。その話は最後がいい。「すっかり元気になったクロは、庭で子供と遊んでいます」って、たしかそんな感じで終わる。それだけなんだけど、あたしはいい話だと思う。

でも、それは単なるお話で終わらない。この家ではちゃんと現実になる。

――クロは庭で子供と遊んでいます。片瀬和彦と片瀬翠はそれを眺めています。めでたしめでたし。

4

クロは嬉《うれ》しそうだ。小さな黒い尻尾《しっぽ》をすごい速さで振りながら、在をじっと見上げている。もう待ちきれないらしい。甲高い声で鳴きながら、石の周りをぐるぐる回った。

――位置について。用意。スタート。

ひとりと一匹で飛び出した。石段を駆け上がる。全部で六十二段。クロは速い。跳ねるように石段を登っていく。在も懸命に足を動かすが、追いつけない。子犬の名を呼びながら石段を登り続けた。あと三段、二段、一段。登り切った先に人影が見えた。百合を持った少女だ。水樹か、翠か、どちらだろう。少女が腕を広げた。クロは一目散に駆けて、少女の腕の中に飛び込んだ――。

眼が覚めても、在はしばらくベッドの中でぼんやりしていた。寝ている間に蹴飛ばした掛布団が床に落ちている。日曜だからといって寝過ぎたようだ。時計を見ればもう昼前だった。ベッドから出て時間をかけて小便をし、時間をかけて歯を磨く。古い夢を見たので頭が熱っぽかった。

遠い記憶だ。白蝶神社の石段でクロと競走した。スタートの石はなんと言ったか。そう、たしか百度石だ。遠い記憶と近い記憶がごちゃごちゃに入り混じっている。

あんな夢を見たのは、昨夜読んだ翠の日記のせいだった。あんなにも嬉しそうに子犬の話をするからだ。

在が小学生の頃、子犬が父のスカイラインに乗ってやってきた。クロは生まれてふた月とすこしの柴犬だった。父が知り合いの家から貰《もら》ってきた。たくさん子犬が生まれて、引き取り手を探していたらしい。

――こんな茶色っぽい毛の柴犬は、赤柴っていうんだ。

そう父は言ったが、家に来たばかりの子犬は顔の周りや尻尾の先が黒くて、まるでタヌキのようだった。特に肉球は前も後ろも真っ黒で、紙に押せばそのままスタンプになりそうなほどだ。クロという名前のとおりだ、と父の命名に納得した。

――クロは名犬の名だ。だから、きっとこの柴犬も名犬になる。

父はきっぱりと言い切った。

クロのことを思いだすと、なんだか泣きたくなった。もう一度顔を洗って、洗面所の窓から庭を見る。雑草が伸びてひどい有様だった。

どうせいつかはやらなければならない。在は決心して、Tシャツにハーフパンツ、首にタオルという格好で庭に出た。昨日の雨のせいで地面は軟らかい。草は面白いように抜けた。だが、面白かったのは最初の数分だけで、すぐにうんざりした。草は取っても取っても生えている。賽《さい》の河原の石積みと同じくらい、果てのない仕事だった。

二時間ほど働いたら、限界が来た。在は立ち上がって庭を見回した。荒れ放題と言われない程度の格好はついた。泥と草の汁に汚れた軍手を脱ぎ捨て、首のタオルで汗を拭う。Tシャツは胸も背中もぐっしょり濡れていた。想像以上に庭仕事は重労働だった。

夕食を作るのが面倒なのでなにかコンビニに買いに行こうかと思っていたら、突然高丘が酒を持ってきた。

「連絡くらいしてから来いよ。こっちに都合だってあるし、留守だったらどうすんだよ」

文句を言うと、携帯嫌いの高丘は面倒臭そうに言い訳をした。バイトの帰り、急に足が向いたのだという。差し出された包みを受け取るとまだ温かい。開けるとみたらし団子が出てきた。

「大丈夫。甘いタレのやつと甘くない醤油味《しょうゆあじ》のと、二種類買ってきた」

在のためには醤油味を買ってくるあたり、一応の気配りなのだろう。憎めないやつだ。在は思わず笑ってしまった。

みたらしだけでは物足らないので、焼きそばを作った。

「また焼きそばか。芸がないな。それよりレモンあるか？」

「レモン？　すまん。ないな」

仕方ないな、と高丘が紙袋から取りだしたのは、やはり泡盛だった。ラベルを見てどきりとした。

「白百合？」

「そう。『白百合　古酒』だ。ちょっと癖はあるけど美味しいよ。おまえ、この前、親父さんが百合の花が好きとか言ってただろ」

　赤青白のグラデーションのラベルに白百合の花が描かれている。レトロで上品な絵だ。高丘が早速封を切って、グラスに注いだ。在も一口飲んでみる。たしかに、かなり香りがきつい。慣れないと辛いな、と思った。だが、横で高丘は嬉しそうに飲んでいる。泡盛好きにはたまらないようだ。

「今日、庭の草取りしたんだ。キリがなくてぞっとしたよ」

「草取りするなら蜂には気をつけろよ、スズメバチ。この前、スズメバチの巣の駆除依頼が来てやばかったんだ」

「スズメバチ？　そんな仕事もやるのか？」

　高丘は便利屋をやっている叔父の元でバイトをしていた。ときどき在も仕事を回してもらうので、他人事ではない。

「なんでもやるのが便利屋だろうが。でかい巣だとヤバイから専門の業者に回すけど、小さいのなら自分たちで取るさ。叔父貴は慣れてるらしいけど、俺ははじめてだったんだ。古い百日紅《さるすべり》の木の陰に巣を作ってる最中で、庭中を蜂が飛び回ってるんだ。頭から防護ネットかぶって後ろで待機してたんだけど、見てるだけで冷や汗が出て足が震えたよ」

　高丘は喋りながら、あっという間に焼きそばを平らげた。皿にはソースと油が付いているだけで、キャベツの切れ端ひとつない。祖母にしつけられただけあって、決して食べ物を残さない。それこそ米一粒まできれいに食べる。

「想像しただけで怖そうだな。蜂の仕事は遠慮しとく」

「じゃ、お盆はどうする？　墓参り代行の予約が結構入ってるらしいが」

「墓参りか。それならやるよ」

「わかった。叔父貴に頼んどく」

ふっと胸が詰まった。いくら家族と疎遠で孤独とはいえ、高丘の両親はまだ生きていて、親切な叔父貴もいる。家族も親戚もだれひとりいない在とは違う。

見ると、高丘がまたお代わりを作っている。相変わらずピッチが速い。先程から一度もグラスを離していない。「白百合」のボトルはもう三分の一程がなくなっている。

「……ある程の百合、投げ入れよ、棺の中」在は思わず呟《つぶや》いた。

「漱石か？」高丘が団子を歯で外しながら言った。

「え？」

思わずふたりで顔を見合わせた。高丘が不思議そうな顔をしている。

「なんだよ。ある程の、って漱石の句をもじったんじゃないのか？」

「いや、元ネタを知らないんだ。漱石って、夏目漱石だよな」

「当たり前だろ。漱石が親しい女流歌人が亡くなったときにつくったんだよ。元の句は
——ある程の菊　投げ入れよ　棺の中」

「どういう意味？」

「まんまだよ。ありったけの菊の花を棺の中に投げ入れよ、ってこと。若くして死んだ女を悼《いた》むものだ」

若くして死んだ女とは森下翠のことだろう。つまり、父は若い頃に失った恋人を悼み続けていたということか。一応筋は通る。では、それを遺書に書いたということは、在にも森下翠を悼み続けろということか？

酒のせいか、眼の前が濁って見える。やはり父は森下翠のことしか考えていない。母と在のことはどうでもよかったのだろうか。

「なあ、高丘。おまえ、甘味屋に詳しいよな」

「詳しいって言うほどじゃないが、ま、ばあさんのつきあいでそれなりには」

「鯛焼きの美味しい店、知ってるか？　南川高校の近くにあると思うんだが」

「ああ、河上屋だな。通学路にある」

「有名なのか？」

「老舗《しにせ》だからな。味はいいよ。うちのばあさんもお気に入りだった。なに？　おまえ、そういうの好きだったっけ？」

「いや、ちょっと手土産にしようと思って」

その後は、ひたすら飲んだ。日付が変わる頃になって、ようやくお開きになった。泊まるかと言ったが、高丘はシロクロの待つアパートに帰っていった。

高丘が帰った後、底にわずかだけ残った「白百合　古酒」を持って書斎に向かった。机の上には父の骨がある。ここに酒を置くとお供え物になってしまう。弔い不要という遺言にそむくことになるので、広縁《ひろえん》に飾られた百合の横に置いた。空っぽの揺り椅子を揺らしてみる。座る勇気はないので触れるだけだ。

あれから水樹に会っていない。言われた方法で一度連絡を試みたが、水樹からの電話は掛かってこなかった。巻き込むべきではなかった、と言っていたから、これ以上在と関わるつもりはないのかもしれない。

だが、水樹が忘れられない。声を殺して泣いていた様子を思いだすと、たまらなくなる。取り憑かれている、と水樹は言ったが、その言葉は正しい。森下翠は水樹をがんじがらめにしている。そんなままで放っておけるわけがない。

在はしばらく広縁に立ち尽くしていた。突き当たりの青い花瓶に百合の花が見えた。白く清冽《せいれつ》な花が一輪、ひっそりと咲いている。薄明かりに浮かぶ花は苦しげに微笑んでいた。まるで、遺影の森下翠のように。

なぜ、父は翠の死に責任を感じていた？　そして、なぜ無愛想な朴念仁から魅力的な優しい男に変わった？

当時のことを知る人間がもうひとりいる。森下翠の弟の英夫だ。だが、以前に電話したときの対応を考えると、そう簡単に話を聞けるとは思えない。いや、そもそも会ってくれないかもしれない。在はカレンダーを見た。七月十四日は翠の月命日だ。水樹の話によると、森下英夫は必ず花を供えているという。この日なら在宅のはずだ。

森下英夫。父を心底憎み、怨んでいる。一体どんな男なのだろうか。


七月十四日は雨だった。陽が落ちた頃、在はゴルフで家を出た。

まず、河上屋に寄った。駅から南川高校までは商店街を抜けるのが近道で、鯛焼き屋はその途中にある。かなり古い店で、年代物の看板は剝《は》げて読めない。戸のガラスには縦に縞《しま》が入っていて、店内が波打って見える。地元では人気店のようで、雨だというのに店は賑《にぎ》わっていた。買い物帰りの主婦もいれば、部活帰りの南川高校の生徒もいる。男ひとりで買いに来ているのは、在だけだ。なんとなく落ち着かない。ひとりコーラを飲んでいた父の気持ちがわかるような気がした。

雨は一向に止《や》まず、激しくなる一方だった。森下家が近づくにつれ、在はひどく気が滅入ってきた。水樹の父親と話さねばならないと思うと、どうしても身構えてしまう。不快な思いをするのは確実だ。

森下家に着くと、今日はそのまま家の前に駐《と》めた。インターホンを鳴らすと、出てきたのは水樹だった。在を見ると驚き、それきり黙っている。想像はしていたが、やっぱり気まずい。

今日の水樹はラフな格好をしていた。長袖の水玉シャツに膝下丈のデニム。むき出しのふくらはぎは真っ白だった。すこしどきりとした。これまで制服姿の水樹しか知らない。

いつも長袖で紺のハイソックスだ。こんなに肌が見えたことはない。

「約束もせず押しかけて申し訳ない。でも、お父さんに話が訊きたい。入れてもらえるだろうか」

水樹は返答に困っているようだ。非常識なのはわかっている。だが、ここで引くわけにはいかない。思い切り厚かましく言った。

「頼む。君の伯母さんと父のことを知りたいんだ」

「でも、父はまだ帰ってないんです」

「じゃあ、待つよ。君は知らないふりをしていればいい。僕がいきなり押しかけてきて、無理矢理上がり込んでしまった、ということで」

強く言うと、水樹はしばらく黙った。そして、ほんのかすかなため息を漏らした。

「わかりました。どうぞ上がってください」

まだ温かい包みを差し出すと、水樹が怪訝《けげん》な顔をした。

「河上屋の鯛焼き。君の伯母さんが食べてたのは、これかな?」

「ええ。そうです。ありがとうございます」

はじめて水樹の顔が輝いたので、ほっとした。

早速、仏間に案内してもらう。仏壇には見向きもせず、長押《なげし》に飾られた翠の遺影に近づいた。

「……ああ」

瞬間、思わず声が出た。黒縁額いっぱいに森下翠が笑っている。以前、水樹に見せてもらった卒業式の写真だ。酒井祐子はカットされ、翠だけが大きく伸ばされている。白蝶神社で写真を見せられたときも、息が詰まるような心地がした。だが、黒枠に収まる翠を見た瞬間の衝撃には比べようもない。すさまじい光景だ。これが森下家の中心ということか。見ているだけで気が遠くなりそうだった。

慌てて眼を逸らして、気づいた。すこし離れた場所に年配の女性の写真が掛けてある。ひどく厳しい表情だ。じっと見ていると水樹が言った。

「あれが祖母です。伯母のそばに掛けるな、と父が言うので離して飾っています」

祖母の写真を見上げる水樹の眼は、冷ややかで苦しげだった。在はどう答えていいのかわからず、黙り込むしかなかった。

仏間の隣にある、八畳ほどの和室に通された。部屋はきれいに片づいていたが、なにもかもがくたびれている。襖《ふすま》は色褪せ、障子は破れを継いだ跡がいくつもあった。畳は日焼けして毛羽立っている。座敷机は薄い合板で天板は傷だらけだった。あまり裕福な暮らしではなさそうだった。

水樹が麦茶を出してくれた。グラスはきれいに洗ってあったが、細かい傷がついていた。

「在さん、これ」硬い表情で水樹が差し出したのは、例の翠の日記だった。今度はDiary 1988とある。「伯母の別の日記です。読みますか？」

「いいのか？」

「わざわざここまで来たということは、本当に伯母のことを知りたいんですよね。だったら、読んでください。伯母の気持ちがわかりますから」水樹の顔は真剣そのものだった。

「ありがとう。読ませてもらう」

「じゃあ、父が帰ってくる前にしまってください。こそこそさせて申し訳ないですけど」

「いや、こっちこそごめん。気を遣わせた」

　七時半を回った頃、森下英夫が帰ってきた。在は座布団から降りて待った。水樹に連れられ、森下英夫が和室に入ってきた。見知らぬ客に不審な顔をする。在は深く頭を下げた。

「夜分にお邪魔して申し訳ありません。片瀬在と申します」

　顔を上げたときには、森下英夫の表情は一変していた。半開きの口が震え、顔色は赤でも青でもなく、ただただ気味悪くぬらぬらと光っている。

「君は片瀬和彦の息子か？　なにしに来た？」

　森下英夫は小柄ですこし太り気味だった。髪の量は多いが、ずいぶん白いものが目立つ。父より若いはずだが、ずっと老けて見えた。水樹にも翠にもあまり似ていない。手に持った花束はオレンジ色の花だ。釣鐘に似た小さな花が、いくつもふらふら揺れていた。

「はい。どうしてもお話を伺いたかったもので、無理を言って上げてもらいました」

「帰りなさい。話すことなどないと言ったはずだ」森下英夫はすごい勢いで玄関を指さした。

「お願いします。父のことを知りたいんです。森下翠さんとなにがあったんですか？　憶《おぼ》えている範囲で結構ですから話していただけませんか」

「憶えている範囲？」ははっ、と森下英夫が甲高い声で笑った。「忘れた範囲などあるものか。全部、なにからなにまで全部、今でもはっきりと憶えているさ」

在はこっそり水樹の顔を確かめた。青ざめてはいてもそれほどの動揺はない。父親の激情など見慣れているということか。

「姉のことをどこで知った？　もう大昔の話だ」英夫が詰問口調で言った。

「死んだ父の書斎で翠さんに関するものを見ました」

「なるほど。それで興味本位で他人の家に乗り込んできたのか？　自分のやっていることが、ただの出歯亀だと気づいていないのか？」

「お父さん、そんな言い方はやめて」水樹が割って入ったが、まったく効果はなかった。

「失礼は承知の上です。お話を聞かせてください」もう一度、深く頭を下げた。

森下英夫はしばらく黙っていたが、顔を背けて怒鳴った。

「水樹、花がだめになる。早く生けてこい」

「かわいい花。お父さん、これなんていうの？」場を和ませようと水樹が懸命に笑顔をつくった。

「サンダーソニアだ」森下英夫は娘の努力などまるで無視し、唾《つば》でも吐くように花の名を口にした。

いくらなんでもあんまりだ、と腹が立った。抗議したいが、自分も押しかけた無礼者だ。

今は黙っているしかなかった。

水樹が出ていくと、森下英夫は上着を脱ぎネクタイを外し、在の正面に腰を下ろした。

「私はずっと思っていた。片瀬和彦さえいなければ、とね」鉛色に光る眼で在を見据える。

「あいつとつきあって妊娠さえしなければ、あいつの家で暮らしていなければ、と」

怨みと憎しみだけで人間は生きていけるのか。それが率直な感想だ。それほど、森下英夫の憎悪は身に染みついたものだった。

「私の母は姉貴を許さなかった。普通なら、母親は娘の味方をするだろう？　どんなに反対していても、結局は娘の身体を気遣って世話を焼くものじゃないのか？　なのに、母は違った。『流産すればいいのに。死産ならいいのに』と言った」

森下英夫は淡々と話し続けた。水樹が熱いお茶を運んできた。在は軽く頭を下げたが、森下英夫はやはり目も向けなかった。

「母は姉貴に向かっていつも言っていた。『男にたぶらかされたバカ娘、父親に似たんだね』と。それを聞くたび、母への憎しみがつのった。いっそ無理矢理に母の口を塞いでしまおうか、と思ったほどだ。……なにもかも片瀬和彦のせいだ」

森下英夫は「姉」ではなく「姉貴」と繰り返した。まるで森下翠が死んだ時点で時間が止まっているようだった。

「母は片瀬和彦と姉貴を赦《ゆる》さないまま死んだ。私は母と片瀬和彦を赦さないまま死ぬだろう」森下英夫は立ち上がった。「こっちへ来なさい。見せたいものがある」

在を隣の仏間に連れていくと、長押の遺影を示した。

「あれが姉貴だ。卒業式の日の写真だ。このとき既に妊娠していたらしい」

森下英夫は嘲るように言って仏壇に眼を向けた。そして、鯛焼きに気づくと顔を強張らせた。

「なんだ、これは」

「つまらないものですみません。美味しいと聞いたもので」

「片瀬和彦は君に姉貴のことを話したのか？」

「父ですか？　いえ、なにも」

「じゃあ、なぜこの鯛焼きなんだ？　普通、供え物に鯛焼きを持ってくるバカはいない。故人の好物だと知らない限りはな」

「そうなんですか？　南川高校の近くの店だから食べたことがあるかもとは思いましたが」

森下英夫は鼻で笑うと、和室に戻って腰を下ろした。在には座れとも言わない。気を利かせて、水樹が「どうぞ」と言った。

お茶はすっかり冷めていた。誰も手をつけようとはしない。黙りこくっている在を見て、森下英夫が苛立《いらだ》たしげに言った。

「君は父親によく似ている。なにを言われても澄ました顔でいる。人を見下しているんだろう」

「いえ。そんなことはありません」

その返事を聞くと、はは、と楽しそうに肩を揺すった。

「今の返事などそっくりじゃないか。あいつが姉貴と結婚したいと言いだしたとき、私は訊ねた。『今から仕事を探すのか？　どうやって食べていくつもりだ？』すると、あいつはそれがどうしたという顔をして、事も無げに言った。『祖父の遺した財産がある。家もある。大学を出て就職するまでの間くらい、充分暮らしていける。お金のことなんか問題じゃない』だと。そのときだ。君の父親に、殺したいほどの激しい憎しみを感じたのは」

さも呆れた、というふうに大げさに両腕を広げた。在をにらみつけて話し続ける。

「ああ、ああ、今でも目に浮かぶよ。あいつは涼しい顔で言ったんだ。『お金のことなんか』とな。金の心配をした私を軽蔑《けいべつ》したんだろう。下品な貧乏人だと思ったんだろう。ただの世間知らずが女をはらませておいて、『お金のことなんか問題じゃない』とほざいたんだ。いいご身分だよ、まったく」

次第に森下英夫の語気が荒くなっていく。顔も血が上って真っ赤だ。

「離婚して以来、どんなに母親が苦労したか知っている。しょっちゅうヒステリーを起こしたが、それでも懸命に働いて子供ふたりを大学に行かせようとした。姉貴の大学進学の条件は、国立大学、奨学金受給だった。それをあいつがぶち壊しにした」

「父は責任を取って結婚するつもりでした。地元に残ると決めて、大学だって……」

「責任？　じゃあ、なぜ姉貴は死んだ？　君の父親のせいだろうが」

「でも、あれは事故と聞きましたが」

「たしかに事故だ。だが」突然顔を歪《ゆが》めると在を鈍い眼で見つめた。「だが、あんなふうに死んだのは片瀬和彦のせいだ」

「あんなふう？　裸足で事故に遭ったことですか？」

「それもあるが」森下英夫が真っ青な顔で笑った。「知っているか？　ブルーシートに雨が落ちるとな、なんとも嫌な音がするんだ」

瞬間、過去の光景が甦《よみがえ》った。

ブルーシートに落ちる雨の音。おかしな顔で笑う父。穴蔵のような眼。冷たい雨、冷たい父の手。そう、あれは暖炉をつくったときのことだ。ごうごうと風が吹いて、クロがおびえていた。

「片瀬和彦は交通事故で死んだと言ったな。即死か？」

「いえ」英夫の声で我に返った。「救急車で運ばれて病院で亡くなりました」

「自分だけベッドの上か。なるほど、さすが卑怯者《ひきょうもの》だ」

「卑怯者？」

「あの男は卑怯者だ。生まれたときから卑怯者らしいな」

「生まれたときから卑怯者？　どういうことですか？」

「さあ、知るか。とにかく、あいつは自分でそう言って開き直ったんだ。自分のことをよく理解していたんだな。そのことだけは評価する」

「待ってください。ベッドの上で死んだらどうして卑怯者なんですか？　たとえ、森下翠さんがベッドの上で死ねなかったんだとしても、そのことで父を卑怯者呼ばわりするのはおかしいでしょう」

むっとして強い口調で言い返す。だが、それに森下英夫はいっそう暗い笑みで応《こた》えた。

「おかしくなんかない。君は知らないのか？　あいつは姉貴を見捨てて、さっさと事故現場から立ち去ったんだ」

「見捨てて立ち去った？　まさか」

「姉貴の遺体が運びだされたとき、あいつはいなかった。姉貴のことなんかどうでもよかったんだろうな」

到底、信じられなかった。水樹も口をぽかんと開けて自分の父親を見ている。なにも知らなかったらしい。すると、森下英夫が歯を剝《む》きだして笑った。

「はは。信じられんか？　だが、嘘じゃない。あの男はブルーシートの向こうで死にかけている姉貴を見捨てて、さっさと行ってしまったんだ。そして、自分だけのうのうとベッドで死んだ。これが卑怯者でなくてなんだ？」

「教えてください」みっともないほど声が上ずった。「そのときのことを詳しく教えてください」

しばらくの間、森下英夫は在をにらみつけていたが、やがて大きな息を吐いた。

「水樹、新しいお茶を淹れてくれ」

茶が運ばれてくると、森下英夫はゆっくりと話しだした。

私は高校一年生になったばかりだった。姉貴ほど勉強ができなかったので、南川高校を受けることすらできなかった。ワンランク下の高校にしか行けなかったんだ。母はずっと苛々していた。期待していた娘は妊娠して家出するし、息子はバカだったからだ。

あの日、母親は仕事に出かけていて家にいたのは私だけだった。ちょうどテストの日で、学校が午前中で終わったんだ。電話が鳴ったのは三時五十八分。電話の横には時計があって、無意識に時刻を確かめる習慣ができていたんだ。片瀬和彦からだった。

――もしもし、英夫くん？

あいつはいつも私のことを「くん」で呼んだ。それが不快だった。いっそのこと、呼び捨てにしてくれるほうがマシだと思っていた。そのときも、腹が立って返事をしなかった。電話を切ろうとしたら、落ち着き払った声がした。

――翠が交通事故に遭った。

――姉貴が？　病院は？　どこに運ばれたんだ？

――いや、病院には行っていない。

場所は、片瀬和彦の家の近くだった。姉貴もあいつもまだ現場にいると言うんだ。病院に行っていないということは、たいしたことはないということだ。私はほっとした。

母に知らせるのはやめにした。仕事先に電話をして母に迷惑を掛けたくなかった。それに、母が怒り狂うのは眼に見えていた。「あの親不孝者は、どれだけ迷惑を掛けたら気が済むんだろう」と大騒ぎするに決まっている。私はひとりで事故現場に急いだ。

気持ちのよい春の日だった。陽射しは暖かく、駅まで自転車を飛ばすと背中に軽く汗を感じた。

場所はすぐにわかった。お堀地区の入口の交差点で、コンクリートミキサー車が横転してビルの壁面にめり込んでいた。生コンが流れだして、完全に道路は通行できなくなっている。信号機もなぎ倒されていた。結構な騒ぎだったよ。私は姉貴と片瀬和彦を捜した。片瀬和彦はすぐに見つかった。警察車両のそばでぼんやりと立っていた。

——姉貴は？

あいつは無言でミキサー車を指さした。

——え？　どこだよ？

——ミキサー車とビルの間だ。

片瀬和彦は無表情のまま言った。目の前の出来事には、なんの興味もないかに見えた。あいつがなにを言ってるのか、私はまったくわからなかった。何度も訊き返した。すると、あいつは淡々と語った。

——右折しようとしたミキサー車が横転、そのまま横滑りしてビルに激突。歩道にいた翠が挟まれたんだ。

いつも通りのすかした話し方だった。

——まだ、挟まれたままなのか？　早く助けないと。

——相当時間がかかるらしい。

まるで平気な顔だ。私はかっとした。思わず殴りかかろうとして、警官に止められた。

すると、片瀬和彦はこう言ったんだ。

——今、あの中で翠はなにを考えてるんだろうな。

まるで他人事だ。私はぞっとした。

日暮れから雨になった。流れだした生コンはもう固まっていた。古いビルだったので倒壊の危険があり、作業は難航した。現場はブルーシートで覆われた。雨は激しくなる一方だった。ばらばらとシートを叩く音がしていた。腹の底に響いて不快だった。ときどき重機の音がして、シートに落ちる雨音が消えた。母はショックでまともに口がきけない状態だった。片瀬和彦もなにも言わなかった。いつもの無表情で雨の中に立っているだけだった。作業は一晩中続いた。

姉貴が出されたのは次の日の朝だった。瓦礫《がれき》に挟まれ、身体の半分がコンクリートに埋まった状態で見つかった。裸足だったよ。だが、即死ではなかったそうだ。姉貴が運ばれていくとき、片瀬和彦はいなかった。

あいつが顔を見せたのは通夜の席だった。私は怒りに震えた。

——卑怯者、今さらなんだ。姉貴を見捨てたくせに。

すると、あいつはこう言って開き直ったんだ。

——たしかに僕は生まれたときから卑怯者だ。

「……私は片瀬和彦を殴って追い返した。それきり会っていない」

話し終えると、森下英夫はぬるくなった茶を一息で飲み干した。在も水樹もただ呆然としていた。これほど悲惨な事故だったとは想像もしなかった。

「さあ、もうこれくらいでいいだろう。私は君にはなんの関心もない。ただ、一生、片瀬和彦を許すつもりはない。それだけだ。さあ、出ていってくれ」

「どうして、父は立ち去ったんですか？　なにかあったんですか？」

「知るか。さあ、今すぐ出ていけ」森下英夫は廊下を指さした。

「もうすこし話を聞かせてください」在は懸命に食い下がった。「翠さんのお墓に百合の花が供えてあるのを見たことがありませんか？」

「百合？　そんなこと知るか」

「白い百合です。一度もありませんか？」

「うるさい。百合なんぞ知らん。姉貴の命日にも、盆にも、春秋の彼岸にも見かけたことはない」

「本当ですか？　ちゃんと思いだしてください」

「ちゃんと？　その言い草はなんだ」森下英夫が立ち上がった。「なるほど。片瀬和彦がどんな育て方をしたか知らんが、この厚かましさは親譲りというわけだ。おまけに無理矢理に家に上がり込んで居座るのか。強盗並みだな。さすがだ。感心する」

　森下英夫に腕をつかまれた。廊下に押しだされたとき、水樹が割って入った。

「お父さん。無理矢理じゃない。あたしが家に入れたの」

「なに？　まさか、きさま」森下英夫が在に詰め寄った。「君はうちの娘に手を出したのか？」

「違います。そんなことしていません」慌てて首を横に振った。「僕が勝手に押しかけてきたんです。水樹さんは悪くない」

「ふたりでかばい合うわけか。なるほど」英夫が水樹に向き直った。「水樹、おまえはだまされてるんだ」

「やめてよ。だますとかだまさないとか、大げさすぎるでしょ」水樹が半分泣き声で言い返した。「自分でわからない？　お父さんは伯母さんのことになると変になるのよ。まともじゃない。まるで正気じゃなくなるの」

「おまえはバカだ。あれは片瀬の息子だ。姉貴は、お前の伯母さんはこの男の父親に殺されたんだ」

「殺されたなんて言わないで。ねえ、もういい加減にしようよ。伯母さんはとっくの昔に死んじゃったじゃない。それなのに、姉貴、姉貴、姉貴って」

「おまえには関係ないことだ。もう向こうへ行ってろ」

「お父さんもおばあちゃんも、あたしのことを全部勝手に決めた。伯母さんみたいになるな、って言って、厳しい門限で縛って、バイトもだめ、オシャレもだめ。なにもかもだめ。高校受験もそうだった。南川高校以外は認めない、って」

　水樹がぼろぼろ涙をこぼした。森下父娘は在のことをもう完全に忘れていた。

「それなのに、お父さんは毎月毎月豪華な花束買ってきて、伯母さんのことを女神さまみたいにあがめてる」畳に膝をつき、水樹が泣き崩れた。「ねえ、結局あたしにどうなってほしかったの？　伯母さんみたいになってほしかったの？　それとも、なってほしくなかったの？」

「いい加減にしろ、水樹」

「もう、こんな家大嫌い。お母さんなんか、とっくに逃げだしたじゃない」

　森下英夫は冷静だった。泣き叫ぶ翠とは対照的だった。

「そうか。なら、お前も好きにすればいい。出ていけ」英夫が怒鳴った。「好きなだけその男と一緒にいろ。これからおまえがなにをしようと口は出さん。勝手にやれ」

　その言葉を聞くと、水樹が無言で部屋を飛びだした。在は慌てて後を追った。

「森下さん、待つんだ」

　だが、水樹は振り向きもしない。雨の中へ出ていった。在も外へ出ようとスニーカーに足を突っ込んだ。そのとき、仏間から鈴の音が聞こえてきた。瞬間、背筋がぞくりとした。

　森下英夫は実の娘よりも亡くなった姉のことが大切なのか。本当に水樹の言ったとおりだ。森下家の中心は一枚の遺影だ。引き返して森下英夫を殴ってやりたいほどの怒りを覚えたが、今は水樹が大事だ。ドアを開けて飛びだした。

外は滝のような雨が降っている。当たると痛いほどだ。水樹の姿を探すと、家のすぐ前で見つけた。顔を覆ってうずくまっている。肩が震えていた。雨の音が大きすぎてなにも聞こえないが、泣きじゃくっているようだった。

「大丈夫？」

水樹は泣き続けている。だが、このままではいけない。かまわず腕をつかんで立ち上がらせた。

「濡れるよ。家に入ったほうがいい」

「いやです」水樹が叫んだ。「絶対にいや」

たしかに、今、あの家に戻れというのは無理だ。だが、ここに放りだして帰るわけにはいかない。とにかく車に乗せることにした。

「僕の家でいい？　こんなに濡れてちゃどこへも行けない」

「でも、それは片瀬さんがダメだと」水樹が首を横に振った。

「父はもういない。母もいない。僕はもう秘密を知ってしまった。隠す必要がない。そうだろ？」

「でも、あたし、片瀬さんと約束したんです」

「緊急避難だ。そう思えばいい」

半ば無理矢理に水樹を家に連れ帰ったときには、もう十時前だった。ふたりともびしょ濡れだったので、まず水樹を風呂場に案内した。

「シャワーを浴びておいでよ。このままじゃ風邪を引くし」

「でも……」

「僕は大丈夫。二階にも風呂があるから」

タオルと着替え用のTシャツを渡したが、水樹はすこしためらっているようだった。

「気を遣わなくていいよ。どうせ僕ひとりの家だし。洗面所に乾燥機もあるから」

できるだけさりげなく言ったつもりだったが、水樹はまだ迷っている。タオルと着替えを持ったまま動かない。

「どうしたの？」

「すみません。長袖にしてください」水樹がうつむいたまま答えた。「冷え性なので」

自分の部屋に戻り長袖のシャツを探した。薄手で適当なものを選び、水樹にシャツを渡した。

「心配はいらない。ちゃんと中から鍵を掛けられるようになってるから」

「ええ」やはり、うつむいたままだった。

水樹が風呂場に入ると、在は二階の風呂でシャワーを浴びた。女の子とふたりきりで互いにシャワーを浴びて、という状況は、普通なら平気ではいられないだろう。だが、今はすこしも心が動かない。どれだけ熱い湯を浴びても、身体の芯は冷えたままのような気がした。

大急ぎで着替えてリビングに戻った。熱気がこもって蒸し暑いので、まずクーラーをつける。設定温度は二十五度だったが、冷え性という水樹の言葉を思い出して二十八度にした。それから、手早く散らかったものを片づける。汚れたグラスとビールの空缶を運んで、テーブルの上をきれいに拭いた。

やがて、水樹が貸したシャツを着て戻ってきた。色白の頬が上気して真っ赤になっている。風呂上がりなので、シニョンは作らず髪をそのまま下ろしていた。いつもはむき出しの首に、濡れた髪が貼り付いているのを見ると、さすがにどきりとする。うずく心を懸命に抑え込み、バカ、状況を考えろ、と自分に言い聞かせた。平静を装いながらウーロン茶を手渡し、自分はビールを開ける。

水樹はすぐに一口飲んで、ほっとした顔をした。表情が先程より穏やかになって、ずいぶん落ち着いたようだ。無理に連れ帰ってよかった、と思った。

「広いですね。何畳くらい？」

「三十畳はないと思うけど、はっきり知らないな」

水樹がぐるりと部屋を見渡し、控えめな感嘆の声をあげた。さっきまであれほど打ちひしがれていたのに、とすこし微笑ましくなった。このほうがずっといい、と思う。あんなふうに泣かれるよりずっといい。

「すごい部屋。ここで伯母は同棲してたんですか？」

「残念ながら、だいぶリフォームしてるから当時の雰囲気はないと思うよ。暖炉だって後から作ったものだし」

水樹が暖炉に近づき、膝をついて中を覗き込んだ。

「これ、実際に薪《まき》を燃やせるんですか？」

「やろうと思えばできるよ。ちゃんと煙突もあるから」

ストーブを入れるタイプの飾り物ではない。排煙設備も整った本格的な暖炉だ。台風が近づく中の工事は大変だった。だが、そうまでして作った暖炉だが、一度も火を入れたことなどない。完全に無用の長物だ。

「これがクロですか？」立ち上がると、水樹がクロの写真を手に取った。

「知ってるの？」

「片瀬さんから聞いて、うらやましく思ってたんです。うちはみんなアレルギー体質で、動物を飼ったことがないんです。祖母は動物アレルギー。父は花粉症。そしてあたしは……」水樹は写真を置いて振り向いた。

「日光アレルギー？」

「いえ、金属アレルギーです。アクセサリーも腕時計もできないんです。ピアスをしたいんだけど無理なんです」水樹が耳たぶをいじりながら、悔しそうな顔をする。「祖母はこう言ってました。——耳に穴を開けるなんて、売春婦のすることだ、って」

「売春婦か。今時、厳しいな」

水樹はすこし笑って、もう一度クロの写真に眼をやった。

「子供の頃、犬を拾ってきたら、動物アレルギーの祖母がすごく怒って犬を捨ててしまいました。すると、父と祖母が大ゲンカしたんです。ずっと昔、伯母が犬を拾ったときも祖母が捨てた、って。それを聞いたら余計に腹が立って、あたしは祖母に言い返したんです。――おばあちゃんのアレルギーはわがままだ。三味線弾いてるくせに、って」

「三味線がアレルギーになにか関係ある？」

「ほら、一応、猫の皮でしょ？　祖母はそれまで気づいてなかったらしく、すごく慌てました。それから三味線を弾くときはゴーグルと大きなマスクをするようになったんです。危ない人みたいで、ほんとにおかしくて」

　そのときのことを思いだしたのか、水樹がふきだした。声を立てて、本当に面白そうに笑っている。どんなつまらないことでも笑い転げる、どこにでもいる女子高生のようだった。

　瞬間、在は胸を突かれた。知らなかった。水樹はこんなに無邪気に笑えるのか。こんなに楽しそうに笑えるのか。

　いや、と思った。水樹は本当ならこうやって笑っているはずの女の子なんだ。なのに、周りが寄ってたかって、礼儀正しい縄を掛けた。がんじがらめの服を着せた。

「それ以来、すこし三味線の音が楽になりました」

「三味線の話にはこんなオチがあったのか」在も思い切り明るく笑った。「あはは、想像するとすごいな」

いつもこんなふうに笑い合える関係ならどんなにいいだろう。父も翠も関係なく、ただ普通に出会っていたのならどんなによかっただろう。

水樹はしばらく笑っていたが、やがてすこし恥ずかしそうな顔をした。

「すみませんが、片瀬さんの書斎を見せてもらえますか？」

「いいよ」

水樹を書斎に案内した。すると、水樹は机の上の遺骨を見て、息を呑《の》んだ。

「まさか、片瀬さん？」

水樹が慌てて目尻を押さえたが、間に合わず涙が一粒落ちた。その様子を見ると、また在はたまらなくなった。

「でも、こんなところに……」

「いいんだ。どうせ父はひとりでここにいたいんだよ。父の興味はここにしかなかったんだから」

すこし投げやりで卑屈な声になった。さらりと言ったつもりなのに、と思う。

「そんな言い方はやめてください。片瀬さんは本当に家族のことを大切にしてたんですから」水樹が涙混じりの声で言い返した。

「母をずっとだましてきたのに？」

言ってすぐに後悔した。目の前にいるのは、父と寝て、父の子を堕ろしたかもしれない少女だ。だが、もし仮にそうだったとしても、悪いのは父だ。水樹は被害者だ。水樹を責めてはいけない。

　そのとき、水樹が広縁の揺り椅子に眼を留めた。

「これは……」水樹はふらふらと広縁に歩いていき、椅子に触れた。すると、乾いた音を立てて揺り椅子が揺れた。

「ここに伯母が座ってたんですね」

　水樹が苦しげな吐息を漏らし、広縁奥の花台に眼をやった。泡盛の瓶の横には、百合を挿した一輪挿しがある。

「片瀬さんはいつも百合をここに飾っていたんですか？」

「そう。いつも一輪。欠かしたことはない」

　水樹はじっと百合を見ている。なにかを堪《こら》えているかのようだ。濡れた首筋に貼り付く髪を見ていると、身体がやっぱりかあっと熱くなった。なのに、心は冷えて締め付けられる。メチャクチャだ、と思った。このままだと、頭も身体もおかしくなりそうだ。

「君と父とのことだけど、最初、君から父に会いに行った、と言ってたね」在は思い切って言った。「父とのことを、もうすこし詳しく話してくれないか？　四年も会ってたんだろ？　ずっと伯母さんの話ばかりか？」

　水樹はしばらく怯えたような眼で在を見ていたが、やがて一瞬強く唇を噛《か》んで、それから口を開いた。

「わかりました。話します。片瀬さんとはじめて会ったのは……」

はじめて会ったのは中二のときでした。

ゴールデンウィークが終わった頃、南川高校の体験入学に参加しました。そのときに学校新聞をもらったんです。そこに「卒業生を訪ねて」という記事がありました。病院の建て替えプロジェクトに関するインタビューでした。何気なしに読んで驚きました。片瀬和彦とあったからです。

伯母の日記でしか知らなかった人が、ふいに現実味を帯びてきました。記事には設計事務所の名前もあったので、こっそり様子を見に行きました。そして、片瀬さんを見ました。真っ白のスポーツカーで通勤していました。あたしは驚きました。学校新聞の写真ではそれほどとは思いませんでした。でも、実際に見たらすごかったんです。まさか、あんなにかっこいいなんて。本当に映画俳優かモデルみたいでした。伯母が夢中になったのも当然だと思いました。

あたしは思い切って声を掛けました。

――片瀬和彦さんですか？

驚いたのはあたしだけじゃありませんでした。片瀬さんはあたしを見て呆然としていました。そして、なんとも言えない声でこう言ったんです。

――翠……。

――いえ、違います。あたしは森下翠の姪《めい》の森下水樹です。

そう言うと、片瀬さんはようやく我に返ったようで、びっくりするほど魅力的に笑ったんです。

——そうか。すまない。あんまりそっくりだったから。

さあ、どうぞ、と片瀬さんは車のドアを開けてくれました。そんなことをしてもらったのは生まれてはじめてでした。あたしは心の中で自分に言い聞かせました。だまされてはいけない。この人は妊娠した伯母にひどいことをしたんだ、って。

片瀬さんがあたしを連れていったのは、ホテルの喫茶室でした。あたしは伯母の日記を見せました。

——伯母の日記です。全部読みました。伯母がどれほど片瀬さんのことを真剣に愛していたか、が書いてありました。片瀬さんと結婚して幸せな家庭を作るつもりでした。なのに、なぜ伯母は死んだんですか？

——君の伯母さんは交通事故で亡くなったんだ。あれは、高校を卒業してすぐだった。

——ええ、知っています。父と祖母から聞きました。妊娠して家出して、片瀬さんと同棲していたときに交通事故で死んだ。そのとき、伯母は裸足で駆けていた、と。なぜ？　一体なにがあったんですか？

——すまない。

——伯母は本当に片瀬さんのことを愛してたんです。なのに、どうして？

——すまない。彼女の死は私に責任がある。言い逃れなどできない。だが、信じてくれ。

私は翠を愛していた。あんなふうに愛した女性は翠だけだ。

片瀬さんはうめくように言いました。本当に苦しそうでした。それ以上の言い訳は一切しませんでした。ただ、すまない、と詫びるだけでした。あたしは片瀬さんの言葉に嘘はないように感じました。

あたしは片瀬さんに伯母の日記を渡しました。片瀬さんは食い入るように読んでいました。斜め読みじゃありません。一字一句見逃すまいとしていました。声を掛けることもできないほどでした。

あたしはその様子を見て確信しました。片瀬さんは本当に伯母を愛していた。そして、今も決して忘れたわけじゃない。伯母の死に責任があったとしても、そのことを心から悔いている。父の言うような最低の男ではない、と。

門限があるので送ってもらうことにしました。そして、車に乗ろうとして気づいたんです。白い車の後ろにはスカイラインとありました。スカイラインは伯母が望んだ車です。やっぱり片瀬さんは今でも伯母を愛しているんです。片瀬さんには今でも伯母しかいないんです。

――スカイラインに乗ってらっしゃるんですね。

――ああ、ずっとね。

片瀬さんはさりげなく、ごく当たり前のように答えました。その言葉を聞いて、あたしは感動しました。本当に雷に打たれたくらい震えたんです。

――また会えるだろうか。

ええ、もちろん、とあたしは答えました。この人とまた伯母の話ができる、と思うと嬉しくてたまりませんでした。

その後、あたしたちは定期的に会うようになりました。お茶を飲んだり、食事をしたりしました。片瀬さんはいつでも穏やかで優しくて、あたしのことをいたわってくれました。祖母にひどいことを言われて辛かったときは、片瀬さんに話を聞いてもらいました。

――おばあちゃんに言われたんです。あたしと伯母さんはそっくりだから、あたしもふしだらな最低の女になる、って。男にだまされて、はらまされて、そして惨めに死んでしまうんだ、って。

――たしかに君と翠はよく似ている。だが、君は翠とは違う。これから幸せになるんだ。翠のように死んだりしない。

――じゃあ、どうしておばあちゃんはそんなことを言うんですか？　あたしが憎いんですか？　伯母さんに似てるから？

――水樹、すまない。君のおばあさんをそんなふうにしたのは私だ。本当にすまない。

あたしがどれほどの愚痴をこぼして、どれほど八つ当たりをしても、片瀬さんはいつも優しく慰めて、励ましてくれました。

でも、祖母がガンになって死を意識しはじめると、家の中は今まで以上にギスギスしました。寝たきりになっても祖母は伯母を罵《ののし》り、片瀬さんを責め続けました。あたしはおかしくなりそうでした。

――毎日お父さんとおばあちゃんがケンカするんです。あたしが止めてもダメなんです。あたしはなにもできなくて。

――水樹。君が悪いんじゃない。自分を責めてはいけない。

片瀬さんに話を聞いてもらっているときだけ、あたしは心が落ち着くような気がしました。あたしのことを認めてくれるのは片瀬さんだけでした。あたしは片瀬さんといるときだけ楽になれました。

片瀬さんも伯母の思い出を話してくれました。とても幸せそうでした。

――翠は静かに笑っていた。書斎の揺り椅子に揺られて、鼻歌を歌いながら、日だまりでまどろんでいた。その姿を見るたび胸が痛くなった。私は幸せすぎて息をするのも忘れた。苦しかった。それほど翠は美しかったんだ。今でも同じだ。空っぽの揺り椅子を見るたび、息が止まる。

そう語る片瀬さんはやっぱり幸せすぎて、苦しそうで、辛そうでした。

――私たちは過去の話はしなかった。どちらも辛いことばかりが多くて、思いだしたくなかったからだ。だから、将来の話をした。これからやってくる未来の話だ。赤ん坊が生まれたら、車を買ってドライブに行き、お弁当を食べ、子犬を飼い、家を建てる。家族が楽しく暮らせる暖かい家だ。私と翠はそんな幸せな未来の話ばかりをした。

話し終わった水樹の表情はすっかり落ち着いていた。

「片瀬さんの家族のことを訊ねたこともあります。すると、こう言いました。——自分にはもったいないほどのよい妻だし、よい息子に育ってくれた、と」

「よい妻によい息子か。なんだか他人行儀に聞こえるな」

「そうですか？　それを聞いたら、うらやましくて、悔しくて、ねたましかったんです。幸せな家庭なんだろうな、って」水樹が眼を伏せた。「すこし腹が立ちました。片瀬さんが全力で奥さんと子供を守っているのがわかったから」

「守る？　なにから？」

「伯母からです。在さんは伯母のことなんか、まったく知らなかったでしょう？　在さんのお母さんも同じだと思います。片瀬さんは徹底的に隠し続けていたから」

「でも、結果的にそれはだまし続けてた、ってことだよ。秘密基地なんて嘘をついて僕を丸め込み、母を裏切り続けていたんだ」

「たとえ嘘でも守ろうとしていたのは事実です。片瀬さんはあたしに頼みました。妻と息子には黙っていてくれ。絶対に知られたくない、って。だから、あたしは約束したんです。決して片瀬家には近づかない。片瀬家の人とは接触しない、って」

　月に二度女子高生と会って、過去の恋人の話をする。それを家族には黙っていてくれと頼む。どう考えても身勝手だ。しかも、父はそのことを自分でも認めていたというではないか。生まれたときから卑怯者だ、と。

水樹が父を擁護すればするほど、父の狡猾《こうかつ》さが強調されるような気がする。結局、父の本当の心は過去にあった。母は形だけの惨めな妻で、在は偽者ということだ。

口の中がからからだ。部屋は相変わらず蒸し暑い。クーラーが二十八度で弱いせいだ。在は残りの缶ビールを飲み干し、もう一本飲もうと思った。

「森下さん、お代わりは？」

「そうですね」空のグラスを持ったまま、水樹がすこし恥ずかしそうに言った。「あたしもビールいいですか？　一度も飲んだことないんです」

「ダメだ。片瀬家の家訓なんだ。お酒は二十歳になってから。煙草《タバコ》は一生吸うな。ギャンブルも一生するな。女の子とつきあうときは相手の両親に許可を取ってから」

「結構堅いんですね」

「まあね」

そのくせ、高校に入ると父がコンドームを手渡した。

――これから必要なものだからな。

そう言って、父は信じられないくらい爽やかに笑った。そのせいで、かえってどぎまぎして、まともに返事ができなかった。父の気遣いの理由は今ならわかる。つまりは自分が過去に失敗したからだ。

「在さんは南川高校に行けとは言われなかったんですか？」

「一度もないよ。そもそも通っていたのは中高一貫だからね。南川に行ってほしいなんてのは、最初からなかったんだと思う」

「あたしは伯母の代わりを期待されてました。伯母のようになってほしくないと思いながらも、なってほしい、って」

「男にはらまされないように厳しい門限で拘束して、でも、伯母と同じ高校に行って弁護士になってほしい、か？」

「屈折してますよね」水樹が顔を上げた。「さっきの父の話だけど、ブルーシートって、なにか心当たりがあるんですか？」

「うん。今日、君のお父さんの話を聞いて、ようやく意味がわかった。昔、この部屋をリフォームしたとき、工事の最中に台風が来てさ。壁に穴が空いたままだったから、ブルーシートで覆って応急処置をしたんだ」

　水樹にウーロン茶のお代わりを渡し、新しいビールを開けた。

「十月に入ってから時期遅れの台風が来たんだ。リビングは工事をはじめたばかりだったから、壁をブルーシートで覆って台風が過ぎるのを待つことになった。僕は中間テストの勉強をしてた。でも、クロがじゃまをするんだ。台風が怖いみたいだった。僕は勉強を諦め、クロと遊んでやることにした」

　ビールを一口飲んだ。今度はゆっくり飲む。

「クロを連れて一階へ降りた。廊下からリビングを覗くと父が見えた。薄暗い部屋にひとり佇んで、ブルーシートを見つめているんだ。僕は『父さん、なにしてるの』って声を掛けた」

ちらと水樹を見た。真面目な顔で続きを待っている。

「振り向いた父の顔を見て、僕は息を呑んだ。死人の顔だった」

今でもはっきり憶えている。父は雨に打たれて腐った麻袋のような顔をしていた。眼はぽっかりと開いた底無しの穴蔵だった。背中が一瞬で冷えた。

「死人の顔？」

「そう。死人の顔。すると、父は言ったんだ」

——わざわざ台風のシーズンを避けて、工事を手配したのにな。自業自得か。

「普段の父の声とはまるで違ってた。ブルーシートを叩く雨音と混ざって、なんとも不気味に聞こえたんだ」

「自業自得？　片瀬さんはそんなことを？」

「そう言ったときの父の顔は嬉しそうにも見えたし、怯えているようにも見えた。どんな顔をしたらよいのか、父も決めかねているようだった。それで、僕は言った。『ついてないね、父さん』って。すると、父はすこし迷ってから、おかしな顔で笑って言った。『さあな』って。僕は父のそばにいるのが苦しくなってきた。出ていこうとしたとき、父は部屋の片隅を指さしたんだ」

——今度、ここに暖炉を作るんだ。やりすぎだ、って母さんは言うけどな。まあ、悪趣味と割り切れば、なかなか面白いじゃないか。

「それは聞き慣れた気持ちのよい声だったよ。すっかりいつもの父に戻っていた。外国映画なら、ここで上手に片目をつぶってみせただろうね。古き良きハリウッドって感じで。その後、父は僕の腕を軽く叩いて歩きだした。ぞくりとした。父の手は冷たかった。それだけだ」

「じゃあ、そのとき、片瀬さんは伯母の事故のことを思い出してたんですね」

父は自業自得という言葉を使った。そして、森下英夫に言ったという「生まれたときから卑怯者」も同じ意味だ。つまり、父には明確な罪の意識があったということだ。ずっと後になるまで罪悪感を持ち続けていたから、リフォームのブルーシートを見て苦しんだということだ。だが、そもそも父はなぜ事故現場を離れた？　森下翠のことなどどうでもよかったのか？　やはり父は鬼畜だったのか？

そのとき、ふと思いだした。

「そう言えば、お母さんは今日もボランティア？　今頃、心配してるんじゃないかな」

すると、一瞬水樹がとまどい、それから苦しげに顔を歪めた。

「……ごめんなさい。あたし嘘をついてました」辛そうな顔で詫びる。「この前、母はボランティアをやってると言ったでしょ？　あれ、嘘なんです。たしかに昔は熱心にやってたけど、今は知りません。あたしが中学に入ったとき、ボランティアサークルで一緒だった男の人と駆け落ちしました。今はどこでどうしてるのか知りません」

「あ、ああ。そうだったのか」どう答えていいかわからず、間の抜けた返事になった。

「祖母と母はうまくいっていなかったので、結局、母が家を出てしまいました」水樹が濡れた髪をかき上げた。「でも、本当は祖母のせいじゃなくて、伯母のせいだと思います。全員が死んだ人間のことばかり考えている家なんか、そりゃあ息苦しいでしょう」

「君の伯母さんが森下家の中心、って言ってたな」

「ええ。その責任はあたしにもあります。だって、あたしは母の味方をしなかった」水樹が哀しげな笑みを浮かべた。「あたしも伯母のことばかり考えてた。毎日毎日仏間の写真を見て、隠れて伯母の日記を読んでました。母にしてみれば、自分よりも伯母が大事だと思っているように見えたんでしょう。母から捨てられたのも当然ですね」

「やめろよ。自分でそんなこと言うな」

「いえ、ほんとのことなんです」

「違う。悪いのは父だ。片瀬和彦だ」

「違います」水樹が驚いた顔をした。「片瀬さんはなにも悪くありません」

「父にどんな事情があったにせよ、森下家の人を傷つけたんだ。その点に関して、僕は君に詫びなければいけない」

「片瀬さんのことを悪く言わないでください」水樹が叫んだ。「片瀬さんは……」

その瞬間、水樹がはっとして唇を噛んだ。慌てて眼をそらせる。

「父がどうかしたのか？」

「いえ、別に」水樹が在の顔を見ずに言った。

「待てよ。さっき、なにか言いかけただろ？」

「いえ。なにも」

頑《かたく》なに拒む水樹に在は激しい苛立ちを感じた。もうこれ以上だまされ続けるのはごめんだ、と思うと、言葉が抑えられなくなった。

「父が死んだ夜、君はこの家の前に立っていた。以前の南川高校の制服を着て、百合を持ってた。あれはどうして？」

「それは……」水樹が苦しげに眼を伏せた。「近づかないと約束はしたけれど、やっぱり伯母の暮らしていた家が気になって、こっそり見に行ったんです。それだけです」

「百合とセーラー服は？」

「以前、片瀬さんが百合を一輪買うのを見ました。だから、百合が好きだと思ったんです。セーラー服は、なんとなく伯母の真似《まね》をしたくなったんです。でも、在さんに見つかったから逃げました」

「父はあの日、弁護士に連絡を取ろうとしていた。なにか問題が起こったんだ。君が関係してるんじゃないのか？」

「いえ、あたしは知りません」水樹が強張った顔のまま、首を横に振った。「あたし、帰ります。ありがとうございました。シャツは洗って返しますから」

濡れたままのデニムを身につけ、水樹は逃げるように玄関に歩いていく。在は慌てて後を追った。やはり、あの日、父と水樹になにかがあった。それは間違いない。

「待ってくれ」

在は水樹の腕をつかんだ。すると、水樹はびくりと震え、乱暴に在の手を振り払った。

「あ……ごめん」

水樹が無言でドアを開けた。

「家まで送る」飲んだことを思いだして、言葉を足す。「ビール飲んだからタクシーで」

「大丈夫です。電車で帰りますから」

「そういうわけにはいかない。なにかあったら大変だから」

すると、水樹が振り返って泣きそうな顔をした後、礼儀正しく笑った。

「本当に片瀬家の人は親切ですね。でも、タクシーを呼んでくれるだけでいいです」

在はその顔を見るとなにも言えなくなった。水樹の礼儀正しい笑顔は息を呑むほど魅力的で、同時に胸がえぐられるほど痛ましかった。

タクシーが来て水樹が帰ってしまうと、ひとりでリビングに戻った。部屋は蒸し暑く、ぬるい汗が出た。なのに、ソファに腰を下ろすと悪寒がした。氷になってしまいそうだ、と思った。

そして、ふと思い出した。あのとき、ブルーシートを見つめる父の手は、やはり氷のように冷たかったな、と。

今日受け取った翠の日記を取りだした。適当なページを開いてみる。

＊

２月20日　土曜日
雨が降っている。

雨の日はセックスのことを考えてしまう。はじめて片瀬くんとセックスしたのは冷たい雨が降る冬の日だったから。妊娠した今でも、はじめてを思いだすとドキドキする。

あれは一年の二学期の終わり、三者面談の日だった。お母さんは法学部を受けろ、とそれしか言わない。先生が困った顔をしているのに、強引に押し通した。最後には先生もなにも言わなくなった。

あたしも黙っていた。お母さんは他人の意見など聞かない。そんなことはあたしが一番よく知っている。

お母さんが弁護士にこだわるのは離婚したせいだ。相手側の弁護士がずるがしこかったから、慰謝料を減らされたのだと思っている。だから、あたしを弁護士にして見返してやるつもりらしい。

面談のあと、あたしは疲れ切ってしまった。雨の中、片瀬くんの家に行った。突然行ったのに、片瀬くんは喜んで迎えてくれた。おばあさんに見つからないよう、そっと二階へ上がった。

泣きたかったけど涙は出なかった。黙って立っていると、片瀬くんが怒った顔で見つめてきた。そうしたら、急に涙が出てきた。片瀬くんにしがみついて、すこしだけ泣いた。片瀬くんはなにも言わずに抱きしめてくれた。それから、やっぱり怒った顔でこう言った。「僕は今すぐ翠とセックスがしたい」って。あたしがうなずくと、片瀬くんは仏頂面で答えた。「よし。じゃあ、今からしよう」って。一階の和室にはおばあさんがいた。それでも、あたしたちは抱き合わずにはいられなかった。
それがはじめてのセックス。あんまりロマンチックじゃない。でも、片瀬くんらしい。冬の雨の日は、このことをいつも思いだす。そして、嬉しくなって、すこしだけ笑って、泣きたくなる。

2月26日　金曜日
最近、つわりで気持ちが悪い。あまり御飯が食べられなくて、片瀬くんが心配している。もうすぐ卒業式だけど大丈夫かな、ってちょっと不安。
祐子はこんなふうに言った。「赤ちゃんができるのがそんなに嬉しいの？　だって、あたしたちまだ十八歳だよ。ほかの人たちは大学に行って好きなことするんだよ。なのに、あんたは遊べないし、勉強もできない。それに、その赤ちゃんがいい子に育つって保証もない。性格の悪いひねくれ者かもしれないし、悪くすりゃ犯罪者になるかもしれない。それでも、手放しで喜べるの？　不安はないの？」って。

でも、祐子の心配は間違ってると思う。たとえば、家に子犬が来たときのことを考えればいい。だれだって嬉しい。絶対にわくわくする。でも、その犬は臆病で、やたら吠《ほ》える犬になるかもしれない。もしかしたら、将来人を咬むかもしれない。でも、今、眼の前には子犬がいるのに、将来の心配なんかするだろうか。家に新しい生き物がやってくる。それだけで、どきどきするに決まってる。嬉しくてたまらない。ただそれだけ。

結婚して子供を産むのが女の幸せだなんて、まるっきりでたらめ。確かに、そんなことを言う人もいる。でも、それは条件付き。学校を出て、お勤めして、結婚する。きちんと決まってる。順番を間違えちゃいけない。

でも、そんな順番を守っても幸せになれるとは限らない。父と母はあんなに仲が良かったのに、離婚した。母は父のことを信じて疑ったことなんかなかったから、浮気されたとき本当に傷ついたんだと思う。

とにかく、あたしは順番を間違えたから幸せになれるわけがないそうだ。だから、あたしが妊娠したとき誰も喜んでくれなかった。母には面と向かって親不孝者だって言われた。「大学はどうする、弁護士になるんじゃなかったの？　あんたまでお母さんを裏切るの？」って。弟は片瀬くんの悪口を言った。「あんないやみな男にひっかかって人生を棒に振るなんて、救いようのないバカだ」って。

祐子にも結局わかってもらえなかった。家を出て片瀬くんと一緒に暮らすって言っただけで、いかれてる、って呆れた顔された。そして、はっきり言われた。「男ボケもいい加減にすれば？　頭を冷やしなさいよ」って。

お母さんは言った。「どうせ、十人にひとりは自然流産するんだから」って。心から願ってるみたい。あたしが十人のうちのひとりになればいい、お腹の子がダメになっちゃえばいい、って。だから黙って家を出た。結局、喜んでくれたのは片瀬くんだけだった。あたしを喜んで迎えてくれた。バカみたいに舞い上がって、顔を真っ赤にして笑ってた。「早速、結婚しよう。赤ちゃんを迎える準備をしよう」ってね。あんなに嬉しそうな片瀬くんをはじめて見た。いつもはずっと仏頂面で無愛想なのに。(でも、片瀬くんの仏頂面と無愛想はすごく気持ちがいい。どうして、みんなわからないんだろう)

あたしと片瀬くんは決めた。周りの人が誰も祝福しないなら、あたしたちがすればいい。ほかの人の二倍も三倍も、誰も真似ができないほど生まれてくる子を祝福する。喜んで、喜んで、喜んでやる。バカならバカでいい。とことん嬉しくなってやる。だから、もう不安なんかない。後悔もしない。子犬はもう家に来てしまった。あたしも片瀬くんも喜んでしまった。だからこれからも喜ぶしかないから。

あたしのお腹の中に片瀬くんが半分入ってる。それは本当にすごいことだ。誰がなんと言おうと、誰に認めてもらえなくても、確かに存在する。この世界に「在る」ってこと。だから、赤ちゃんの名は在。片瀬くんとふたりで決めた。誰も認めてくれないけど、それでも、この子は「在る」ということ。

産婦人科の先生は、十週目に入ったら母子手帳を貰ってくるように言っていた。今、八週目だからもうすこし。もらったら、すぐに名前を書いてお祝いをするつもり。それから、蠟燭《ろうそく》を買おう。交差点の角にかわいい小物を扱ってるお店がある。この前ちょっとのぞいたら、真ん丸のや、星の形や、水に浮かべるのや、いろいろな種類の蠟燭があった。赤い蠟燭をたくさん買おう。片瀬くんは赤い蠟燭が好きだから。きっと喜んでくれると思う。

5

月が変わって八月になった。お盆が近づいてくる。蛇を引き連れ、死人が帰ってくる時期だ。

父も帰ってくるのだろうか、と在は思った。しゅうしゅう音を立てる蛇を従え、爽やかに微笑《ほほえ》むのだろうか。それとも仏頂面で鼻血をだらだら流しているのだろうか。ひとりでいると、そんなことばかり考えてしまう。

在は高丘と一緒にバイトをした。炎天下のきつい仕事が多かったが、身体を動かすと夜が楽になった。疲れて眠れば、つまらないことを考えずに済むからだ。

墓参り代行は単価の高いおいしい仕事だった。代行依頼の数がまとまれば、高丘とゴルフで出かけた。よく行くのは、車で一時間ほどの山の中にある広大な県営墓地だった。価格が安いので売りだすたびに完売らしい。際限なく墓地は広がり続け、今では南向きの斜面いっぱいに揃《そろ》いの墓石が並んでいる。ワイン畑のようだ。

手順はこうだ。指定された墓へ行き、まず荒れた状態で写真撮影。それから墓石を磨く。高丘はスポンジ担当で在は歯ブラシ担当だ。次に周囲の草を抜きゴミを拾う。きれいになると、線香を上げ花を供える。蓮入りの豪華なものを頼む家もあれば、便利な造花を指定する家もある。最後に再び写真撮影。依頼主に前後の写真を送って、すべて完了だ。

広い墓地なので、東区画から西区画へは谷ひとつ越えることになる。ひとつの墓が終わると、車に乗って移動しなければならない。しかも山を切り開いた墓地だから、やたらと坂が急だ。想像以上に手間の掛かる仕事だった。

車に積んでいたのは自作ＣＤだ。『あなた』を聴いて、高丘が怪訝《けげん》な顔をする。

「なんだよ、この曲。えらく古いな。懐メロか？」

「一九七〇年代の曲だ。えーと、今から四十年も前だな」

「昭和の曲か。……暖炉の横でレース編みかよ。すげえ怖い歌詞だな、おい」高丘が大げさに鼻を鳴らして笑った。「坊やと子犬？　たまらん世界だ」

子犬の歌はたまらない。クロを思い出すからだ。クロと名づけたのは父だった。本当はもっと別の名前をつけたかったのだが、そのときばかりは父が笑顔で押し切った。クロ、名犬の名だ、と。

アクセルを踏むと、ゴルフは急斜面をガタガタ揺れながら上っていく。ＣＤのボリュームを上げた。『あなた』が終わって、『身も心も』になった。

言葉はむなしいけど　ぬくもりなら信じよう　涙は裏切るけど　優しさなら分かち合える
身も心も　身も心も　一ツに溶けて　今　俺の腕の中で眠る人よ

へえ、と高丘が声を上げた。

「こっちの曲は好きだな。バラードってやつか？　古いけどいい」

あれから水樹に三度連絡したが、電話は掛かってこなかった。父との関係を在に追及されたので、距離を置くと決めたのか。それとも、たんに在が嫌われたのか。それとも両方か。在はずっと水樹のことばかり考えている。

――君は父とやったのか？　父の子を妊娠したのか？　そして、堕《お》ろしたのか？

恥知らずな疑問だ。到底口にできない。つきあっていたのか？　と訊《き》くのとはまるでレベルが違う。

墓参り代行バイトの帰り、高丘と外で飯を食うことにした。どこでもいい、と言うと沖縄料理店に連れていかれた。相変わらずの泡盛ブームらしい。沖縄民謡の流れる店内はほとんど満席だった。在は車なのでコーラで我慢することにしたが、高丘が頼んだのは、また「白百合《しらゆり》」だった。

海ぶどう、もずく、グルクンの唐揚げ、ヨモギの天ぷらやらが運ばれてくると、小さなテーブルはすぐいっぱいになった。

「この味が気に入ってさ。最近、こればっか飲んでるんだ」高丘がぐい、とグラスを傾けた。

「おいおい、あんまり最初から飛ばすなよ」

笑いながら言うと、高丘がグラスを持ったまま、まじまじと見返してきた。

「在、おまえ、最近親父さんに似てきたな。今の話し方、笑い方なんかそっくりだった」

在はどきりとした。父に似てきた、と言われたら、以前なら手放しで嬉《うれ》しかった。だが、今は違った。こう思ってしまったからだ。――ならば、僕も生まれたときから卑怯者《ひきょうもの》か、と。それから思い直した。いや、卑怯者ではない。偽者だ、と。

いつまでぐずぐず考えているのだろう、と自分に腹が立つ。だが、気持ちを区切ることができない。父が死んでもうすぐ二ヶ月だが、日に日に気が滅入る。ダメージが蓄積されてきたようだ。後でどかんと来る、と中川弁護士が言ったのはこのことだろうか。

「なあ、高丘。おまえ、今、突然、父親になったとしたらどうする？」

「父親に？　親父と入れ替わるってことか？」

「そうじゃない。もし女に『赤ちゃんができた』って言われたらどうするか、ってことだ」

「おまえ、誰か妊娠させたのか？」高丘が顔色を変えた。

「僕じゃない。ちょっと知ってるやつだ。いきなり『赤ちゃんができたの』なんて言われたらどうする？　『よし。じゃあ結婚しよう』なんて言えるか？　それにもし自分も相手も十八だとしたら？　受験の真っ最中だとしたら？」

「どう考えても最悪さ」高丘がひどく下品に笑って「白百合」を飲んだ。

「最悪だよな。誰だって普通は勘弁してくれって思うよな。ためらうよな。なのに、そいつらは男も女も赤ちゃんができたって大喜びしてる」

「十八やそこらでガキ産んでどうすんだよ。でき婚なんてうまくいかないさ。そのうち、こんなはずじゃなかったとか言いだすんだ。で、あっさり別れてそれで終わり、ってわけだ」

でき婚という言葉が一般的になった今でも、やはり多少の非難はある。三十年近く前ならもっと風当たりは強かっただろう。ふしだらと罵《のの》しられるのも当然か。

「俺は自分が親になる自信なんかないな」高丘が「白百合」を舐《な》めながらつぶやいた。

「父親なんて真っ平御免だ」

「僕も自信なんかない」

「いや、おまえは違う」高丘がじっと在を見た。「片瀬和彦っていう立派な手本があるじゃないか。おまえはちゃんと親になれるさ」

「無理だよ。親父みたいにはなれない。僕には逆立ちしたって無理だ」

「なるほど。完璧な父親を持つと息子は辛《つら》いってわけか」

その後は黙って皿に残った料理を食べ続けた。高丘は相変わらず白百合で、在はコーラに飽きたのでウーロン茶に切り替えた。ふっと会話が途切れたので店内を見回すと、三味線に似た楽器が飾ってあるのが見えた。

「あれってたしか……」

「三線《さんしん》」高丘が面倒くさそうに答えた。

「三味線とは違うんだよな」

「三味線は猫の皮。三線は蛇の皮」

蛇、と言うときに高丘がほんのすこしだが顔を歪《ゆが》めた。しばらく黙っていたが、白百合を飲み干し吐き捨てるように言った。

「今年こそ、ばあさんが帰ってくるような気がするよ。蛇を引き連れてな」

「勘弁してくれ。その話聞くと、蛇が夢に出てくるんだよ」

「はは、ははは、そりゃ悪かった。悪かった」高丘はすこし舌がもつれている。絵に描いたような酔っぱらいだ。「失礼いたしました」

「おい、ちょっと飲み過ぎじゃないか？」

「大丈夫」高丘はへへっと笑って手を振り、在のＴシャツの肩のあたりを軽く小突いた。

「在、そこなんか付いてるぞ、黄色いの」

「ああ、これ？　百合の花粉が付いて、洗っても落ちないんだ」

「百合？　また百合か」

炎天下のバイトで疲れているせいか、高丘はいつもより酔いが回るのが早い。在もコーラを飲み過ぎたせいか、気持ちが悪くなってきた。

最後に沖縄そばを食って、十時前には切り上げて店を出た。高丘はもっと飲みたいようだったが、完全に酔っぱらっていたので無理矢理に下宿に送り届けた。

甘ったるいゲップを繰り返しながら、ゴルフを走らせる。行人橋に差し掛かったところで、ふとスピードを緩めた。ちょうどこのあたりが事故現場だ。堤防の上にゴルフを駐《と》めて、車を降りてみた。昼間の熱気が残っているらしく、草と川の匂いがむっと押し寄せてくる。

ぬかるんだ堤防の上に立ち、在は暗い川を見下ろした。父の事故現場はまだ工事中で、狭苦しい迂回路《うかいろ》を示す標識がある。真っ赤な誘導灯が川沿いに並んで灯《とも》っていた。たしかにわかりにくい。激しい雨なら事故が起きてもおかしくないだろう。

弔いごと一切不要だから、現場に花さえ供えていない。だから、なにも終わっていない。今でも父はここで死にかけたままだ。

父さん、と思った。もうすぐお盆だ。蛇を連れてでもいいから帰ってきてくれ。そして、本当のことを話してくれ。知りたいことが山ほどあるんだ。

「それとも、偽者の息子に会いに帰る義理はないってか?」ちょっとした冗談のつもりだった。「じゃあ、だれのところに帰る? 森下水樹か? 水樹を抱きに帰るのか?」

高丘ならきっと上手に言っただろう。だが、普段、皮肉を言い慣れない在には無理だった。

水樹を抱く父がありありと浮かんだ。父の腕の中で水樹が身をよじり涙を浮かべている。細い白い首が反って、シニョンが揺れて解け、頰《ほお》が上気して、額に汗が浮いて――。急に吐き気がこみ上げてきた。在は草むらにすこし吐いた。飲んでもいないのに、と思う。下劣な想像をした罰だ。

涙を拭って顔を上げた。赤い誘導灯がぽつんぽつんと並んでいる。にじんだ赤は「片瀬くん」の鼻血を思い出させた。

その夜は眼が冴えて眠れなかった。ひとりの夜がこれほど怖ろしいのは、はじめてだった。ようやく寝付いたのは明け方だった。

眼が覚めると、もう昼前だ。シャワーを浴びて、コーヒーを飲む。腹が減ったのでなにか食おうとしたが、米も麺類もない。仕方なしに食パンを焼いていると、携帯が鳴った。酒井祐子だ。

「お久しぶり、元気にしてる？　今、昼休みなの。今日はすごいのよ。なんと鰻《うなぎ》を食べに行こうと思うんだけどね」

一瞬で顔が浮かんだ。若作りで言いたい放題、翠の親友だった女だ。

「はあ、おいしそうですね」

「そっちはお昼になに食べるの？」

「食パン焼いてます」

「食パン？　それじゃだめでしょ。朝ご飯じゃないんだから、もっとパワーの出るもの食べなきゃ」酒井祐子は相変わらずの調子だった。「あれからね、いろいろ君のお父さんのこと思いだしてね。で、最近ちょっと気になることがあったのよ」

「気になることってなんですか？」

「花のことなんだけどね。百合の花のこと」

「百合？　百合がどうしたんですか？」

思わず勢い込んで訊ねたが、電話の向こうからはすまなそうな声がした。

「ごめん、今、話す時間ないの。鰻屋、いつも混んでるのよ。早く行かないとね。今日の夕方に会える？　この前の店でどう？」

「わかりました」

以前、水樹と約束をした。次に酒井祐子と会うときは一緒に、と言っていた。無駄だと思いながらも、在は一応連絡してみた。だが、やはり水樹からの折り返し電話はかかってこなかった。

酒井祐子は五時半を過ぎて、「ノアノア」に現れた。

「あたし、ゴミシールの担当でさ、年度末は新しいシールの配布や余剰分の回収やらで忙しいけど、夏場は楽なのよ。まあいくら忙しいっても、残業なんかないけどね」

今日の服装もすこし若作りで、レースのブラウスをルーズに重ね着していた。

「若い男と会うから、鰻食べてスタミナつけてきたのよ」品のない冗談を言い、また大声で笑った。

「あの、百合の花の件ですが」

「ああ、ごめんね。その話だった。たいした話じゃないんだけど、君さ、お父さんの性格が変わったこと、ちょっと気にしてたでしょ？　もしかしたら興味あるかと思って」

「ありがとうございます。それと百合がどう関係あるんですか?」

「古い話よ。すっかり忘れてたんだけど、あれからいろいろ考えて思いだしたの。翠のお葬式が済んですこし経《た》った頃かな。ゴールデンウィークに入る前だったと思う。片瀬くんから突然電話が掛かってきて、頼みがあるって言うのよ」

酒井祐子がひと息ついてアイスコーヒーを飲んだ。ひと飲みで、三分の一ほどがなくなった。

「片瀬くんは翠のお葬式に来なかったの。みんな驚いてた。ショックで倒れたらしいとか、放心状態らしいとか噂《うわさ》になってた。でも、だれも本当のことは知らなかった。気になってたから、電話をもらってすぐ会いに行ったのよ。すると、久しぶりに見る片瀬くんはゾンビみたいで気味が悪かった。切れ長の眼はつり上がってぎらぎらしてたし、顔の色はどす黒かった。頬はこけてまるっきり人相が変わってた。正直言って、来なきゃよかったと後悔したくらい。『どうしてお葬式に来なかったの?』って訊いたけど、なんにも答えなかった」

そのときのことを思いだしたのか、酒井祐子は露骨に顔をしかめて見せた。

「片瀬くんは言った。『翠の家に花を持っていってほしい。僕の名前は出さずに』って。それで、あたしピンときたわけ。翠が家出して片瀬くんちに転がり込んでたのは知ってたから。たぶん、向こうの親とトラブルがあったんでしょ。で、訊いたのよ。『ねえ、お葬式には来なかったんじゃなくて、来るなって言われたんでしょ』片瀬くんは投げやりに返事した。『通夜に行ったら、向こうの家と揉《も》めて追い返された』だって。そのときはひどいと思ったけど、今なら向こうの親の気持ちもわかるのよ。ひとり娘が男にたぶらかされて家出して、事故で呆気《あっけ》なく死んじゃったんだから。でもね、やり過ぎってところも」

「やり過ぎ？　どういうことですか？」

「翠が死んだあと、翠のお母さんは片瀬くんちに押しかけて、翠の荷物を全部引き取っていったのよ。片瀬くんはなにかひとつでいいから翠の形見が欲しい、って頼んだそうなの。でも、相手にされなかったんだって。もちろん、結婚していないし、親が娘の遺品を引き取りたいと言えば仕方ないんだけどね」

　そのときの父の気持ちを思うと、在はたまらなくなった。結局、父の手許に残ったのはあの母子手帳だけだったというわけか。

　酒井祐子のアイスコーヒーがなくなったので、ウェイトレスを呼んで新しい飲み物を頼んだ。

「あはは。自分の息子くらいの男の子に気配りしてもらえるなんて、ちょっと最高。気持ちいいわあ」

　酒井祐子が本気で嬉しそうなので、在もなにかいいことをした気になった。いろいろ問題はあるが、悪い人ではない。

「でも、そのときは片瀬くんが気の毒で仕方がなかった。だから、あたしは言ったの。『わかった、今からすぐに届けてあげる』って。翠の家に電話を掛けて在宅を確かめると、片瀬くんと花屋に行った。お供え用の花は年寄り臭くて買う気がしなかったから、百合の入ったきれいな花束を頼んだのよ。そうしたら、突然、片瀬君が怒鳴りだしてね。『百合はダメだ』って。怖かったわ」

「怒鳴った？　父は本当に百合はダメだと言ったんですか？」

「そう。血相変えてね。本当にすごい顔だった。正直言って、どうかしちゃったのか、って思ったくらい。なんで、って訊いたら、『百合は弔いの花じゃない』って。でもね、白百合ってお葬式で使うじゃない？　そんなの片瀬くんの勝手な思い込みよ、って答えたら、『知るか。とにかく、百合は弔いの花じゃない』って。仕方ないから、菊とか金盞花《きんせんか》の入った日持ちしそうな花を買ったのよ」

　在はわけがわからなくなった。父は翠を弔うために百合を供え続けていたではないか。弔いの花ではない、とはどういうことだ？　なぜ、そのときだけ、百合はダメだと言ったのだろう。

「でね、なんでこの話を思いだしたかというと、この前、仕事でたまたま高校時代の同級生に会ったからなのよ。そいつは元銀行員で、今はヘッドハンティングされて医療法人の事務局長やってるのよ。会ったってのもゴミ関連の話なんだけどね。ほら、医療ゴミって特殊でしょ？」

「はあ、で、ゴミと父がなにか？」また話が脱線しそうになるのを強引に引き戻した。

「ゴミは関係ないの。その医療法人ってのが病院を建て替えたときに、設計担当したのが片瀬くんらしいの。知ってる？　緑水会病院って。この辺じゃ一番新しくてきれいなところ」

「ああ、知ってます。母が入院していたところです」

当時はまだ古い建物だった。新しくなったのは、母が死んでからだ。

「お母さんって……ああ、もう亡くなられたのよね」酒井祐子がすこし口ごもった。「ご愁傷さま」

「いえ、どうも。で、その緑水会病院の人がどうしたんですか？」

「で、内藤《ないとう》くんは……内藤ってのはその事務局長ね、設計の打ち合わせでね、片瀬くんと会ったっていうのよ。で、内藤くんも片瀬くんが別人みたいになってて驚いたんだって。メチャメチャかっこよくて、人当たりがよくて、って。すごく若く見えたんだってね。一目で『負けた』と思ったらしいわよ。君の話、嘘《うそ》じゃなかったのね。え、いえね、別に信じてなかったわけじゃないのよ」

「はあ。で、その事務局長がどうかしたんですか？」

「で、その設計の打ち合わせの帰り、たまたま、片瀬くんが花屋に寄るところを見たんだって。奥さんが百合の花を買ったから、ってのを聞いてたから見舞いの花だと思ったらしいのよ。で、片瀬くんが入院してる、ってのを聞いてたから、『百合は匂いが強いから、見舞いにはやめとけ』って教えたんだって。病院の事務局長だもんね。そういうの詳しいんでしょ。でも、片瀬くんは『いや、見舞いじゃない』って言ったそうなのよ」

「たぶん、それは父が自分の部屋に飾るための花だと思います。父は百合が好きでしたから」

「ああ、そうなの。じゃ、内藤くんの勘違いか」

「勘違い？」

「片瀬くんがあんまりかっこよくなってて、しかも、花を買い慣れてる様子だったんで、てっきり女性に贈るものだと思ったそうなのよ。奥さんが入院してるのに浮気かよ、って」酒井祐子が肩をすくめた。

　在はうまく返事ができず笑ってごまかした。酒井祐子の好奇心たっぷりの眼は苦手だ。さっさと話を切り替えた。

「ちょっと訊きたいんですが、母子手帳って妊娠したら絶対貰わなきゃならないんですか？」

「まあ普通は貰うでしょ。妊娠届を出したら交付されるのよ」

「たとえば、母親や赤ちゃんが死亡したら返納しなくてもいいんですか？」

「ううん。別にそんな規定はないよ。えーとね、妊娠十二週以降に胎児が死亡した場合は、死産届が必要だけど、それより前ならなにもしなくていいから」

「じゃあ、手許《てもと》に置いたままでもいいんですね」

「そう。母子手帳はあくまでも妊娠出産成長の記録で、母と子以外の人にはなんにも意味がないものだからね。勘違いしてる人がいるけど、保険証とは違うのよ。ねえ、なにかあったの？　まさか、できちゃった？」

「はは、違いますよ」

「別に母親以外が申請してもいいのよ。うちの場合は印鑑と妊娠届だけで即日交付。ダンナさんや、おばあちゃんが貰いに来るケースは珍しくないのよ。つわりがひどかったり、絶対安静っていう妊婦さんは結構多いから。だから心配無用。相談乗るわよ？」

さすがにすこしむっとした。顔に出てしまったらしい。酒井祐子は「ごめんごめん」と言いながらも、大声で笑った。


酒井祐子と別れてすぐに、緑水会病院の内藤事務局長に連絡を取った。

すると、短時間でいいなら今から会えるが、と言われた。すぐに行きます、と答え、在はゴルフに乗って病院に向かった。

病院は母が入院していた頃とはすっかり変わっていた。もとはただの箱のようだった味気ない建物が、今は落ち着いた宿のように見える。外壁タイルの色は柔らかな茶色だ。素焼きのテラコッタを思わせる。

エントランスホールに入って、さらに驚いた。病院特有の寒々しい感じはない。色も白ではなく、アイボリー、ベージュが基本だ。木をふんだんに使ったエントランスは新しいのに、老舗《しにせ》の一流ホテルのようだ。

受付で名乗ると、しばらく待つように言われた。ホールをぶらぶら歩き回っていると、エレベータの前に見覚えのある後ろ姿が見えた。ひょろひょろと縦に長い坊主頭の男だ。

「高丘」

声を掛けると、高丘が振り向いた。顔が真っ青だ。在を見て驚いた顔をした。

「どうしたんだ？　どこか悪いのか？」

「そうじゃない。ちょっと見舞いに来ただけだ」早口で言った。なんだか落ち着きがない。

「見舞い？　これからか？」

「いや、もう終わった。帰るところだ。じゃあ、急ぐから」そそくさと背を向け、高丘は足早に去っていった。

なにかあったのだろうか。あまりにも態度が不自然だ。わけがわからず背中を見送っていると、受付の女性から名を呼ばれた。振り向くと、眼鏡を掛けたスーツ姿の細身の男が立っている。

「どうもお待たせしました。内藤です」軽く会釈する。

「お忙しいところ申し訳ありません。片瀬在と申します」

「片瀬在くんか。はじめまして。お父さんのことは聞いたよ。ご愁傷さま。大変だったろう」

にこやかだが眼があまり笑っていない。いかにもやり手といった男だ。

「ありがとうございます。すこし落ち着きまして、今はなんとかやってます」

「ほかにご家族は？」

「いえ、僕ひとりです」

「そうか。それは大変だね」

ホールの隅にあるセルフの喫茶室に入った。ふたりともホットコーヒーにした。一口飲んだが、病院とは思えないほど美味《おい》しいコーヒーだった。

「ここは君のお父さんが設計したんだ。なかなか評判がいいんだよ。病院らしくない、って」

「ありがとうございます。そう言ってもらえると父も喜ぶと思います」

「はあ、なんて言うか」内藤がため息をついた。「驚いたなあ。やっぱり君も好青年だね。お父さんとそっくりだ」

「でも、高校時代の父はずいぶんぶっきらぼうだったとか」

「ああ、そうなんだ。設計の打ち合わせで会ったんだが、すっかり変わって男前になっててね。びっくりしたんだよ」

「僕が知っているのは穏やかで優しい父ですので、どうにもその話がしっくりこないんです。そんなに高校時代の父は偏屈だったんですか？」

「ああ、偏屈も偏屈。愛想がなくて、無口で、不機嫌そうだったな。人づきあいも悪かったし」内藤が顔をしかめた。「悪いね。でも、正直な感想なんだ」

「いえ。はっきり言ってもらえると助かります。父は相当嫌われてたんですね」

「別に嫌われてたってわけじゃないよ。好かれるタイプでもなかったけどね」

「え？　でも、みなを小馬鹿にして見下して、友達もいなくて、と聞いたんですが」

　しつこく訊《たず》ねると、内藤がすこし困った顔をした。

「うーん、たしかに親しくつきあう友達はいなかった。近寄りがたかったんだよ、君のお父さんは」

「父の態度に腹を立てたやつに殴られたこともあると聞きましたが」

「ああ、そんなことがあったかなあ。でも、たしかあのときは、みな、君のお父さんに同情的だったはずだよ。絡まれたみたいなもんだったから」

「じゃあ、父は鼻つまみ者だったわけじゃないんですね」

「たしかに人を寄せ付けない男だったけど、人の嫌がることをするわけじゃなかった。ただ、みんな遠巻きにしてる感じだった」内藤はそこで不思議そうな顔をした。「嫌われてた、って話、だれから聞いたの？」

「酒井祐子さんから聞きました。旧姓は横山です。横山祐子さん」

「ああ、横山祐子か。あのおしゃべりの。いつも、人の二倍も三倍も喋《しゃべ》ってたな。早口で」また、顔をしかめた。「この前、仕事の関係で会ったが、すこしも変わらなかったな。あいつはなんでも大げさだから」

「森下翠さんという人を憶《おぼ》えておられますか？」

「森下翠？　ああ、あの。懐かしいな。君のお父さんが高校時代につきあってた女の子だ」

「父とのことでなにか、記憶に残っているようなことがありませんか？」

「あのふたり、映画の中のカップルみたいだった。なんていうか非現実的な世界を作ってたんだよ。だから、周りの人間はなんだか邪魔しちゃいけないような気がした。遠くから眺めるしかない、ってふうにね」

「冷やかされたりはしなかったんですか？」

「一緒にいるだけで、とくにベタベタしてるわけじゃなかったからな。ただ黙って一緒にいる、って感じだ」

「森下翠さんはどんな女の子だったんですか？」

「なにせ喋ったことがないからなあ。君のお父さんが一緒じゃないときは、いつも横山祐子がずっとそばでガードしてたんだよ。話しかける隙なんかなかった」

「ガード？　どういうことですか？」

「ガードっていう言い方はおかしいな。実際は通訳なんだが、ボディガードみたいなもんだったな。ほかの連中を寄せ付けなかった。森下翠をがっちり守ってるみたいだった」

「通訳って、森下翠さんは日本語ができなかったんですか？」

森下翠は帰国子女か？　だが、あれだけの日記を残しているのはどういうことだ？

「無口っていうか……要するに、吃音《きつおん》だったんだ」

「吃音？」

「そう。言っちゃあ悪いが、かなりひどい部類だ。だから、ほとんど学校では喋らなかった。その代わりに、いつも一緒にいた横山祐子がべらべら喋ってたわけだ。私たちは陰で通訳と呼んでた」

　森下翠が吃音だったとは、はじめて知った。どうして酒井祐子は黙っていたのだろう。彼女は配慮などするタイプではない。あれだけ下世話でおしゃべりな女性が、吃音というエピソードに触れなかったのは変だ。黙っていたことになにか意味があるのか？

「じゃあ、父は？　父も通訳してたんですか？」

「いや。あいつも無口だったからね。ふたりでいつも黙りこくって座ってたよ。なにが楽しいんだと思ったけど、他人が入り込む隙がないくらいに親密だった。見ていて腹が立つくらいに」

「さっき守るって言いましたよね。いじめがあったんですか？」

「いや、それはなかった。南川はたしかに進学校だけど、校風は自由でみんなのんびりしてた。それに、やかまし屋の横山祐子が張り付いてたんだ。いじめようにもいじめられないよ」

「でも、森下翠さんは父とも一緒にいたんでしょう？」

「君のお父さんは理系。森下翠と横山祐子は文系。三年間別のクラスだったわけだ。だから、昼休みと放課後は君のお父さんと一緒にいて、それ以外は横山祐子といた。常にどっちかが森下翠のそばにいた、ってことだな」

　在は冷めたコーヒーを飲み干した。森下翠の吃音は父の秘密とどんな関係があるのだろうか。

「すみません、もうひとつお訊きしたいことが。内藤さんが父と会ったとき、父と百合の話をしたと聞いたんですが」

「百合？　ああ。一度外で会ったことがあって、そのとき君のお父さんは花屋で百合を買ったんだよ」

「そのときのこと、話してもらえますか？」

「なにか調べてるのか？」内藤がちょっと嬉しそうな顔をした。「トラブルでも？」

「いえ、そうじゃないんですけど、ちょっと」

「へえ、まあいいけどさ」内藤はすこしがっかりした顔で話しはじめた。「奥さんが入院してることは聞いていた。だから『匂いが強いから、見舞いに百合はやめとけ』と言ったら、こう答えた。『見舞いじゃない。祝福だ』って」

「祝福？」

思わず耳を疑った。父が書斎に百合を飾り続けたのは森下翠を弔うためではないのか？祝福とはどういうことだ？　一体なにを祝福するというのだろう。

「そう。祝福って言ったんだ。でも、祝福するにしても買ったのは一輪だけだ。なんか変だろ？　でも、爽やかに笑ってるんだ。惚れ惚《ほぼ》れするくらいに。正直、そのとき私は見とれてた。百合を一輪だけ持って歩道に佇《たたず》んでる姿は、まるで映画俳優だった。いや、悔しいくらいにいい男だった。私はすこし悔しくなって、ケチを付けたんだよ。祝福に百合はないだろう。それは葬式の花だ、って。そうしたら、あいつは実に魅力的に顔をしかめた」

　──弔いを兼ねてるから、これでいいんだ。

「そう言って、笑ったんだよ。祝福兼弔い？　おかしな返事だったが、そんなことはどうでもよくなった」内藤は呆《あき》れたように首を横に振った。「いや、負けたと思った。それくらいかっこよかったんだ」

　さっぱりわけがわからない、と思った。百合に関して、父の言葉は一貫していない。翠が死んだときは、酒井祐子に「弔いの花ではない」と言った。母が入院したときには、内藤に「祝福兼弔い」と言った。そして、自分が死ぬときには、「ある程の百合を棺に投げ入れろ」と書き遺した。

「ほかに父はなにか言ってませんでしたか？」

「いや、話したのはそれだけだ」

「話す以外になにかあったんですか？」

「それは……」内藤が言葉を濁した。

「さっき、なんかわけありの顔をしましたよね。どういう意味ですか？」

「別に意味なんてないよ」内藤が困った顔をした。

「花を買ったくらいでトラブルなんて言うには、なにかほかに根拠があったんじゃないですか？」

「うーん、息子さんには言いにくいなあ」内藤がまた困った顔をしたが、本当は話したいようにも見えた。「もう亡くなられた人のことだしね」

「お願いします」

「花屋で別れたあと、なんとなく気になって君のお父さんの後ろ姿を眺めていたんだ。すると、女子高生と一緒になった。待ち合わせをしていたようだった。で、ふたりはパーキングメーターに駐めてあったスカイラインで行ってしまった、ってわけだ」

「女子高生と？」

「そう。南川高校の制服だった。さっき訊いたら家族はいないって言ったろ？　姉でも妹でもないとしたら、あの女子高生はだれだ？　ってね」

「女子高生の顔は見ましたか？」

「いや、そこまでは」内藤は在の表情をうかがいながら、大げさに嘆息した。「あの百合は女子高生へのプレゼントだったわけだ。やってることはヤバイんだけど、君のお父さんの場合はやたらとかっこよくて、なんて言うか慣れてるふうでね」

南川高校の制服を着ていたなら水樹の可能性が高い。うかつに返事ができず黙っていると、内藤がわざとらしく頭をかいた。

「やっぱり言うんじゃなかったかな」

「いえ。言いにくいことを教えてくださって、ありがとうございました」

「じゃ、まだ仕事が残ってるので、申し訳ないがこれくらいで」ちら、と内藤が時計を見た。

「今日はお忙しいところありがとうございました」立ち上がって頭を下げた。

「いやいや」内藤も軽く頭を下げた。「それじゃあ、またなにかあったらいつでも」

内藤が出口まで送ってくれた。一礼して去ろうとしたとき、ぼそりと言った。

「森下翠か。ずっと忘れてたが、思いだすと辛いな」

「辛い?」

「ああ。あの子は見ているだけで辛くなる。わかるだろ? そういうタイプの女の子だったんだ」

内藤はもう背を向けていた。忙《せわ》しそうに歩き去る姿にはもう声を掛けられなかった。

内藤を見送り、在は早足で駐車場まで歩いた。

とにかく、ひとつずつ疑問を解決していくしかない。水樹も酒井祐子も、翠が吃音だったとは一言も言わなかった。なぜだ? ただ言わなかっただけか? それとも、翠の吃音には隠された意味があるのか?

車に乗り込むと、中川弁護士に連絡を取った。以前からずっと気になっている、もうひとつの疑問があるからだ。翠の通夜の席で、父はこう言ったという。——生まれたときから卑怯者、と。これはどういう意味だろうか。卑怯を恥じずに開き直るにしても、生まれたときから、とわざわざ言う必要はないはずだ。

今すぐなら、すこしだけ時間がある、と聞き、在は弁護士事務所までゴルフを飛ばした。コインパーキングからは走った。事務所に着いた頃には汗だくになっていた。

「すみません、中川さん。無理を言って申し訳ない」

「いいよ。どうしたの？　なにかあったの？」びっくりした顔をしながら、慌ててクーラーの温度を下げてくれた。「緊急かい？」

「いえ」息が切れて声がかすれた。「中川さん。父が生まれたときのことを教えてもらえませんか？　どんなことでもいいんです」

「在くん。またかい？　ほんとにどうしたの？　なにかトラブルでもあったのなら、なんでも言っておくれよ」中川弁護士が困惑した。

「いえ、そういうのじゃないんです。ただ、ちょっと父のことを知りたいだけです」

「まあ、亡くなって日も浅いし、気持ちの整理がつかないってのはわかるけど」

パソコンに向かっていた中年の女性が冷たいお茶を出してくれた。一息に飲み干したら喉が痛かった。

「父が生まれたときなにかあったんですか？　憶えてることだけでいいから話してもらえませんか？」

「生まれたとき、か。あったと言えばあった。でも、それは仕方のないことだよ」

「なにがあったんですか？」

「和彦くんのご両親、つまり在くんのおじいさんとおばあさんには長く子供ができなくてね。お堀の旧家だから跡取りがいなくちゃ大問題だろ？　病院をあちこち回ったり、挙げ句は白蝶《しろちょう》神社で願掛けをしたり、といろいろ苦労されたらしいんだ」弁護士の口はすこし重かった。「だから、ようやく和彦くんが生まれたときには、みな大喜びだったよ」

「じゃあ、父はみなに祝福されて生まれたんですね」

「ただ、ずいぶんと難産で、お母さんが出産の際に亡くなられたんだよ。和彦くんの命と引き替えに、っていう言い方が正しいのかは知らんが、気の毒なことだった」

「出産で……」

在は言葉を失った。父の言葉が思い出された。

——もう、女を看取《みと》るのは嫌だ。

父が生まれて最初にしたことは、女を看取ることだったのか。

「お父さんもその後一年ほどして病気で亡くなられてね。和彦くんはおじいさんとおばあさんに育てられたというわけだ」

生まれたときから卑怯者、というのは母の命を奪って生まれてきたということか。父は自分の出生に負い目を感じていた。その上、人を看取ってばかりの人生を送ることになれば——。

父の冷たい手を思いだした。父の抱えた闇が今、はっきりと見えたような気がした。背中に冷たい汗を感じながら、在はもう一度酒井祐子に連絡を取った。

翌日、在は南川高校の前にいた。

泣いていた水樹を思いだすたび、胸が締めつけられる。震えていた哀れな首筋が忘れられない。あんなにも傷ついている女の子を見るとたまらない。なんとかしてやりたいと思う。そう、緑水会病院の内藤が翠を評して言った言葉がそのまま当てはまる。——見ているだけで辛くなる、だ。

電話を掛けても、たぶん返事をもらえないだろう。だったら、直接会いに行くだけだ。だが、また家に押しかければ水樹を苦しめることになる。これ以上辛い思いをさせたくない。ならば、外で会うしかない。幸い南川高校では、三年生は八月に入っても夏期特別授業をやっていた。さすが進学校だ。

ゴルフを正門のそばに駐め、水樹が出てくるのを待った。チャイムが鳴ってしばらくすると、下校する生徒に交じって水樹が見えた。今日はサマーセーターは着ていない。長袖のブラウスだけだ。

「森下さん」

水樹がはっと足を止めた。当惑しているようだ。到底喜んでいるようには見えない。

「いきなりごめん」気まずいので用件だけを言う。「これから、酒井祐子さんと会うんだ。君も会いたい、って言ってたから迎えに来た」

水樹は迷っている。ちらちらと周りの生徒たちがこちらを見ている。無理強いをしていると思われているのか。好奇の眼が痛い。

「もし、迷惑でなければ、の話だが」

「わかりました。行きます」

「ありがとう」

ドアを開け、水樹のカバンを受け取り、助手席に乗せた。今度も、おおーと声が上がる。前回よりも汗が出た。横目でこっそり水樹を見る。すると、鼻の頭に汗が浮いていた。水樹だって緊張しているのかと思うと、すこしほっとした。

待ち合わせは「ノアノア」、例のオウムの喫茶店だ。

早めに着いたので、在はホットコーヒーを、水樹はまたアイスティーを頼んだ。やがて、時間より少し遅れて酒井祐子が店に駆け込んできた。

「ごめん、お待たせ。片瀬ジュニア。ちょっと着替えるのに手間取って」遅れたのは仕事のせいではないらしい。勢いよく腰を下ろすと、大声で訊ねた。「それで、こちらのかたは？　え？　あれー？　まさか、もしかして？」

水樹は呆気にとられた顔をしていたが、すぐに礼儀正しく頭を下げた。

「森下水樹です」

「森下？　まさか、翠と関係ある人？」

「姪《めい》です」

「やっぱり。翠とそっくりだもん。すぐわかった」酒井祐子が両手を叩《たた》いて笑った。「でも、これってすごくない？　翠の姪御さんと片瀬くんの息子なんて、これぞ巡り合わせね。

因縁を感じるわあ。で、どうなの？　もう一緒に暮らしてるとか？」

低音で畳みかける口調に圧倒され、水樹が面食らっている。慌てて助けた。

「いえ、違います。森下さんとはそんなんじゃありません」

在の返事を聞くと、酒井祐子はふうんという顔をし、水樹をちらりと横目で見た。

「なんだ、カップルじゃないの。じゃあ、失礼なこと言ってごめんなさい。翠と片瀬くんの血筋だって言うから、てっきりね」

ふふふ、と含み笑いをしながら酒井祐子が在と水樹を交互に見る。

「アイスコーヒーでいいですか？」在はウェイトレスを呼んだ。

「そうそう。いいねえ、君。ちゃんとわかってるう」水樹がいるせいか、酒井祐子はいつもよりさらにはしゃいでいた。「あのふたりは高校卒業するなり、さっさと同棲はじめたのよ。見た目は結構地味で、とてもそういうふうには見えなかったけど、進んでたのよ。あなたたちも、一見真面目《まじめ》そうな学生に見えるけど、実は、って勝手に想像してたわけ。ごめんなさいねえ。オバサンが下品なこと言っちゃって」

「いえ」水樹がなんとか微笑んだ。

「ごめんごめん」酒井祐子が笑いながら謝った。まるで気にしていない。「でもね、あのふたりがあんまり強烈だったから」

「強烈ってどんなふうにですか？」在は訊ねた。

「なんか完全にふたりの世界作ってたから。階段の踊り場の出窓よ。見てるほうはたまんないわけ」
内藤も同じことを言っていた。ふたりの世界、か。要するに、これも秘密基地というこ
とだ。父は高校生の頃から、決してだれも入れない、翠とふたりきりの世界を持っていた
のか。
「でも、あのふたりにとっては、なにもかも当たり前のことだったんでしょうねえ。翠は
完全に片瀬くんにべた惚れだったから」身を乗り出して言う。「ねえ。あなたたちがくっ
ついたら、翠はさぞ喜ぶでしょうね」
「さあ、どうでしょうか」水樹が口を開いた。「伯母は哀しむかもしれません」
「え？」酒井祐子が驚いて水樹を見た。「なんで？」
「だって、自分と同じ過ちは繰り返してほしくないでしょう？」
「過ち、か。たしかに世間の常識ではそうなんだろうけど、翠はそうは思ってなかったか
ら」酒井祐子が言い切った。「あの子なら、何度生まれ変わっても同じことするんじゃな
い？　頭の中、片瀬くんのことしかなかったし」
それを聞くと水樹が眼を伏せた。在は胸の痛みを感じながら、思い切って言った。
「森下翠さんは吃音で、ずっとあなたが通訳係をしていたそうですが」
その瞬間、酒井祐子の顔が強張《こわば》った。水樹はぽかんと口を開け、唖然《あぜん》としていた。その
様子に嘘はない。水樹はなにも知らなかったようだ。
酒井祐子はすこしの間黙っていたが、やがて少々下品なため息をついた。

「片瀬ジュニア。君、知ってたの？」

「緑水会病院の内藤さんから聞きました。森下翠さんの吃音はどの程度のものだったんですか？」

「医者じゃないからわからないけど、結構ひどいと思う。学校ではほとんどしゃべらなかった」

「当てられたときなど、授業中はどうしてたんですか？」

「先生がみんな配慮してたから、あんまり困ることはなかったわね」

「クラスの友達は？　いじめとかあったんじゃないですか？」水樹が訊ねた。

「高校では全然なかった。みんな妙に大人で。かといって、わざとらしく世話を焼くわけでなく、当たり障りなくやってた。でも、小学校や中学校ではわかるでしょ？　相当あったらしいよ。でも、あたしは高校入ってからのつきあいだから直接は知らない。ひどかった、って噂だけ」酒井祐子はあはは、と大口を開けて笑った。「あたし、結構おしゃべりでしょ？　親にも、あんたは口から先に生まれてきた、って言われてたの。で、なんて言うか、相手の言いたいことを先回りして言ってしまう癖があってね。だから、翠がうまく喋れないときは、代わりにあたしが全部答えてあげてたわけ。だから、クラスのみんなからは翠の通訳なんて呼ばれることもあったのよ。でもね、翠にしたら楽だったんじゃないかな。だって、あの子、自分からはあんまり喋れないでしょ？　だから、あたしから選択肢を示してあげるわけ。そうしたら、あの子は選ぶだけでいいでしょ？」

酒井祐子が一気にまくし立てた。前から早口だと思っていたが、今日はいつも以上だった。横目で水樹を見ると、やはりすこし困った顔をしていた。

「たとえばねえ、そう。つまらないたとえなんだけど、体育の授業があったとするでしょ？　で、十月頃かなあ。中途半端な気温なのよ。半袖だったらちょっと寒いけど、長袖で運動したら暑いかも？　って頃。そんなの好きにすればいいと思うかもしれないけど、やっぱり女の子同士だと外れるのがいやなのよ。だって、ほかの女子全員がまだ半袖なのに、ひとりだけ長袖着てるのって辛いものがあるじゃない。だから、そういうときって着替える前に、どっちにする？　って探り合いするわけ。でも、翠はそういうのできないでしょ？　だから、あたしがサクサク決めちゃうわけ。クラスの女子に言うのよ。——ねえ。あたしと翠は半袖にするけど、みんなはどうする？　って」

　水を一口飲んで今度は水樹を見た。

「あなたが翠ならどう思う？　やっぱりみんなから外れるのいやでしょ？」

「さあ」水樹が驚くほど冷たい声で答えた。「あたしはずっと長袖ですから」

「そうなの？　たしかに今日も長袖ね。暑くない？」

「いえ、別に」

　普段は礼儀正しい水樹にしては、ずいぶん木で鼻をくくったような返事だった。

「じゃあ、酒井さんが手っ取り早く物事を処理したわけですね」仕方なしに在が会話を引き取った。

内藤がいい顔をしなかったのもうなずける。つまり、翠の意見は聞かなかったということだ。

「そうそう。ちょっと強引かもしれないけど」酒井祐子がほっとした顔をする。「あたしがいなかったら、翠は相当困ったと思うよ」

「片瀬和彦さんはどうしてたんですか？」水樹が訊ねた。

「片瀬くん？　あれは役に立たなかったな」酒井祐子が眉を寄せた。「片瀬くんは喋れるくせに喋らないんだもん。翠のために喋ってあげようとか、すこしも思わないタイプ」

「でも、さっき、ふたりはいつも一緒だったと言ってましたけど」

「まあね。要するに、あたしと片瀬君って、正反対のタイプなのよ。あたしは超おしゃべりで、片瀬君は超無口。どっちも対応が極端に違うから、かえって翠は楽だったのかも」

「どう違うんですか？」水樹の顔は真剣だった。

「翠は調子が悪いときは、どんなに頑張っても話せなかったのよ。鯛焼《たいや》きが食べたい、って言いたいときに……た、たた、たい……までしか言えないの。そういうときって、普通の人ならこう言うでしょ？　落ち着いて、焦らなくていいから。ゆっくりしゃべって、って。でも、あたしは面倒くさいからそんなこと言わない。た、たた……のところで、こう言うの。——鯛焼き？　あんた食べたいの？　そう、じゃ、帰りに河上屋に寄ってく？って」

在は納得できなかった。吃音の人間にその態度はどうだろう。無神経なだけではないか。

「同じケースで片瀬くんの場合。片瀬くんは翠がつっかえても、なにも言わないの。……た、たた、って翠が困ってても、無表情っていうか仏頂面で聞いてるの。たぶん、鯛焼き食べたい、って言うのに一時間掛かったとしても、それを黙って最後まで聞いてると思う。で、翠が言い終わると、白けた顔でね、ほんとつまらなそうに一言こう言うわけ。――僕はいらない、って。翠の懸命な努力をぶった切るわけよ。ひどいでしょ？」

父はひどいのだろうか。だが、父はちゃんと翠の話を最後まで聞いた。その上で、いつも通りに答えた。吃音だからと特別扱いはせずに、だ。

感情的になるな、と在は自分に言い聞かせた。気を取り直して酒井祐子に訊ねる。

「森下翠さんはいつから吃音だったんですか？　治療はしてたんでしょう？　よくならなかったんですか？」

「小学校の頃から、って聞いた。でも、なにも治療はしてなかった」

「なぜ？　いくら三十年近く前とはいえ、そんなにひどい吃音なら医者に相談すると思うんですが」

「母親が反対したみたい。喋れないのは甘えてるからだ、って。学校もいろいろ言ったらしいんだけど、翠の母親が頑固でね、吃音なんて精神的な問題なんだから、翠がしっかりすれば治る、ってそんなふうに考えてた」

「おばあちゃんがそんなことを？　自分の娘なのに」水樹が怒りに顔を歪《ゆが》めた。

「きついお母さんでね。なんというか翠を弁護士にさせようと必死だった」酒井祐子は眉を寄せた。「翠の吃音ってあのお母さんの責任も大きいと思う。あんなに毎日毎日厳しく叱られてばかりだったら、そりゃあなにも言えなくなるって。あたしでも喋る気なくなると思う」

水樹は手を強く組み合わせていた。なにかをこらえているようだ。水樹には翠の吃音を知らせないほうがよかったか、とすこし後悔した。

水樹が黙っているので、在が質問を続けた。

「酒井さん。森下翠さんが吃音だってこと、どうして黙ってたんですか？」

「翠は気にしてた。なのに、わざわざ言いふらす必要もないでしょ？」

「それだけですか？」

「なに？　その言い方だと、あたしが悪者みたいじゃない」

「悪者だとは言ってません。でも、言いださなかったのには、なにか理由があるはずです」思い切って言った。「森下翠さんにはあなた以外に友人がいなかったそうですね。あなたがぴったりガードしていたから、話しかけることすらできなかった、と」

「だって、翠は自分じゃ返事できないんだから。仕方ないじゃない」むっとして言い返してきた。

そのとき、水樹が口を開いた。静かに言う。

「本当は伯母が嫌いだったんじゃないですか？」

「まさか」酒井祐子が顔色を変えた。「なんでそうなるわけ？」

在は驚いて水樹を見た。そうだ。酒井祐子に感じていた不審の原因はこれだ、と思った。酒井祐子が翠のことを語れば語るほど、なぜか嘘くさく思える。

「気づいてらっしゃらないんですか？　全部顔に出てます」水樹が淡々と言った。「女の人っていくつになっても同じなんですね。うちのクラスにも同じタイプがいます」

「ちょっと、失礼でしょう？　いくら翠の姪御さんでも言っていいことと悪いことがあるでしょ？」

酒井祐子がまた身を乗りだした。水樹に食ってかかろうとする。

「酒井さん。僕も同意見です。でも、森下翠さんに関してじゃない。父に関してです。どうして、父をそこまで悪く言うんですか？　内藤さんに聞きました。たしかに父は好かれてはいなかったけれど、決して嫌われていたわけではない、と」

「別に悪く言ったつもりはないけど」酒井祐子がぷいと横を向いた。ひどく子供じみた言い方だった。「でも、無愛想だったのはほんとだし」

「酒井さん。あなたは僕が会いたいと言うと時間を作ってくれたし、内藤さんのことも思いだして、わざわざ連絡をくれた。父や森下翠さんに悪意があるわけじゃない。でも、なにか引っかかるんです」

酒井祐子はしばらく黙って、それからいかにもうっとうしげなため息をついた。

「翠のこと、決して嫌いじゃなかった。ただ、ちょっと腹の立つこともあったのよ」

「ケンカでもしたんですか？」

「違う。あの子はね、ただ黙ってるだけで片瀬くんをつかまえたの。そこに腹が立ったわけ」

「じゃあ、あなたは父のことを？」

「勘違いしないでよ。別に、あんな朴念仁《ぼくねんじん》、好きだったわけじゃない。でも、片瀬くんはあの学校では一番スペックの高い男の子だったわけ」酒井祐子がつまらなそうに言った。「成績は学年一番。そして、お堀沿いの旧家のお坊ちゃんで、お金持ち」

「そんな条件のいい男をつかまえた森下翠さんがねたましい、ってことですか？」

するど、酒井祐子がはっと顔を上げ、さもうっとうしそうな顔で在をにらんだ。

「はいはい、わかったわよ。認めるわよ、要するにそういうこと。あたしは翠がねたましくて、どんどん腹が立ったの」酒井祐子は投げやりに言った。「あたし、その年、共通一次で大失敗して浪人決定だったのよ。翠はあたしよりずっと成績がよかった。あたしの行きたい大学は楽勝だったと思う。なのに、大学は行かない。結婚して子供を産むって。なんだか無性に腹が立った」

「でも、それは森下翠さんの責任じゃない」

「そんなことはわかってる。でも、割り切れるもんじゃない。あの子ばっかり甘やかされて」

「伯母が甘やかされてた？　とんでもありません」水樹が強い口調で言い返した。「家で自分の母親にひどい言葉を投げつけられてたんですよ」

「だから、翠はかわいそう。守ってやらなくちゃ、ってわけ？　あたしはあたしなりに翠のことを気遣ってた。でも、周りはみんなそうは見てくれなかった。あたしがまるで翠を子分にしてるみたいに思ってた。通訳、通訳、って言われてさ。そりゃ、片瀬くんみたいに黙って待てばいいのかもしれないけど、現実的には無理でしょ？」

酒井祐子が、はあ、と大きなため息をついた。水を飲み干し水樹に向かって言った。

「女同士の友情って、いろいろあるの。嫉妬も怨《うら》みも嫌悪も全部込み込みでの友情なのよ。クラスの女の子を見てたらわかるでしょ？」

水樹は返事をせず、酒井祐子から黙って眼を逸らした。すると、酒井祐子は在に向き直った。

「男はそうじゃないの？」

「男によると思います」すこし考えてから答えた。「すくなくとも、僕にはありませんが」

高丘のことを思った。高丘は高丘だ。酒癖も女癖もあまりよくないが、不思議と嫌悪はない。少々呆れはするが、それだけだ。

「さすが、片瀬くんの息子。お高くとまったつきあいをしてるんだ」

「別にそういうつもりは」

「じゃあ、言い換えましょうか？　甘やかされたお坊ちゃん、ってこと。きれいごとの中で生きてきた。片瀬くんが正論振りかざして、翠を追い詰めたのと同じ」

「片瀬さんが伯母を追い詰めた、っていうのはどういうことですか？」水樹が顔色を変えた。

「高校生が妊娠したら、普通なら中絶する。でも、片瀬くんは認めなかった。中絶は人殺しだ、ってね。だから、翠は大学を諦めて産むしかなかったのよ」

「違います。伯母は本当に赤ちゃんを楽しみにしてたんです」

「そりゃそうでしょ？　そう思わなきゃやってけないもの」酒井祐子が真顔になった。

「子供を産んで人生棒に振るのは翠なのに、なにもしない片瀬くんはきれいごと言うだけ、建前の正義感振り回してただけでしょ。翠だって、本音は赤ちゃんなんて欲しくなかったのかもよ」

さすがに、かちんときた。思わず言い返そうとしたが、水樹に先を越された。

「伯母は赤ちゃんが生まれるのを心待ちにしてました。中絶を止められたから、いやいや産むつもりだったんじゃありません」

「そう？　でも、あなたが同じ立場になったら赤ちゃん産むの？　十八ででき婚する？人生終わりよ？　周りの友達はみんな大学行って、勉強して、遊んで、好きなことするのよ。それでも平気？」

そのとき、水樹の顔が強張った。

「赤ちゃんができたからって、人生終わりじゃありません。だって伯母は……」

「翠の話をしてるんじゃないの。あなたは産むのか？　って言ってるの」酒井祐子は容赦《ようしゃ》なかった。「そりゃ、産むのは勝手。あなたの人生だから好きにすればいい。でも、そんなことしたら男の人生も終わってしまうのよ？　あなたのわがままで将来潰されたら、男がかわいそうでしょ？」

「あたしはそんなことしません。男の人に迷惑掛けたりしません」

水樹の顔から一瞬で血の気が引いた。真っ青になる。言い返す声は哀れなほど震えていた。

水樹のあまりの動揺を見て、酒井祐子が唖然《あぜん》とした顔をした。一方、在は胸に氷が刺さったような気がした。今、はっきりと答えが出た。やっぱりか。水樹は父に迷惑を掛けなかった。つまり、堕ろしたということだ。

「ほら、あなただって堕ろすんでしょ？」気を取り直して酒井祐子が言う。「産もうとは思わないんだ」

水樹がうっと詰まって絶句した。その様子を見て、在はたまらず割って入った。

「やめてください。そんな話、もういいでしょう」水樹をかばって、酒井祐子に言い返した。「この人には関係ありません」

酒井祐子はしばらく黙っていたが、やがて大きなため息をついた。

「……ごめん。ちょっときつい言い方になったけど、あたしはそれでも翠が好きだった」

酒井祐子がすこし声の調子を落とした。「ただ、思いだすと複雑なのよ。あんなに幸せそうで、でも、あっという間に死んでしまって……。ちょっとうらやましいけど、うらやましいと認めたくないような、そんな微妙な感じなの」

在は意外な気がした。酒井祐子はどこまでも無神経でおおざっぱな女性だと思っていた。だが、眼の前で肩を落とす姿には、彼女なりの思いがあふれていた。

「女はね、妊娠とか出産とかそういう生々しいことって、つい共有してしまうの。他人事に思えないっていうか。だから、みんな過剰反応して大騒ぎするんだと思うのよ」

水樹がはっと顔を上げた。酒井祐子はもう一度大真面目に言った。

「なにかあったら傷つくのは自分の身体。翠みたいにはならないで。大事にしてね」ちら、と腕時計を見た。「ごめんね。もう帰って晩御飯作らないと。うちの子、ふたりとも大食いなのよ」

酒井祐子は笑って水を飲み干し、慌ただしく立ち上がった。そして、ばたばたと店を出ていった。

在と水樹は無言で駐車場まで歩いた。家まで送るよ、と水樹を車に乗せた。遠慮せずに乗ってくれたのは嬉しいが、笑顔はなかった。

強い西陽がまぶしい。サンバイザーを下ろし、渋滞した道路をのろのろと走った。水樹は疲れ切った顔で黙りこくっている。在もなにを言っていいのかわからない。この前のように大雨が降ってくれたら、と思う。大雨が降れば雨音を聞いていればいい。なにも話さなくて済む。

互いに無言のまま、水樹の家に着いた。家のすぐ前まで行くわけにはいかないので、すこし離れたところで車を駐める。横は水田だ。青々と茂った稲が夕陽を浴びて真っ赤に見える。のどかな光景のはずなのに、すこしも心は和まなかった。

「……伯母は吃音だったんですね」水樹がぼそりと言った。「伯母の日記があんなに詳しいのは、そのせいなんですね」

「たぶんね」

うまく喋れないから、思うことすべてを書くしかなかったのだろう。だから、セックスのことまで書いていた。それほどまでに、やむにやまれぬ衝動があったということだ。なら、水樹は？　祖母と父親に追い詰められた水樹はどうだ？　やはり、やむにやまれぬ衝動があった。だからこそ、父との関係があったのか？

「なぜ、片瀬さんは吃音のことを黙っていたんでしょう？」

「わからない」

先程の水樹の動揺が忘れられず、心が荒れ狂っている。なんとか平気なふりをするだけでやっとだ。ちゃんと返事をすることができない。

「吃音が知れるとまずいことがあったんでしょうか？　裸足で逃げ出した原因に関係あるとか？」

「そうだな」

在の気のない返事に水樹がうつむいた。かすかに肩が震えていた。

これ以上、気持ちをごまかせない、と思った。今日こそははっきりさせよう。どんな事情があろうと、父が水樹を傷つけたことはもう確実だ。どれだけ父が鬼畜で最低な人間だったとしても、きちんと受け止めなくてはならない。いつまでも愚痴ばかりではだめだ。きちんと水樹に償わなければならない。

それに母のためでもある。父が裏切っていたのだとしたら、このままうやむやにするわけにはいかない。

「失礼なことを訊くけど許してほしい」思い切って言葉を続けた。「君は父とは本当はどういう関係だったんだ」

「どういう関係って……」水樹の顔が強張った。

「君は父と身体の関係があったんじゃないのか？」

「まさか。違います」水樹が激しく首を横に振った。「そんなこと絶対にありません」

「父は生前、弁護士に相談していたそうだ。——ある女性を妊娠させた、認知したい、と。でも、結局その女性は子供を産まなかったそうだ」

「それは……」水樹の声が震えた。明らかに激しく動揺している。

「責めてるんじゃない。ほんとのことを知りたいだけなんだ。もし、父が君を傷つけたのなら、僕は君に詫《わ》びて、できる限りの償いをしたい。すまないと思ってるんだ」

「いえ、それは……」水樹がおびえた顔で大きく首を横に振った。「違います」

「僕は君が悪いなんて思ってない。遠慮はいらない。だから、ほんとのことを話してほしい」

水樹は返事をしない。黙ったままじっと在を見ていたが、思い切ったようにきっぱりと言った。

「あたしはどう思われても結構です。でも、片瀬さんはあたしに指一本触れませんでした。そんなこと考えるなんて、片瀬さんに失礼です」

在は思わず息を呑《の》んだ。水樹の眼にあるのは激しい怒りとあからさまな軽蔑《けいべつ》だった。

「ありがとうございました」水樹は振り返りもせず駆けていった。

とり返しのつかないことを言ってしまった。

ゴルフにもたれて、在は大きく嘆息した。途端に、やかましくカエルが鳴きだした。嘲《ちょう》笑《しょう》されているようだった。

空を仰ぐと、砂粒のような星が見えた。その瞬間、はっきりとわかった。僕こそ卑怯者だ。水樹に償いたいなど口実だ。僕は自分が楽になりたかっただけだ、と。

自己嫌悪でいてもたってもいられず、そのままゴルフを高丘のアパートに向けた。途中、河上屋に寄って鯛焼きを買った。下手におつまみを持っていくよりも、きっとこちらのほうが喜ばれるはずだ。自分のためにはコンビニで焼き鳥とチーズ、ノンアルコールビールを買った。

ドアを開けると、高丘の部屋はすさまじい有様だった。アパート自体は新築のはずだが、その面影もない。ほとんどゴミ屋敷だ。靴を脱いで部屋に上がろうにも、脱ぐ場所がない。猫のトイレ砂とキャットフードの大袋が玄関に散乱している。いつから出していないのか、ゴミの袋も二つ三つ積んである。普段からあまりきれいとは言えない部屋だが、今日はひどい。なんとか上がってみると、八畳の部屋で床板が見える場所はほんのわずかだった。

白黒模様の猫が鳴きながら出てきた。凶暴な猫だが、在には結構なついている。尻尾を擦《こす》りつけて挨拶してきたので、撫《な》でてやった。

「シロクロ。お久しぶり」

生ゴミの臭いがするので台所を見ると、汚れた皿が山のように積んである。泡盛の空瓶があちこちに散乱していた。ゴミ箱代わりのスーパーの袋から溢《あふ》れているのは、汚れた紙皿と紙コップ、そして大量の割り箸だ。どうやら、皿を洗うのが面倒になり、買ってきて済ませたらしい。このぶんでは洗濯もしていない。きっと下着がなくなれば、新しいのを買って穿《は》いているのだろう。

「なんだよ、この部屋。ちょっとひどいぞ」

「気にすんな」高丘が膝の上にシロクロを乗せた。動く気はなさそうだ。

ゴミの臭いが服につきそうだ。クーラーを止めて窓を開けた。床の上の本やら脱ぎ散らかした服を押しのけて、腰を下ろす場所を確保する。鯛焼きを見せると、高丘がすこし嬉しそうな顔をした。

早速、ふたりで飲みはじめる。高丘が鯛焼きにかぶりつく横で、焼き鳥を食べた。猫はその横でおとなしく丸くなっている。

「高丘。この前病院で会ったな。入院してる人、よくなったのか？」

「知らん。会ってないから」高丘が二匹目の鯛焼きに手を伸ばした。「病室にいなかった。検査だとよ」

「そりゃタイミング悪かったな」ノンアルコールビールを飲む。まるで味がない。「あそこさ、親父が設計したんだ」

「きれいな病院だったな」お代わりを注ぎ、グラスに新しい氷を放り込む。「さすが片瀬和彦」

さすが片瀬和彦、か。こんな些細《ささい》な言葉に引っかかる。母をだましていたことは許せない。自分が父にとってスペアだと知ったときの絶望は、腹の底に重く沈んだままだ。その上、水樹の苦悩につけ込んで抱いたのだとしたら、とんでもない鬼畜ではないか。卑劣で薄汚い男だ。

なのに、父を憎みきることができない。緑水会病院の内藤に、父は本当は嫌われていなかった、と聞かされたとき、反射的にほっとして嬉しくなってしまった。結局、僕は父を信じたいということだ。父の行動にはなにか理由があるはずだ、と。

「なあ、高丘。おまえ、百合の花をどう思う？　大の男が百合にこだわるのって変じゃないか？」

「こだわるってどんなふうに？」鯛焼きの背びれ部分をむしり、無造作に口に放り込んだ。

「親父が百合好きって言っただろ？　常に書斎に百合の花を飾り続けてたんだ」

「百合が好きならそれでいいだろ。片瀬和彦ならなにをしたって似合うさ」

「じゃ、おまえは、白い百合ってのは、祝福か、弔いか、どっちの意味だと思う?」

「白ならどっちでもOKだろ。でも、白百合っていうと、キリスト教なら純潔の象徴だな」

「純潔?」

「そう。処女性、純潔」

もしかしたら、これが父のこだわりだろうか。過去に翠を妊娠させてしまった父は、在には釘を刺した。高校入学時にはコンドームを渡し、片瀬家の家訓を示した。——女の子とつきあうときは相手の両親に許可を取ってから、と。

高丘がゴミと下着の上を本棚まで這《は》い進んだ。その下でシロクロがしきりと身体を擦りつけている。嬉しそうだ。猫を撫でながら、分厚い象徴事典を放ってよこした。百合の項を引いてみると「聖母マリア、純潔の象徴。受胎告知の際、大天使ガブリエルが携えていた」とある。

受胎告知? 以前、どこかで聞いた、と思った。懸命に記憶を辿《たど》るが思いだせない。いつ、どこで聞いた言葉だろう。

「処女懐胎って結局男のロマンなんだよ。つまり、勘違いってやつさ。なんたって、処女のまま自分の種を仕込もうってんだからな」残りの鯛焼きを口に押し込み、高丘が鼻で笑った。「マリアの立場になってみろよ。一度もやってないのに神の子をはらまされてたんだぜ? こんな勝手な話があるかよ。マリアだって内心迷惑してたかもしれない。本音は堕ろしたい、だったんじゃないか」

「罰当たりなこと言うな」事典を閉じて、本棚に戻した。

　高丘の言っていることは、酒井祐子の言ったことと同じだ。抑えきれない疑念に暗澹《あんたん》たる気持ちになる。森下翠は本当に喜んでいたのか？　本当に平気だったのか？

「要するにだな、百合ってのは都合のいい花ってことだ。百合を捧げて処女のままはらませて、女の人生終わらせて、葬式にはもう一度百合を飾ってやればいいんだからな」

　毒舌に心がざわざわと荒れてきたので、ノンアルコールビールをあおった。だが、当然すこしも酔わない。余計虚《むな》しくなる。百合から離れようと、話題を戻した。

「そう言えば、そもそもさ、だれが入院してたんだよ？」

「さあな」

「さあな、ってなんだよ」

「知らされてないのに知るわけないだろ」高丘が吐き捨てるように言った。「親父がガンになったことも、入院することも、手術することも、知らなかったんだよ」

「え？　どういうことだよ」

「あの日まで、親父が入院してることなんて全然知らなかった。叔父貴に教えてもらうまではな。向こうは当然知ってると思ってた、ってよ」

「そんなに怒るなよ。おまえに教えなかったのは、心配させたくなかったからだろ」

「は？　まさか」暗い眼で笑う。「慌てて家に連絡したら母親にこう言われた。――あんたはおばあちゃんのお葬式にも来なかった。自分の家のことなんかどうでもいいんでしょう？　家族のつもりなんてないんでしょう？　だから教えなかったの。家族なんて面倒臭いだけなんでしょう、って」

「それは……」なんと言っていいのかわからない。言葉に詰まった。

「家族なんかじゃない、ってお互いそう思ってた、ってわけだ」高丘の声が震えた。「それでも、思い切って病院に行ってみた。でも、病室には行けなかった。家族だと思われてないのに、今さら……と思って。途中でおまえに会ったから、そのまま引き返した。ほっとした」

「落ち着けよ、高丘。きっと、今はみんな余裕がないから」

「俺は家族を捨てたと思ってた。でも、違った。俺が捨てられてたんだ」耳障りで、詰まった笑い声を上げた。「とんだ勘違いだ。ばかは俺だ。笑いものさ」

「高丘。もうやめろよ」

するると、高丘が在の前に腕を突き出した。

「わかってたんだよ。弟は俺の腕の針の痕《あと》を気持ち悪そうに見やがった。家族なのによ。生理的にダメなんだ、なんて言いやがった。で、親父もおふくろも叱らない。仕方ないわねえ、なんて言いやがる」

たしかに高丘の腕には今でも針の痕がある。隠しもしないから、気にしていないと思っていた。だが、そう思っていたのは在がただ無神経だっただけだ。

「俺の親父が片瀬和彦なら、こんなことにはならなかったさ。俺はおまえがうらやましいよ」

「片瀬和彦は完璧な夫、完璧な父親を目指して、いろいろつじつま合わせをしてただけだ」

「つじつま合わせ？　ははっ」高丘が甲高い声で笑った。そして、突然真顔になると、怒鳴った。「甘えるな、バカ野郎。つじつま合わせをしてくれるだけマシだ。それすらしない家族だってあるんだよ。在、おまえは恵まれてる。俺だって、おまえみたいなファザコンになりたかった。片瀬和彦の息子になりたかった」

突然の剣幕に驚き、在は返事ができなかった。高丘は声を震わせながら言葉を続けた。

「おまえは親に愛されるのが当たり前で、家族は仲良しが当たり前で、疑問なんか持ったことがない。自慢の両親がいて、居心地のいい家があって」高丘が顔を歪めた。真っ赤な眼が濡れていた。「もちろん、俺だってわかってる。おまえが悪いんじゃない。おまえはただ愛されて育っただけだ。おまえにはなんの責任もない」

「すまん、高丘」

「謝るな。謝らなくていいから、想像しろ。愛のない家庭がどれだけ惨めで苦しいか、想像するんだ。想像したら、今度はそれを百倍しろ。それでなんとか正解だ」

「百倍か」在はおうむ返しに呟《つぶや》いた。「……百倍」

「愛のない家庭ってのはそれだけで地獄なんだよ。お盆じゃなくても、一年中蛇がしゅうしゅう言ってるようなもんだ。たとえ暴力やネグレクトがなくても、どれだけ金があっても、惨めで息をするのも辛いんだ。死んだほうがマシって思えるくらいに苦しいんだ。わかるか？」

ふっと森下家を想像した。声を殺して泣いていた水樹が浮かんだ。胸が締め付けられた。僕の想像の百倍か、と眼の前が暗くなる。一体どれほどの苦しみなのか。

「わかった。百倍してみる。なんとか僕も理解したいんだ」

すると、高丘の顔がぐにゃっと崩れた。涙が無精髭《ぶしょうひげ》の頬を伝った。

「すまん、すまん、在。これは八つ当たりだ。あさましいのは俺だ」

次の瞬間、ぐ、とうめいて高丘はトイレに駆けていった。ドアの向こうから嘔吐《おうと》の気配がして、水洗の音がした。それが二度繰り返されて、やがて静かになった。しばらく待ったが出てこない。

心配になってドアを開けると、高丘は便器を抱いて眠っていた。何度も声を掛け、揺り動かしたが、うんうん言うばかりだった。シロクロがすり寄ってきて、高丘の腹の横で丸くなる。頭を撫でると、尻尾を軽く揺らして応《こた》えた。

いつ掃除したかもわからないトイレで寝かせるわけにはいかない。襟と腕をつかんで、なんとか部屋まで引っ張りだした。いびきをかいて眠っている友人の顔を見下ろす。痩《こ》けた頬は無精髭に覆われ、むくんだ眼の下にはくっきりと隈《くま》があった。

この繊細な友人を、これまでどれほど傷つけてきたのだろう。両親に甘やかされて育って、完璧な家庭が当たり前だと思っていた。父の秘密がわかった途端、うろたえて、うじうじと愚痴を言い、周りに八つ当たりをする。挙げ句、自分が楽になるためだけに、他人の過去の傷に踏み込んだ。そして、水樹を傷つけた。

僕は偽者だが、恵まれた偽者だ。そして、ヘタレだ。いつまでも甘えん坊のガキだ。最低だ――。

高丘がなにかうめきながら寝返りを打った。むき出しの腕に針の痕が見えた。

そのとき、はっとした。水樹の顔が浮かんだ。まさか、と思った。

簡単に部屋を片づけてから、高丘の部屋を後にした。

心は激しく波立っている。今にも溢れそうだ。家に戻ると真《ま》っ直《す》ぐ書斎に向かった。熱気と湿気のこもった書斎には強い百合の香りが立ちこめている。在は抽斗《ひきだし》から母子手帳を取りだした。もう、何度眺めただろう。これが、自分が偽者である証拠品だ。

赤ん坊の名は在。だが、在は生まれてこなかった。だから、父は偽者、二人目の在を作ってつじつま合わせをした。だが、なぜそんなことをした？　虚しくはなかったのか？

一方、酒井祐子はこんなことを言った。

――翠だって、本音は赤ちゃんなんて欲しくなかったのかもよ。

受胎告知。処女懐胎。処女なのに妊娠を告げられ、本当にマリアは喜んだのか？　この母子手帳を受け取ったとき、本当に翠は喜んだのだろうか。

だが、いくら考えてもわからない。父の本心も翠の本心も、もう知る方法はないのか？この先ずっと、宙ぶらりんの偽者のまま生きていかなくてはならないのか？

ひとつため息をついて、母子手帳を抽斗に戻そうとした。瞬間、手が止まった。交付年月日のスタンプをまじまじと見つめる。すこしかすれたインクを何度も読んだ。一九八八年四月十五日とある。

「まさか……」

悲鳴のような声が出た。手帳を持ったまま、腰が抜けたように座り込んでしまう。ぞくりと震えが来て鳥肌が立った。

――四月十四日が伯母の命日です。

水樹は確かそう言っていた。だが、この母子手帳は、その翌日に交付されている。片瀬和彦が受け取ったのは、すでにこの世にはない母子のための手帳だった。

今まで、自分は偽者で、二十六年前に本物の「片瀬在」が存在したのだと思っていた。だが、それすら嘘だった。初代の「片瀬在」は母子手帳が交付されたときには、すでに死んでいた。

「初代の在さん。あんたも偽者だったのか？」

笑おうとしたが笑えなかった。嘘か。なにもかも嘘か。初代の在も、僕も、なにもかも嘘なのか。おしどり夫婦だった母も嘘か？　みな、父にだまされてきたというのか？

突然、激しい怒りがこみ上げてきた。だが、同時に胸を突き上げてくる哀しみに涙があふれた。

「くそ、父さん」ぼろぼろと涙がこぼれた。「あんたはどうしようもない嘘つきじゃないか。みんなをだまして……」

広縁の百合の花が眼に入った。泣きながら近づいて、花瓶から百合を引き抜いた。

「祝福だろうが弔いだろうが、どうでもいい。どうせどっちも嘘だ。あんたは他人を煙に巻いて、陰で笑ってたんじゃないのか？」

百合の花を床に叩きつける。黄色の花粉が舞い上がった。

「父さん、あんたが欲しかったのは形だけか？　赤ん坊が生きていようが死んでいようが関係ない。本当にそうなのか？」

足許の百合を見下ろした。冷たい床の上の花は白い死体が横たわっているようだ。

「あんたがやりまくったから、かわいそうに森下翠は妊娠して、そして死んでしまったんだ。そのとばっちりで水樹は今でも苦しんでる。それに、あんたは水樹も妊娠させたんじゃないのか？」

八つ当たりだ。みっともない。だから、ファザコンだと言われるんだ――。

在は唇を噛みしめた。こんなのは僕の甘えだ。これじゃ、僕はただのガキだ。拗ねてるガキだ。水樹や高丘はもっと苦しんでる。僕の百倍、いや千倍苦しんできたんだ。父さん、父さん、っていい加減にしろ――。

わかっているのに自分が抑えられない。在は父の骨をにらみつけながら怒鳴った。

「答えろよ、父さん」高丘のばかげた台詞《せりふ》を思い出し、言ってみる。「それとも、これが男のロマンってやつか？　あんたは百合を飾ってなにがしたかったんだ？」

瞬間、はっとした。

純潔。受胎告知。大天使ガブリエルがマリアを祝福するために携え——。

たしか、受胎告知という言葉を森下翠の日記で見たような気がする。在は父の机に駆け寄った。中から翠の日記を取りだし、開く。どこだ？　どこに書いてあった？　ページを繰って懸命に探す。しばらく日記を読みあさり、在はようやく目当てのものを見つけた。

ムラヴィンスキーのショスタコーヴィチを聴きながら、あたしは片瀬くんと画集を見る。片瀬くんちにはきれいな美術全集が揃ってて、毎日眺めても飽きない。片瀬くんはダ・ヴィンチが好き。スケッチが素晴らしい、って。あたしも一緒に見た。『モナ・リザ』や『受胎告知』を。

書棚に飛びつくと、美術全集からダ・ヴィンチの巻を引き抜いた。

有名な絵はすぐに見つかった。ウフィツィ美術館蔵の「受胎告知」だ。左手に天使がひざまずいて、右手にマリアがいる。そして、天使の手には百合の花があった。そして、天使はマリアに告げた。——あなたは聖なる赤ん坊を身ごもった、と。

かなり長い間、在は呆然と真面目くさった顔の大天使ガブリエルを眺めていた。

ふっと春の午後の光景が浮かんだ。翠は揺り椅子の上、膝の上には画集が広げられている。横にいるのは若い父だ。ふたりは受胎告知の絵をのぞき込んでいる。翠が百合を指さしてなにか言った。それに父が答えた。翠が幸せそうに笑った。レースのカーテンが揺れた。書斎に陽射しが満ちた。

これが百合の答えか。父はただひとり、この秘密基地で身ごもった翠を祝福し続けていたのか？

「父さん、あなたは本当に……」

父は本当に森下翠を愛していたということか。では、森下翠が裸足で逃げだしたのはなぜだ？　なぜ、父はたったひとり事故現場を立ち去ったんだ？

謎は謎のままだ。結局、父の真意はわからない。のろのろと画集を閉じると、書棚に戻した。

だが、奥まで入らない。さっきはきちんと収まっていたのに、と押し込もうとしたが、なにかがつかえているようだ。一旦画集を引き抜き、書棚の奥を探った。すると、薄いものが手に触れた。引っ張りだしてみると、ノートが一冊と封筒だ。

ノートの表紙には黒のボールペンでDiaryとある。森下翠の日記だった。それから封筒を見た。表書きには「在へ」とあった。封はしていない。子供の頃から見慣れた几帳面《きちょうめん》な字だった。

在へ。

＊

もしものときのために、これを記す。おまえがこの手紙を読んでいるということは、私はもはやこの世にはいないということだろう。

今、私はダ・ヴィンチの「受胎告知」を眺めながら、この手紙を書いている。美しい絵だ。清らかな絵だ。私に祝福をもたらす一方で、これほど残酷な絵はない。

私は昨日からひどく混乱している。一晩考え、おまえにこの手紙を遺すことに決めた。今もまだ動揺しているが、なんとか冷静に書き進めようと思う。多少おかしなところがあったとしても勘弁してほしい。

在、おまえに頼みがある。私の愚かさによる過ちの尻ぬぐいだ。心苦しいが、頼めるのはおまえしかいない。必ず引き受けてほしい。

わけがわからず戸惑っているな？　それとも呆れているか？　だが、放りださずに読み進めてくれ。おまえのためでもあるのだから。

私の書斎の机の抽斗を見てほしい。右の袖机の一番下の抽斗を開ければ、そこに重要なものが入っている。おまえはショックを受けるかもしれない。覚悟してくれ。

抽斗の中身について、すこし話をしよう。すべて女の話だ。私は過去と現在の女について、おまえに語ろうと思う。

6

八月十四日は朝から蟬《せみ》の声がやかましかった。

今日は翠の月命日だ。遅い朝飯を済ませると、在は先程バイク便で届いた書類を見た。お盆のさなか、中川弁護士に無理を言ってコピーしてもらったもので、今から二十六年前の業務日誌だ。内容はすでに電話で聞いていたが、実際に読むと生々しさに冷や汗が出た。

ひとりでじっとしていると、父のことばかり考えてしまう。身体を動かそう、と洗車することにした。近くの洗車場に出かけ、音楽を聴きながらゴルフを泡だらけにする。派手に水を掛けると水しぶきで全身が濡れたが、気にせず車をみがき続けた。

イヤホンから流れてくるのは昭和の歌だ。若い女が「もしも……」と語りかける。父が苦手だったという『あなた』だ。スローな曲だ。技巧もなにもない、幼い真っ直《ま　す》ぐな歌い方をしている。だが、やたらと耳に馴染《なじ》む性質の声だ。歌の中で、女は男と暮らすはずだった夢の家を語っている。坊や、子犬、暖炉だ。

在の家にはなにもかもあった。苦手だと言ったくせに、結局、父は歌のとおりの家庭を築いた。偽の息子を作り、子犬と暖炉を用意してまでだ。

シャンプーが終わると、ワックスを掛けた。父のイメージではなかったという『身も心も』が流れてくる。闇の中から叫ぶような熱いバラードだ。在は思わず呻いた。この歌が一番辛い。心が千切れそうになる。

そして、翠が好きだったという『さよなら』を聴いた。続く『DESIRE—情熱—』はアップテンポで激しい曲だった。吃音の翠が思い切り歌いたい、と書いた気持ちを思うとたまらなくなった。『赤いスイートピー』は「片瀬くんのイメージ」らしいが、少女漫画みたいな歌に思えた。どれも過去の歌だった。

真夏の洗車は楽だ。あっという間にワックスが乾く。同じ炎天下の作業でも、草取りよりもずっとマシだ。車が輝いてくると、確実な爽快感がある。

ゴルフを売って新しい車を買おうか、と思った。もちろん、父の好きだった車、翠が無邪気に望んだスカイラインだ。父の遺産を使えばいい。文句は言うまい。

父が死んで以来、ずっと考えていたことがある。やはり人には儀式が必要ではないか。遺された者が死を納得して受け入れるためには、区切りが要《い》る。持て余したままの気持ちを処理するゴミ箱が欲しい。

だが、葬式不要、戒名不要、と言い遺した父は仏壇に痕跡《こんせき》すらなく、悼《いた》む真似事《まねごと》すらできない。ならば、直接の死に場所でと思ったが、病院ではしっくりこない。集中治療室で手を合わせてどうする。結局、残された選択肢は事故現場しかない。

洗車を終えると、在はぴかぴか輝くゴルフで事故現場に向かった。

照りつける陽射しの下、橋脚工事はまだ続いていた。迂回路は川の手前で急カーブを描き、誘導灯とガードフェンスが並んでいる。フェンスの向こうではユンボが二台、鼠《ねずみ》のように動いていた。クレーン車が巨大なコンテナのような物を吊《つ》り上げている。チョイチョイ、と合図する声が響いてきた。

工事現場からすこし離れた土手の上に車を駐《と》めると、河原に降りてみた。斜面は膝までの雑草が茂り、一歩ごとに強い草いきれが立ち上がる。ところどころで水が浸みだし、足が滑ってひやりとした。河川敷にたどりついたときには、スニーカーは泥だらけになっていた。

車があった場所はすぐにわかった。斜面にえぐれた跡があり、そこだけ草が生えていない。その下には、ガラスの破片やら細かな部品くずが散らばっていた。

一番大きなガラス片のそばに、持ってきた供え物を置いた。泡盛を一瓶、もちろん「白百合」だ。それから、さっき焼いた自作CD。『ロッキーのテーマ』ではじまって、『さよなら』『身も心も』『007のテーマ』『DESIRE—情熱—』『赤いスイートピー』と続く。最後にはもちろん『あなた』だ。

しばらくの間、在は手庇《てびさし》をして河原に立ち尽くしていた。川面に陽が反射して、眩《まぶ》しくてたまらない。帽子もサングラスもないので、直射日光の下は辛い。

父は翠が「出された」ところを見ていない。その上、森下英夫に追い返され、通夜にも葬式にも出ることができなかった。翠の死を確認する儀式に、なにひとつ参加できなかったわけだ。どれにも参加できなかった父は、ひとりでやるほかなかったのだろう。スカイライン、暖炉、子犬、そして百合。みな、果てしない葬式ごっこだ。挙げ句、父は息子にまで葬式ごっこを続けるよう遺言した。

周囲を偽者で飾り立てた人生はどれだけ虚しかっただろう。なのに、父は笑って死んでいった。

「父さん、あなたはなぜ笑って死ねたんですか?」

在の声はユンボの音でかき消された。

なまぐさい川風に当たっていると、強い喉の渇きを覚えた。ゴルフに戻ってエンジンを掛けた。遅くなったが父の誕生祝いを買わなければ、と思った。

家に戻って早めの夕食を済ませると、在は中川弁護士から届いたコピーを持って再びゴルフを走らせた。日曜なので道路は空いている。途中、花屋に寄って百合を一輪買った。旧市街を抜け、郊外へ向かった。川を越えるとどんどんあたりは寂しくなり、田や畑がぽつんぽつんと見えてくる。寂れた町を抜け、さらに奥へ向かう。田んぼの中の道は街灯などないので、あたりは真っ暗だ。窓を開けるとカエルの声がした。

森下家に着いた。インターホンのボタンを押すと、こんな夜に誰だろう、といぶかしげな水樹の声で応答があった。

「片瀬です」

返事はなくぶつりと切れた。しばらく待たされてから、玄関ドアが開き水樹が現れた。ギンガムチェックのキャミソールに薄手の長袖カーディガンを羽織っている。やっぱりな、と思った。

「突然でごめん」百合を見せた。「これを君の伯母さんに」

水樹は黙って百合を見つめている。かまわず言葉を続けた。

「この前、君に失礼なことをした。無神経でひどい質問だった。あれは僕の自己満足で、単なる身勝手だ」きちんと頭を下げた。「謝る。ごめん。本当に悪かった」

水樹はしばらく在の顔を見つめていたが、ふっと苦しげに眼を伏せた。

「もうやめましょう。伯母のことを考えても仕方ないんです」

「いや、そんなことはない。今日は君を助けに来たんだ。だから、入れてくれないか？」

「助ける？」水樹が困惑した。「待ってください。今、父がいるんです。無理です」

「失礼は承知だ。でも、僕は君を助けなければいけない」

覚悟を決めて、水樹を押しのけ家に入る。水樹が慌てて止めようとしたが、振り切ってそのまま奥へ進んだ。

「突然お邪魔して申し訳ありません」

食卓には森下英夫がいた。ちょうど食事が終わったところのようだ。在の顔を見て反射的に立ち上がりかけたが、腰を浮かしたところで止まった。

「警察を呼んでほしいのか？」英夫が声を荒らげた。

シか」


「いえ。呼ぶのなら僕の話を聞いてからにしてください」

「覚悟はあるらしいな」座り直して、百合を見た。「辛気くさい花だが、鯛焼きよりはマシか」

「今日は月命日ですよね。翠さんにと思って」

「片瀬和彦は花ひとつ持ってきたことはないな。姉貴のことなどもう憶えていなかっただろう。なのに、息子の君がどうしてそこまで熱心になる？」

「父が花を持ってきたら受け取りましたか？」

「まさか。叩き返してやるさ。だが、姉貴が死んで以来、音沙汰なしだ。通夜の席で追い払って、それきり顔も見ていない。つまり、君の父親にとって、姉貴はその程度のことだったんだ」

「その程度のことなんかじゃありません」

「なぜ、そんなことが言える？」

「森下さん、あなたにとって、翠さんの死はその程度のことではないでしょう？　父にとってもそうだったんです。考えてもみてください。その程度のことが人を動かすわけありません。結局みんな巻き込まれてしまったんです。父も僕も。それから、あなたもあなたのご家族も」

「それでは、なんの説明にもなっていない」

「すみません。僕にはこれ以上説明できません。でも、現に僕は引きずり込まれてしまっている。お願いです。本当のことを話していただけませんか」

「君は話をしに来たのか？　それとも聞きに来たのか？　どっちなんだ？」森下英夫が苛々《いらいら》と言った。

「両方です」

「両方か。ずいぶん厚かましいとは思わないか？　君に話す必要などない。さあ、帰ってくれ」森下英夫は椅子に座ったまま、玄関を顎《あご》でしゃくった。「さあ」

「帰りません」

「何度言わせたいんだ。私は片瀬和彦を憎む。そして、もう君とも関わりたくない」

森下英夫が大声を上げた。つり上がった真っ赤な目、汗で光る額、不規則に痙攣《けいれん》する唇。そこにいるのは憎悪に押し潰された男だった。理不尽な深い怒りと苦痛で、森下英夫の人生は決定的に損なわれてしまっていた。

在は気づいた。赦《ゆる》しなどいらない、と抗弁しないのは、潔いことでもなんでもない。ただの思い上がりだ。かつて父さんが傲慢《ごうまん》で森下英夫を傷つけたように、今、僕も同じことをしようとしている――。

父さんのように間違えてはいけない、と思った。話せることはすべて話すべきだ。在は決心して口を開いた。

「父の書斎で古い母子手帳を見つけました。何度も読み返してすり切れた手帳です。母親の名前は片瀬翠でした」

「片瀬翠？　姉貴は片瀬和彦と籍なんか入れていない。それに、赤ん坊も生まれなかった」

「そうです。片瀬翠も赤ん坊も存在しません。表紙の名前だけです。手帳の中身は白紙でした。その母子手帳に記された赤ん坊の名前は在でした。片瀬在」

「なに？　君の名もたしか……」

英夫の顔が強張った。その横で水樹が息を呑んだ。真っ青な顔で在を見つめている。

「僕の名前は片瀬在です。父は翠さんとの間に生まれるはずだった赤ん坊の名前を、僕につけたんです」在はゆっくりと話し続けた。「それだけじゃありません。翠さんの母子手帳が交付されたのは、一九八八年四月十五日でした」

「十五日？　まさか。姉貴が事故で死んだのは四月十四日だ」

森下英夫はすさまじい眼で在をにらんだ。眉も口許も肩も手も指も、びくびくと引きつり跳ねていた。

「事故の翌日、翠さんの死亡届が受理される前に、父は母子手帳を申請して受け取ったんだと思います。父は翠さんも赤ん坊もふたりとも死んでしまったことを知りながら、手許にあった妊娠届を提出し母子手帳をもらった。そして名前を書いたんです。母の名は片瀬翠、赤ん坊の名は片瀬在、と」

「姉貴を見捨てたのは、母子手帳のためだと言うのか？」

「そうです。父はどうしても翠さんに手帳を見せてあげたかったんです。あのとき、父はこう言ったんですね？」

——今、あの中で翠はなにを考えてるんだろうな。

「父は死に行く恋人がなにを望んでいるのかを理解したから、あの場所を離れたんです」

「まさか。ばかばかしい。そんなことはありえない」英夫がきっぱりと言い切った。

「なぜ、ありえないとわかるんです？」

「それは……」一瞬、森下英夫は言葉に詰まった。だが、すぐに言い返した。「どこに証拠がある？　なにもかもきみの勝手な妄想にすぎない」

「そうでしょうか？」

「そうだ。母子手帳をもらうためなど、ありえない。くだらん」

そう言いながらも、森下英夫は動揺しているように見えた。先程までの眼の光が消え、苦しげな表情になっている。

「父はお通夜に来たんですね」

「そう。あいつは姉貴を見捨てたくせに、のうのうとやってきたんだ」

そのときのことを思いだしたのか、森下英夫が再び憎悪に顔を歪ませた。

「あいつはひと目で高級とわかる仕立ての良い喪服を着ていた。私は喪服など持っていないので、高校の制服だった。無性に腹が立った」

——高そうな喪服だ。

——祖父が死んだときに作ったんだ。

――へえ。もう葬式なんか慣れているというわけだ。

――そうだな。これを着るのはもう三度目だな。

――だから、平気ってわけか。

――そうだ。他人を看取《みと》るくらい平気だ。たいしたことはない。

――なるほど。自分だけ生き残って平気ということか。

ここまで言ったのに、あいつは怒らなかった。無表情で私を見ただけだった。そして、卑怯者と罵《ののし》っても、生まれたときから卑怯者、と開き直った。だから、私はあいつを殴った。

――二度と来るな。今度来たら殺してやる。

――待ってくれ。翠に渡したいものがあるんだ。頼む。

私はもう一度殴ってやった。あいつの渡すものはたとえ花一本だって受け取る気はなかった。そして、葬儀社の人間に頼んで、あいつを追いだしてもらった。それきりだ。葬式には現れなかったよ。もちろん、来たとしても叩きだしただろうがな」

話し終わると、森下英夫は大きな音を立てて鼻をかんだ。その横で水樹は黙りこくっていた。顔は青と言うより白だった。

「父は母子手帳を渡したかったんです。翠さんの棺に入れてやりたかったんです」

「それを私が追い返したというわけか」

「そうです」

「悪いのは片瀬和彦ではなくて、私たちというわけか？　ふざけるな」吐き捨てるように言って、森下英夫は丸めたティッシュをゴミ箱に投げ入れた。

「あなたが悪いんじゃない。でも、父は何度も母子手帳を眺めたんです。どのページにも開いた跡がありました。白紙の手帳を眺め続けていたんです」

「だから、なんだと言うんだ？　片瀬和彦は未練たらしく母子手帳を眺めて、君に死んだ赤ん坊の名前をつけたかもしれん。だからと言って、あいつがしたことは変わらない。姉貴は裸足で逃げだして死んだんだ」

「さっき、あなたは父が母子手帳をもらいに行くなどありえない、と言いましたよね。なぜ、ありえないと思ったんですか？」

「ありえないからだ。それだけだ」

「答えになってませんね」静かに息を吐き、それから言った。「とっくの昔に、母子手帳は必要でなくなっていたからでしょう？」

「え？」横で聞いていた水樹の顔が強張った。「どういうこと？」

「父は死んでしまった森下翠さんのために母子手帳を受け取りました。無駄と知りつつ」ふたりの顔を見ながら、ゆっくりと言った。「でも、無駄はそれだけじゃなかった。森下翠さんが事故に遭う前から、母子手帳は無駄になってたんです」

「まさか、じゃあ、赤ちゃんは？」水樹が震える声で叫んだ。

「そう。翠さんのお腹には、とうに赤ん坊はいなかったんだ」歯を食いしばって言葉を続けた。「森下さん。なにもかも話してください。なにがあったんです？　どうして、翠さんの赤ん坊はいなくなったんです？」

「そんなことを聞いてどうする？」森下英夫が怒鳴った。「どうせ、みな死んでしまったんだ」

「お父さん」水樹が詰め寄った。「本当のことを話して。黙ってるなんて卑怯よ。教えて。伯母さんの赤ちゃんはどうなったの？　本当に片瀬さんに責任があったの？」

英夫の顔は赤と青がまだらで強張っている。おびえと怒りの入り混じった眼をしていた。

「翠さんの赤ちゃんになにがあったんですか？」かすれた声で言った。「教えてください」

「お父さん。本当のことを話して」水樹の眼に涙がにじんだ。「なにもかも片瀬さんのせいにしてたの？　片瀬さんを悪者にしてたの？」

「なにを言う。あいつのせいで姉貴は死んだんだ」

動揺する水樹が救いを求めるように在を見た。仕方がない、と思った。

「あなたが話してくれないなら僕が話しましょうか？　知っていることだけですが」

「なに？」英夫の顔色が変わった。

「ですが、ご自分で話されたほうがいいと思います。僕は想像で人を非難したくないし、怨みたくもない。本当のことを教えてください」

英夫はしばらく黙って在をにらみつけていた。水樹もなにも言わない。眼に涙をためて自分の父をじっと見つめている。

淀《よど》んだ部屋に百合の香りがする。甘く、青く、清冽《せいれつ》で純潔の香りだ。たった一輪なのにこんなに強い。息苦しくなって、在は思わず喉を押さえた。

やがて、英夫が大きな息を吐いた。二度、三度と大きな息をする、それから、かすれた声で話しはじめた。

「母がおかしくなったのは父が浮気してからだ。それまでは、すこし心配性だが、子供思いの普通の母親だったんだ。父と母、姉貴と私の四人家族でうまくやっていると信じていた。だが、父は若い女に入れ込んで、母を捨てようとした。母は離婚を拒み、毎晩のように父と争った。だが、最終的に父が勝った。父の頼んだ弁護士は有能で、なんの落ち度もない母を雀の涙ほどの慰謝料で追いだした。母は負けてゴミのように捨てられたんだ」

森下英夫は眼を伏せ、淡々と話し続けた。

「それ以来、母は弁護士を――いや、法律やら権威やら、世間そのものを憎むようになった。そして、姉貴に『おまえも弁護士になれ、見返してやれ』と言い続けた。なのに、吃音の治療は受けさせなかった。医者など信用しなかったからだ。その代わり、すべて姉貴のせいにした。『おまえが甘えているから、弱いからだ』とな」

在はなんともやりきれない気持ちになった。翠の母がしたことは到底許せない。だが、彼女だけが悪いわけではない。彼女を追い詰め、森下家を崩壊させたのは夫の不倫だ。一方的に責めることはできない。

「やがて、姉貴が片瀬和彦とつきあいをはじめると、こう罵った。『まともに喋れないくせに男とやりまくる、色狂いのふしだらな娘だ』と。姉貴が妊娠して家を出ると、何度も片瀬和彦の家に押しかけ連れ戻そうとした。私は警察に行こうと言った。未成年の家出だから相談を聞いてもらえるはずだ、と。だが、母は止めた。『将来、司法試験を受けるのだから、警察沙汰は避けなければ』と」森下英夫が眉を寄せ、かすかに歯を軋《きし》らせた。「私は思う。あのとき、だれかに相談していれば悲劇は避けられたかもしれない。だが、母は決してだれも信用しなかった。警察も法律も母の敵だったからだ。母は自分の手で、自分の娘を思いどおりにしたかったんだ。そうやって、姉貴を追い詰めた」

「娘だけじゃない」水樹が両の耳をふさぎ、苦しげに首を振った。「あたしのことも思いどおりにしたがった。服も友達も学校も、なにからなにまで。毎日毎日、口出しして命令して……」

英夫はちらと水樹を見たが、声は掛けなかった。そして、話を続けた。

「姉貴が拒み続けると、母は罵倒し、脅した。『私は絶対におまえの結婚を認めない。だから、もし、お腹の子が生まれたとしても私生児になるんだ。世間から後ろ指を指されて生まれてくるんだ。かわいそうだけど自業自得だね』と。それを聞いて、姉貴は真っ青になった。懸命になにか言い返そうとしたが言葉が出ず、うめきながら泣いていた。流産したのはその後だ」

「そんなひどい」水樹が涙をこぼした。「あんまりひどい」

「姉貴は入院した。見舞いに行った母はこう言った。『これでよかった。最初からお腹の子なんていなかった。その子の痕跡なんて、もうなんにも残ってない。亡骸《なきがら》もないし、死亡届だって必要ない。そんなものは人間ですらない。ただの、出来損ないの卵だったんだ』と」

「ひどい。ひどすぎる」水樹が涙混じりの声で言った。

「ああ、ひどすぎる。だが、そもそも悪いのは父だ。母を鬼に変えたのは父だ。それがわかっていながらも、母のやったことはひどい」英夫が暗い眼で笑った。「要するに、母は憎かったんだ。男に愛されている自分の娘がな。つまり、嫉妬してたんだ。自分は亭主に浮気されて捨てられたから、娘が幸せになるのを許せなかったんだ」

「かもしれません。でも、こうは思いませんか？　もともと、翠さんとあなたのご両親はとても仲が良かったそうですね。きっと、あなたのお母さんは自分の夫を信頼し、深く愛していたんでしょう。だから、裏切られたとわかったときの絶望はすさまじかった」

すると、英夫がはっと顔を上げた。しばらく黙って考えていたが、それから首を振った。

「だが、いくら愛憎の結果だとしても、姉貴にした仕打ちが許されるわけではない」

たしかにそのとおりだ。実の母娘がこれほどまでに歪むことができるのか、と思うと在はぞっとした。

高丘の言葉が思い出される。

――愛のない家庭ってのはそれだけで地獄なんだよ。

どれだけ愛情と家族を望んでもかなう者とかなわない者がいるのか。では、憎悪と孤独しか手に入れられない者はどうすればいい？

「翠さんが流産したあとのことを話してください」

「姉貴はすこし精神不安定になった。無理矢理家に連れ帰ると自殺の怖《おそ》れもあった。だから、落ち着くまでは、と片瀬和彦と暮らすことを認めるしかなかった。母も渋々同意した」英夫は真っ直ぐに在をにらんだ。「あのとき、私は片瀬和彦を信用して姉貴を預けることにした。なのに、姉貴は片瀬和彦の家から裸足で逃げだして事故に遭った。あいつのせいで死んだんだ」

「そうです。たしかに、父は翠さんを死に追いやった。でも、僕は父を責めることができない」

「都合のいいことを言うな」森下英夫が声を荒らげた。「他人の母親を非難しておきながら、自分の父のしたことには眼をつぶるというのか？　そんな勝手が通るものか」

「ええ。たしかに身勝手です」

思わず眼を伏せた。そのまましばらくじっとしている。一瞬、めまいがした。悪夢のようだ、と思った。

「父を責めるとすれば、翠さんを見捨てたことじゃない。家族を望んだことです」

「家族を望んだこと？　どういう意味だ？」

「父は森下翠さんと家庭を築くことを真剣に願っていました。そして、生まれてくる子供を楽しみにしていたんです。だから、流産してしまったことを本当に残念がった」

「じゃあ、片瀬さんは伯母を責めたんですか？」水樹が信じられない、という顔をした。

「いや。父はなにも言わなかった。ショックを受けたがそれを口にすることはなく、ただ黙ってこらえた。いつも通り平気な顔をしていたんだ。でも、翠さんは知っていた。片瀬和彦は平気なのではない。平気な顔しかできないんだ、と。だから、今度こそ赤ちゃんを産みたい、と」

「姉貴がそう思った、という証拠がどこにある？　君の勝手な想像だろうが」

「黙って聞いてください」ぴしゃりと言った。「父は切実に家族を望んでいたんです。幼い頃に両親を亡くし、厳格な祖父母に育てられた。祖父母は悪人ではなかったが、孫に愛情はなかった。父はまったく人との関わりを知らずに育ったんだ」

朴念仁《ぼくねんじん》と呼ばれた父。なにを考えているのかわからない、と。だが、お堀の旧家だから傲慢だったわけではない。他人の存在を意識したことがなかったからだ。

「父は森下翠さんと出会って、はじめて他人と交わり、家族というものを意識するようになった。そして、どれだけ自分が寂しかったかに気づき、家族を切実に欲するようになったんです」

「そんなこと、なんの言い訳にもならん。世の中には天涯孤独の人なんて珍しくない。家族があっても苦しんでいる人は大勢いる。あいつだけが辛かったわけじゃない」

「もちろん、父だけが辛かったわけじゃない。でも、父は翠さんと出会ってしまった。だから、辛くなったんだ。人と一緒に過ごす喜びを知ってしまったあとは、もう以前の寂しさにたえられなくなったんです」

「じゃあ、どうして伯母は死んだんですか？　なぜ、裸足で逃げだしたんですか？」

「言い訳はしない。だから、事実のみを言います。流産してしまったあとも、翠さんは子供が欲しかった。幸せになるために家族を作りたいと思ったんです」今にも涙が出そうだった。懸命に落ち着いて話をしようとした。「昔、翠さんは父から聞いたんです。――僕の母はなかなか子供ができず悩んで、とうとう白蝶神社にお百度参りまでした。その願いがかなって僕が生まれたんだ、と。父にとってはただの昔話でした。その話を翠さんは思いだしたんです」

中川弁護士が教えてくれた。父の祖父母は、子供ができないことで父の母を非難していたそうだ。跡継ぎを産め、と旧家の傲慢でもって責めた。追い詰められた父の母はとうとう神頼みに走った。そして、お百度参りをし、ようやく無事に父を産むことができた。

「お百度参り？　それはなんですか？」水樹がいぶかしげに訊ねた。

「僕も知らなかったんだけど、神社や寺に百回お参りをして願掛けをすることらしい。入口から社殿やら本堂まで往復して、計百回。入口の目印として、百度石ってのがある場合もあるんだ。白蝶神社にも石段の下にあった」

子供の頃、百度石からクロと駆けっこをして父に注意された。父は神仏など信じてはいなかったが、翠の気持ちを思って息子を戒めたのだろう。

「お百度？　ばかばかしい」英夫が吐き捨てるように言った。「神頼みなんて、正気か？」

「でも、あなたは毎月、月命日に花を供えてます。どちらもばかばかしいことだと思いますが」

「仏壇と迷信を一緒にするな。お百度だなんて、江戸時代じゃあるまいし」

「そんなことを言ったら、すべての願掛け自体が無意味になります」

「そんな迷信を信じてたなんて、どうかしてる。だが」英夫が考え込んだ。「でも、そこまでするか？　変じゃないか」

「ええ。僕もそう思う。でも、父がそう仕向けたんです」

「お百度参りをしろ、と命令したのか？」

「命令したわけじゃありません。でも、父はこだわっていたんですよ。完璧な家族に」在はそこでひとつ息をした。「父は家族に飢えてたんです。翠さんとの結婚を一番望んでいたのは父です。しかも、ただ結婚するだけではなく、子供が必要だったんです。絵に描いたような完璧な幸せな家庭を作るためにね。翠さんはそのことを知っていたから、なにも言わない父の期待に応えようとしたんです。そして、翠さんは裸足で白蝶神社の石段を登ったんだ」

「裸足？」英夫が怪訝な顔をした。

「ご存じないんですか？　裸足でしたほうが願いがかないやすい、って言うんですよ」

「バカな」英夫が吐き捨てるように言った。「迷信を信じるにも程がある」

「ええ、くだらない迷信です。でも、翠さんは真剣だった」

森下英夫が大きなため息をつき、頭を抱えた。部屋の中は蒸し暑かった。身体中がじっとりと湿っている。在が思わず額を拭うと、水樹が黙ってエアコンのスイッチを入れた。

「それからどうなったんですか?」水樹がじっと見た。「お百度参りは裸足だったとしても、事故現場で裸足だったのはどうして?」

「翠さんを混乱させるようなことが起きたんです。思わず裸足で駆けだしてしまうほどの」

白蝶神社の縁起にあった。腹に子を抱いた女は白い蝶のように駆けたという。まるでそのときの様子が眼の前に浮かぶようだ。森下翠は腹に子こそなかったが、やはり白い蝶のように駆けたのだろう。

「一体なにがあったというんだ?」

「たぶん、あの事故に遭った日、白蝶神社で翠さんは自分のお母さんに会ったんです」

「母に?」英夫がぎくりとした顔をした。「なぜそんなことを知っているんだ」

「翠さんの友人、酒井祐子さん……旧姓横山祐子さんが話してくれました」

父の書斎で、ダ・ヴィンチの画集の間に隠された翠の日記と父の手紙を見つけた。それを読んで、父と翠の秘密を理解した。そして、最後の疑問を解くため、中川弁護士と酒井祐子に確認を取った。

「酒井さんにまた会ったんですか?」水樹がわずかに非難のこもった眼をした。

「約束を破ってごめん。でも、どうしてもひとりで確かめたいことがあったんだ」

例のノアノアで酒井祐子に会った。

――お百度参り？　翠が？

ノースリーブにミニスカートの酒井祐子はしばらく考え、大きくうなずいた。

――ああ、たしかそんなこと言ってた気がする。片瀬くんちから白蝶神社が近いから、お百度参りをしてるんだ、って。安産祈願だったのかな。

――酒井さんはそのことを翠さんのお母さんに話したんですね。

――そんなこと、あったっけ？　えーと……そうそう、思いだした。たまたま駅で会ったんだったかな。それで、翠の話になったのよ。

酒井祐子は翠の流産を知らず、悪気などなかった。なにも考えていなかった。お百度参りなど冗談としか思えなかったから、たまたま会った翠の母に話した。それだけだ。

――翠が白蝶神社でお百度参りをはじめたそうですよ、って言ったの。

話すうちに、酒井祐子はどんどん昔の話を思いだしたようだった。そして、最後には顔を歪めてこう言った。

――そうそう、すごかったのよ、そのときの翠のお母さんの顔。みるみるうちに形相が変わってね。本当に鬼みたいに。怖かったわあ。

今になっても、酒井祐子は自分の話と事故との関連にまったく気づいていなかった。

「じゃあ、姉貴は母から逃げだそうとして事故に遭ったのか？」

「いえ、違います。翠さんは逃げだしたんじゃありませんよ」一旦口を閉ざし、深呼吸をした。「お百度を踏む前、翠さんは決めたんです。もう二度と逃げない、と。だから、彼女が裸足で駆けたのは逃げだすためじゃない」

白蝶神社の女は堤の決壊を伝えようと、村を水から救おうと、懸命に駆けた。翠もそうだ。

「翠さんは喋れない。だから、電話ができない。なにかを伝えるためには会って話すしかない。駆けて駆けて、駆けるしかなかったんだ」

「なぜそんなことがわかる？ はぐらかすな。はっきり言え」英夫が声を荒らげた。

「翠さんのお母さんは墓参りにも行かず、月命日すら手を合わせなかったそうですね。どんないさかいがあったにせよ、娘の供養から逃げているというのはおかしい。よほどのことがあったからじゃないですか？」

「だから、そのよほどとはなんだ？」

「お母さんは翠さんが怖かったんじゃないですか？」水樹を見た。「水樹さんは翠さんのことをこう言いました。――毒の塊だ、と。それを聞いたとき、僕は大げさだと思いました。でも、正しかったんですよ。翠さんのお母さんは娘を怖《おそ》れていた。実の娘の死の責任は自分にもあると思っていたからです」

「じゃあ、母が？」英夫の顔が歪んだ。

「流産して不安定になった翠さんは父と暮らしていました。でも、翠さんのお母さんはやっぱり納得していなかった。家まで何度も連れ戻しに来たり、父の通っていた大学にまで押しかけて文句を言っていました。——片瀬和彦を訴える、と」

「なぜ君がそんなことを知っている？」英夫が食ってかかった。

「大学事務局は事実確認のため、父の顧問弁護士に話をしたんです。その人の息子もやはり弁護士で、今でも僕の家の面倒を見てくれています」

「ふん、いい身分だな」

「否定はしません」卑屈になっても仕方ない。真っ直ぐに英夫を見返した。「顧問弁護士は翠さんのお母さんと直接話をして、父を訴えることは難しいと説明しました。誘拐にも監禁にも当たらないからです。すると、あなたのお母さんはずいぶん怒ったそうです。その様子は常軌を逸していた、と」

「証拠は？　証拠があるのか？」

「あります」持参の書類を一枚取りだした。「当時の業務記録です。一枚だけコピーさせてもらいました。日付を見てください」

当時、話を受けたのは中川弁護士の父親だ。中川弁護士に調べてもらったところ、保存していた日誌に記載があった。

「記録を確認すると、ふたりが話をしたのは四月十四日の午後だった。翠さんのお母さんは弁護士事務所でこう言った。もし、私が死んだなら、それはなにもかも片瀬和彦のせいだ。私が死んだらあの子も眼を覚ますだろう、と」

「おばあちゃんが……」水樹が真っ青な顔でつぶやいた。

「ここからは推測になりますが、その後、白蝶神社に向かい翠さんと会ったんでしょう。そして、翠さんにこう宣言したんです。——今から片瀬和彦の前で死んでやる、と」

「バカな」英夫が真っ青になり、首を横に激しく振った。「なんの証拠もない」

「でも、そうとしか考えられない。お母さんの後を追って翠さんは駆けた」思わず声が詰まった。「そして、事故に遭った」

二十六年前、美しい春の午後、少女はたった一人で駆けた。無我夢中で、裸足のまま。

「あの母が自殺などありえない。ただの脅しに決まっている。なぜ姉貴は本気にしたんだ？」

「これ以上、父の前で人に死なれるわけにはいかなかったからです。たとえそれがただの脅しでも。父は生まれてからずっと人を看取ってきました。そのことを知っていた翠さんは、父にもう死など見せたくなかったんです」

「くだらん妄想はたくさんだ」英夫がテーブルを叩いて乱暴に立ち上がった。「ばかばかしい。もういいだろう？　さっさと帰ってくれ」

「ばかばかしいなんて言うな」思わず怒鳴ってしまった。「あなたはなにもわかってない。翠さんがどれだけ切実に父を愛していたか。彼女は母親にすべてを否定されてきたんだ。だから、なんとかして自分の存在を確認しようとしていた。父と家族を作りたいと思っていた。それが赤ん坊と新しい世界だったんだ」

しんと部屋が静まり返った。いきなり怒鳴ったせいで、息が切れた。ゆっくりとふたりの顔を見渡し、それから再び言葉を続けた。

「翠さんは本当に切実に、新しい世界を望んでたんだ」

「新しい世界？」英夫が呆然と言った。「なんだ、それは？」

「新しい家族と作り上げる、新しい世界です」泣きだしたいのをこらえ、懸命に声を絞った。「だれかひとりくらい赤ん坊を祝福する人はいなかったんですか？　新しく生まれてくる命を喜ぶ人はいなかったんですか？」

「不幸になるのがわかっているのに、祝福できるわけがない。あんな男にだまされて、子供を産まされて、自分で自分の人生を壊して」

そのとき、水樹が悲鳴のような声を上げ、英夫の言葉を遮った。

「お父さん。もう、やめてよ。伯母さんをこれ以上悪く言わないで」

「僕からもお願いします」深く頭を下げた。「今からでもいい。父と森下翠さんと、生まれなかった赤ん坊を祝福してやってください」

「そのとおりよ。お願い」水樹も泣きながら頼んだ。「もう許してあげて」

「水樹、おまえはだまされてる。二代続けて片瀬家の男にだまされてるんだ」

「僕はだましてなんかいない。ただ、父と翠さんの真実を知ってほしかっただけです」

「だまれ。なにも知らないくせに口を出すな」英夫が声を張り上げた。

「子供の頃、翠さんはあなたをかばってくれてたんでしょう？」

「なに？」

「あなたのご両親が離婚でもめて、毎晩怒鳴り合っていたそうですね。お父さんは翠さんを連れていこうとしたけれど、お母さんが許さなかった。そして、意地になって取り合いをし、どちらの味方もしない翠さんを責めた」英夫から眼を逸らさず話し続けた。「あなたはおびえて泣いていた。楯になったのは翠さんだ。傷つきながらも、醜く争う両親からあなたを懸命に守った」

「なぜそのことを？ 片瀬和彦から聞いたのか？」

英夫の声が震えていた。だが、その質問にはかまわず話し続けた。

「あなたとあなたのお母さんが翠さんの吃音を隠していたのは、責任を感じていたからでしょう？ 自分たちが翠さんを傷つけたことを知っていた。だから、言えなかったんだ」

英夫はしばらく黙って震えていたが、やがて、大きなため息をつき、崩れるように椅子に腰を下ろした。

「ああ、そうだ。姉貴はずっと私をかばってくれた。両親の暴言を全部引き受けてくれた」英夫は一瞬だけうっとりした眼をした。「姉はうまく喋れなくなっても、いつも私をなぐさめてくれた。ただ、そばにいて、私の手を握ってくれた。私は姉貴さえいればいい、と思っていた」

「じゃあ、どうして、お父さんは伯母さんの幸福を祝福してあげなかったの？」水樹が怒りを込めてにらんだ。「はじめて幸せになるチャンスだったのに」

「姉が私を裏切ったからだ」英夫が苦渋に満ちた表情でうめいた。「姉貴が選んだのは、南川高校の秀才で、お堀沿いの旧家のお坊ちゃまだ。たとえ働かなくても、大学へ行って、家族を養って、一生暮らしていけるような資産家の男だ。私とは正反対の男だ。姉貴は私をだました。心の中では私のことをバカにしてたんだ。勉強もできず、容姿にも恵まれず、貧乏で、なんの取り柄もない男、と」

「そんなこと翠さんが思うわけない。わかってるはずです」

持ってきた百合をつかんで、英夫の眼の前に突きだした。森下英夫と正面からにらみ合う。

「百合を飾ってあげてください。翠さんが一番望んでいた花です」声が詰まった。しっかりしろ、と自分に言い聞かせる。「この花を飾って、なにもかも終わらせましょう。そうでないとだれも前へ進めない」

「黙れ。口出しするな」

「水樹さんが苦しんだままでも平気なんですか？　あなたとお母さんが翠さんのことばかり考えて争ったせいで、どれだけ水樹さんが傷ついたかわからないんですか？」

「黙れと言ったはずだ。君には関係ない」

「いえ、関係あります。僕は水樹さんを助けるために来たんです」

「助ける？　一体何様のつもりだ」

「僕は片瀬和彦の息子です。傲慢で高慢ちきな片瀬和彦の」きっぱり言った。「でも、間違いを繰り返すつもりはない。……ごめん」

　大声で謝ってから水樹の腕をつかんだ。乱暴に引き寄せる。ごめん、ともう一度謝りながら、カーディガンの袖をめくった。

「あっ」水樹が驚いて悲鳴を上げた。「ちょっと、やめてください」

　水樹は身をよじって逃げようとする。だが、腕を押さえつけて英夫に示した。

「見てください」

　思ったとおりだった。水樹の細い腕には無数の傷痕があった。ちらと見て、すぐに眼を逸らす。痛々しくて到底直視などできない。

「これは」英夫が息を呑んだ。

「やっぱり知らなかったんですね。自分の娘が傷だらけになっているのに」

「水樹、バカなことを」英夫が水樹に怒鳴った。

「バカはあんただ」かっときて怒鳴り返した。「真夏にずっと長袖を着てるんですよ。どうして気づかないんです？　鈍い僕だっておかしいと思った。こんなにも水樹さんが苦しんでいたのに姉貴姉貴姉貴って、あんまりじゃないですか」

　百倍だ、百倍しろ。在は高丘の言葉を心の中で繰り返した。水樹の苦しみは僕の想像の百倍。幸せが当たり前だった僕の想像よりも百倍苦しいんだ。

「こんな家に水樹さんを置いていくわけにはいかない」

「なに？　どういう意味だ？」英夫の顔が青黒くなった。

在はかまわず水樹の腕をつかんだまま、言った。

「もういい。とにかく行こう」

「でも、あたしは……」

「いいから家を出るんだ。今はここにいちゃダメだ」

この世には、決して消えない毒というものがある。解毒剤も中和剤もない。時間が経《た》って薄まるまで待つしかない。それまでは、避けるしかない毒だ。在は水樹を無理矢理に引きずって玄関に向かった。

「おい、水樹になにをする気だ？　警察を呼ぶぞ」

「かまいません。好きにしてください」

「ばかなことをするな。娘を返せ」

「今はダメです」

またなにか英夫が怒鳴ったが相手にしない。靴を履いて、玄関の扉を開ける。一歩踏みだした途端、蒸し暑い空気に包まれた。青臭い田の匂いと、カエルの声がしている。空には一面の銀河が見えた。

落ち着くためにひとつ深呼吸をする。そして、わざとのんびりと言った。

「星がきれいだ」

助手席のドアを開け、水樹を乗せる。レディファースト。父ほどではないが、結構上手になったはずだ。エンジンを掛けて、ゴルフを出した。

長い間、水樹は黙っていた。はじめて口を開いたのは、行人川の橋を渡ってからだった。

「手首のこと、気づいてたんですね」

「今は夏だからね。冬なら気づかなかったよ」

「夏でも長袖の人は結構います。なのになぜ？」

「本当に冷え性ならアイスティーなんて飲まないし、氷もかじらない。それに、紫外線対策なら夜にまで長袖を着る必要はないだろ？　日光アレルギーでもなかったし」

最初におかしいと思ったのはシャワーを貸したときだった。あのとき、夜なのに長袖にこだわった。そのあと、酒井祐子の話でも不自然だった。だが、確信に変わったのは、高丘の腕の針の痕を見てからだった。わざと隠さない人がいるように、懸命に隠す人だっている。

「そりゃそうですね」水樹がほんのすこし笑った。「意外と単純な推理なんだ」

「うん。単純だ。びっくりするほどね」

ただ単純にずっと見ていただけだ、と思った。水樹から眼が離せなかっただけだ。

「どうして、片瀬さんは本当のことを言わなかったんですか？　伯母を見捨てたんじゃなくて、母子手帳を取りに行ったんだ、って」

「それだけ父は責任を感じていたんだろう。翠さんが死んだのに自分だけが生きている、ということが許せなかったんだ」

「じゃあ、在さんが母子手帳のことを隠していたのは？」

「怖かったんだ」平気なふりをしようとしたが、やはりすこし声がかすれた。「僕は父が大好きだった。父の息子であることが嬉しくてたまらなかった。本当にファザコンだったんだ。だから、自分が二人目の在だと知ってショックだった。父にとって僕はスペア、偽者に過ぎないんだ、って思ったら、今までの人生が嘘に思えて、惨めになった。人に知られたくなかった」

　自分がスペアだった、という恐怖は今でもある。たぶん、一生消えない。でも、父を怨むのはやめた。なんとか着地点を見つけようと思う。

「あたし、子供の頃は思ってました。あたしも十八になったら妊娠して死ぬんだ、って」

水樹が声を詰まらせた。「残念ながらそんな運命でもなさそうだし、そんな希望もかなそうにありません」

「君は森下翠じゃない。森下水樹だ」こんな当たり前の返事しかできないのが悔しい。

「ええ、そうなんです。あたしは水樹でしかないんです」

　水樹はそれきり黙った。二十六年前、事故のあった交差点を曲がり、旧市街に入る。お堀に沿って入り組んでいるから、ゆっくり走るしかない。在はスピードを落とした。

　やがて、最後の角を曲がると、家が見えてきた。父が死んだ夜、はじめて水樹と出会った場所だ。あの夜はひどい雨が降っていた。

　在は家の前でゴルフを駐めた。助手席のドアを開けるために降りようとしたとき、ふいに水樹が口を開いた。

「……あの雨の夜のこと、話していいですか？」

どきりとしたが、なんとか平静を保って返事をした。運転席に座り直す。

「ああ、頼むよ」

「片瀬さんが亡くなる前の日、あたしは片瀬さんと会ってました」

――片瀬さん。伯母の思い出話をするためにではなく、あたしと会ってください。森下翠の姪としてではなく、ただの森下水樹としてのあたしを見てください。

「すると、片瀬さんはひどく驚き、うろたえていました。あんなふうに動揺する片瀬さんを見たのは、はじめてでした。片瀬さんはしばらく黙っていましたが、やがてきっぱりとこう言ったんです」

――無理だ。そんなことはできない。

――伯母のことは忘れます。だから、片瀬さんも忘れてください。そして、あたしを見てください。あたしは片瀬さんのことが……。

――やめるんだ、水樹。言ったら取り返しがつかなくなる。

「片瀬さんはまた黙ってしまいました。それから、あたしの眼を見て頭を下げたんです」

――すまない。本当に君には申し訳ないことをした。私のわがままのために翠の昔話につきあわせた。今さら謝っても取り返しがつかないが、すまない。

――謝らないでください。余計惨めになるから。

――君とは二度と会わない。君も翠のことはもう考えるな。日記のことも忘れてしまうんだ。

「片瀬さんは振り返りもせず行ってしまいました。そして、次の日、事故を起こして亡くなりました。あんな別れ方をした後に事故なんて……」

「事故だよ。ただの事故だ。君の伯母さんと同じ。事故なんだ」

「でも……」

「事故だ、君のせいじゃない」

きっぱりと言い切り、在は車を降りた。ドアを開けて水樹を降ろす。我ながら上手にできたと思う。お堀からは生温《なまぬる》い水の匂いがした。

終章

家に着くと、真《ま》っ直《す》ぐ水樹を書斎に招き入れた。蒸し暑いので、広縁《ひろえん》の掃き出し窓を開ける。庭から、虫の声と草の匂いのする夜気が流れ込んできた。レースのカーテンがかすかに揺れた。

父のＰＣの電源を入れると、パスワードの入力画面が現れた。迷わず八桁《けた》の数字を入れた。「アノヒ」とは「あの日」だ。森下翠が死んだ四月十四日ではなく、その翌日、父が偽物の母子手帳をもらいに行った日だ。「１９８８０４１５」と入力すると、低いうなりを立てて父のコンピュータは起動した。

デスクトップには、見慣れたアイコンが並んでいる。画像処理や計算ソフトに混じって、「Vectorworks」というＣＡＤソフトもあった。その中の「midori」というファイルを開いてみる。父がパスワードで守っていたのはこれだ。

「父の作品だよ。テンキーで操作できる」

３Ｄの立体映像が映った。懐かしいモダニズムの雰囲気が残る、和洋折衷の家だ。今の片瀬家に似ている。だが、ひとつ決定的に違うのは全体に整合性があることだ。リフォームを繰り返したつぎはぎではない。

キーを操作して家の中に入った。広い土間がある。隅に犬がいる。

「あ、犬が」と水樹が小さな声を上げた。

「そう、クロだ」

さぞかしクロは満足だろう。ここでならどれだけ転げ回って遊んでも、叱られることはない。

土間を上がって廊下の先へ進むと、そこは洋風のリビングだった。正面に大きな暖炉がある。天井からさがるカーテン。ゆったりしたソファ。ここは現実のリビングと同じだった。

次の部屋へ向かうと、吹き抜けの空間が広がっている。テンキーでぐるりと回転させた。明かり取りの小窓の格子があり、光が差し込んでいた。天井には太い梁《はり》が渡されている。部屋の中央には大きな囲炉裏《いろり》が切ってあった。飾り物ではない。暖が取れて、煮炊きができる実用の囲炉裏だ。魚の形の自在鉤《かぎ》が下がっている。五徳も置いてある。

「こんなに細かく丁寧に作ってるなんて」水樹が感嘆した。

「すごいだろう？　父はこのために山ほどの古民家の資料を集めてたんだ」

囲炉裏の部屋を出て更に奥へと進んだ。廊下の突き当たりのドアを開けると、そこは書斎だった。壁に沿って本棚が並び、机がある。奥には広縁、そして揺り椅子。花台。青い花瓶に百合《ゆり》の花。まさにこの部屋だ。

「この部屋だけはそのままなんだ」

モニターをのぞき込んでいた水樹がゆっくりと在に眼を向けた。血の気のない顔だ。

「片瀬さんはこれを伯母のために作ってたんですか？」

「そうだ。これは君の伯母さんと住むはずだった家だ。囲炉裏があって、暖炉があって、子犬と子供と暮らす家だ」

森下翠の希望をすべてかなえた家だ。住む者はとうにいないと知って、それでも父は作り続けた。

「伯母さんの日記の最後の日付はいつだったか憶《おぼ》えてる？」

「たしか伯母が死ぬ一ヶ月ほど前でした」水樹が辛《つら》そうに眉を寄せた。「流産してからは書いてないんですね」

「その続きがあるとしたら？　死ぬ前日に書いた日記があるとしたら？」

「でも、伯母の日記はノートの途中で終わってました。別のノートがあるんですか？」

「君の伯母さんは心機一転、新しいノートで日記を書きはじめた。それは、ずっと父が持っていた。中には翠さんの決意が書いてあった」ふいに声が詰まりそうになった。「それが父を変えたんだ。人好きのしない傲慢《ごうまん》な朴念仁《ぼくねんじん》の片瀬和彦から、だれからも好かれる魅力的な片瀬和彦に」

抽斗《ひきだし》からノートを取りだし、水樹に渡した。水樹はしばらくためらってから、震える手でノートを開いた。

＊

4月8日　金曜日
今日から新しいノートで日記をはじめることにする。

これまでの日記にはいやなことをいっぱい書いた。でも、今日からは違う。新しい毎日をはじめる。新しい世界のために。

あたしの手許《てもと》には出さずに終わった妊娠届がある。何度も見返して、そのたびに泣いた。でも、もうそんなことはしない。

あたしは白蝶神社にお百度参りをすることにする。

片瀬くんのお母さんはお百度参りをして、片瀬くんを妊娠した。でも、片瀬くんを産むときに亡くなった。片瀬くんは子供の頃から言われ続けた。おまえは母親の命と引き替えに生まれたのだ、と。

片瀬くんはそのことをずっと気にしている。自分のせいで母親が死んだ、と責任を感じている。それが重荷になってる。

でも、それはおかしい。片瀬くんはなにも悪くない。だから、あたしがやり直す。

病院で言われた。この先、妊娠は無理かもしれない、と。あたしは泣いてしまった。

片瀬くんは平気な顔をしていたけど、ひどくショックを受けているのがわかった。

あたしは片瀬くんがどれだけ家族をほしがっていたか知っている。片瀬くんの望みは奥さんと赤ちゃんと子犬のいる家庭。ただそれだけ。

本当に片瀬くんは家族がほしい。あたしはその夢をかなえてあげたい。神頼みがばかばかしいとは思わない。片瀬くんの孤独な世界を変える力のある赤ちゃんだもの。神さまにお願いするのは当たり前。

今度こそ、ちゃんと母子手帳をもらって、赤ちゃんを産む。そのために、お百度を踏む。

一日一回。毎日やるつもり。そして、ちゃんと赤ちゃんを産んで、片瀬くんの重荷を笑い飛ばしてやるの。

祐子は呆《あき》れて笑ってたけど、気にしない。白蝶神社が近所でよかった。ついてる、って思う。

＊

水樹が顔を上げた。眼に涙がたまっていた。

「伯母は、やっぱり本当に赤ちゃんを望んでたんですね」

「そうだ。父のために」

——生まれたときから卑怯者《ひきようもの》だ。

父の言葉には意味があった。父がずっと抱えてきた痛みは、母の命と引き替えに生まれたという罪の意識だ。生きているというだけで、父は苦しかった。

「父の祖父母はね、父に向かってこう言ったんだ。——お百度参りの望みがかなったから、母親は命を取られた。おまえは神さまから授かった子だ。普通の子じゃない。だから、他人と同じじゃいけないよ——って」

父の生い立ちについて訊《たず》ねると、中川弁護士が教えてくれた。珍しく重い口調だった。

——子供の頃から、和彦くんはことあるごとに言われたんだよ。母親の命と引き替えに神さまが授けた子供だ、と。和彦くんの祖父母は神には感謝したが、命がけで子を産んだ母のことはまるでぞんざいに扱った。そのことに彼は傷ついたんだ。

そして、普通の子ではいけないと言われ、友達と遊んだだけでいやな顔をされた。すべてにおいて一番であることを求められ、ひたすら厳格に育てられた。だが、それでも父は平気な顔をしていたという。心の中で、自分は母を死なせた卑怯者だ、と言い続けながら。

水樹が眼を伏せた。睫毛《まつげ》が震えて涙が滑り落ちた。遠い恋人たちを思って涙を浮かべる少女は、思わず抱きしめたくなるほど哀れで愛おしかった。

*

4月10日　日曜日

片瀬くんは火が好きだ。クリスマスのときにわかった。片瀬くんは蠟燭《ろうそく》に火をつけると、その瞬間ふっと表情が柔らかくなる。うっとりと気持ちのよさそうな顔になる。別にロマンチックな火じゃなくてもいい。お鍋をしたときもそうだった。ガスコンロでもなんでもいい。本当に火が好きなんだと思った。

昔、あたしは言ったことがある。

——ねえ、じゃあ、将来、ここに囲炉裏を作らない？

——囲炉裏？　なんでまた？

——火を囲んで食事っていい感じでしょ？　魚の形の鉤をぶら下げるの。

日本昔話かよ、って言いながら、片瀬くんは天井を見つめてうなってた。

——本格的な囲炉裏となると、熱や煙の問題が出てくるな。天井高も不足してると思う。真上はちょうど僕の部屋か。大丈夫なわけないな。きっと相当な工事になる。家そのものを建て替えるときじゃないと。

あたしの無責任な思いつきに、真剣な顔をしてぶつぶつ言ってる。さすが建築学科。嬉《うれ》しくなって、感心して片瀬くんの横顔を眺めてた。

——ねえ、じゃあ、暖炉ならどう？

——暖炉？　暖炉は絶対嫌だ。

——なんで？　似たようなもんでしょ？

——成金趣味で少女趣味だから。

本当に嫌そうな顔してる。あたしは思わず『あなた』を口ずさんだ。そのときの片瀬くんの顔、面白かった。よほどあの歌が苦手なんだ。

——囲炉裏だって、田舎趣味で隠居趣味でしょ。本当は火が好きでたまらないくせに、素直じゃない。

すると、片瀬くんはそっぽを向いた。本当は火が好きでたまらないくせに、素直じゃない。きっと、自分でも、火が好きなことに気づいてないんだと思う。

そんなこと言ってたくせに、ちゃんと囲炉裏の家を設計してた。さっき、片瀬くんが設計図を見せてくれた。家の真ん中に大きな囲炉裏があって、吹き抜けになってる。そして、この部屋は一番陽当たりがいいから、あたしの部屋にするって。やっぱり広縁を作って、この揺り椅子を置こう、って。

実際に家を建てられるのは、まだずっと先の話だ。でも、今から嬉しくてたまらない。あたしと片瀬くんと在とクロ。みんなで暮らす家だ。

でも、本当に片瀬くんはすごい。まだ入学したばかりなのに、もうちゃんと設計図が描ける。さすが片瀬くんだ。

4月12日　火曜日

　こんなに幸せでいいのか、って不安になるときがある。それくらい幸せだ。あとは赤ちゃんが来ればいいだけだ。だから、お百度を踏んで、蠟燭《ろうそく》を買おうと思う。蠟燭がなくなってしまったから。

　昨日の夜、あたしたちは部屋中に蠟燭を置いてセックスした。仏壇の蠟燭も全部使った。蹴飛ばして倒したら大変だからドキドキした。変な緊張感があっていつもよりよかったような気もしたし、集中できなかったような気もした。

　終わった後で、あたしは言った。

「仏壇の蠟燭使ってこんなことするなんて、あたしたち罰当たりだね」

　すると、片瀬くんが言った。

「おじいさん、おばあさん。おとうさん、おかあさん。ごめんなさい」

　冗談らしかった。でも、あたしは笑えなかった。とっても貴重な片瀬くんの冗談なのに。片瀬くんには、謝らなければならない人が四人もいた。仏壇の中に四人。片瀬くんには家族がもう誰もいない。天涯孤独。言葉では理解しても、それが実際にどういうことなのか、どんな気持ちがするのかは、どうしてもあたしにはわからない。ひとりになるとは、どういうことなんだろう。

　片瀬くんは小皿の上に立てた蠟燭を眺めてた。真っ赤な蠟燭。その火も、やっぱり細くて短くて頼りない。でも、片瀬くんはそんな火でさえ安らぐんだろう。刺《とげ》のないきれいな顔をしてた。

「ねえ、気づいてる？　片瀬くんは火が好きなんだよね」

「なに言ってんだ。火が好きなのは、僕じゃなくて翠だろ？」

「違う。あたしが好きなのは火じゃなくて、火を見ている片瀬くん」

すると、片瀬くんは怒ったような嬉しそうな変な顔になって、それからうなずいた。

「そうだな。翠の言うとおりだ。今、わかった。僕は火が好きだ。特に、赤い火が好きだ。一番暖かく見える。真っ赤な蠟燭を見ていると、身も心も温まるような気がする」

片瀬くんが『身も心も』をくちずさんだ。

――身も心も　身も心も　一ツに溶けて　今。

歌のとおりだと思った。身も心も一つに溶けてしまいたい。片瀬くんの腕の中で溶けて、蠟のように溶けて、ずっとずっと。

それから、あたしたちはもう一度セックスした。身も心も溶けてひとつになったような気がした。

終わった後も、片瀬くんはなかなか離してくれなかった。硬い床の上で抱き合っていると、すこしずつ、あたしにもわかってきた。

寂しいというのは、怖いというのと同じだ。寂しくてたまらないっていうのは、怖くてたまらないってこと。もし、寂しさに気づいてしまったら、やっていけない。堪《た》えられなくなる。だから、平気なふりをするしかない。そうやって、片瀬くんはずっと平気なふりをしてきた。

あたしがやってきて、片瀬くんはとっても嬉しかった。あたしが「この部屋は陽当たりが良くって気持ちいい。この椅子はとっても気持ちいい」って言ったら、それだけのことですごく喜んだ。

――この椅子は翠専用だ。ここは翠の場所だ。

あんまり片瀬くんが舞い上がってるんで、あたしはからかってやった。

――じゃあね、ずっとここに座っていい？

――いいよ。

――あたし、なんにもしないよ。ご飯もつくらないし掃除も洗濯もしない。ただ座ってるだけの、とんでもないグータラ奥さんになってもいい？

――いいよ。ずっと、座ってたらいい。ずっと、ここにいてくれたらいい。

これだけのことを話すのに、あたしは何度も何度もつっかえて、ものすごく時間がかかった。でも、片瀬くんは決して急《せ》かさなかった。ずっと大真面目《おおまじめ》な顔をしていた。真面目すぎるから、怒ったように見える、いつもの仏頂面だった。あたしはたまらなくなった。

4月13日　水曜日

片瀬くんは寂しかった。寂しくて寂しくてたまらなくて、怖くて怖くてたまらなくて。でも、平気な顔しかできなくて。

どうして片瀬くんを好きになったの、って祐子に訊かれたことがある。でも、そんな質問はナンセンス。きっと祐子は人を好きになったことがないのだろう。答えられない質問には、どうやったって答えられない。ナンセンスだからナンセンス。あたしは片瀬くんに会った瞬間、『ああ』って思った。『ああ』って。そして、あたしは軽くなった。身体の中に詰まっていた、古い重石《おもし》が一瞬で消えた。全身の力が抜けて緊張がほぐれた。そして気づいた。正しくなった。今まで、世界はなにかが間違っていた。狂っていた。なのに片瀬くんに会った瞬間、ぴたりと合った。すべてが収まるべきところに収まった。混乱の時代は終わって、新しく正しい世界がはじまった。今までそんなふうに感じた相手はいなかった。片瀬くんだけだった。

そのとき、父親の気持ちがわかった。あたしの父親もきっとそうなのだろう。通勤電車で若い女の人を見かけて、一目惚《ぼ》れした。きっと『ああ』と思ったのだ。そして、どうしようもなくなって家族を捨てた。あのときはなんてひどいと思ったけれど、今ならわかる。父親は正しい世界を見つけてしまったんだと思う。でも、その世界は続かなかった。自分にとって正しいからと言って、ほかの人にもそうだとは限らないからだ。

その話を片瀬くんにした。うまく話せなくてすごく時間がかかったけど、片瀬くんは黙って聞いてくれた。話が終わると、片瀬くんはすぐさま言い切った。

「僕の正しい世界は翠の正しい世界と同じだ。ちゃんと一致する。これから世界は変わるんだ」

その言葉を聞いて思った。ああ、片瀬くんと出会えて、あたしは幸運だった、って。でも、片瀬くんの良さをわかってくれる人はすくない。あたしはそれが嬉しいけど悔しい。あたしだけの片瀬くんでもいいけど、やっぱりみんなにわかってもらいたい。世界一素敵な片瀬くん。世界一魅力的な片瀬くん。世界一かっこよくて、優しくて、ハンサムな片瀬くん。

そんな片瀬くんをみんなに知ってもらいたい。そして、みんなが片瀬くんを好きになってほしい。もし、あたしがいなくなったとしても、世界中のみんなが片瀬くんのそばにいて、片瀬くんを好きでいてあげられるように。二度と、片瀬くんが寂しい思いをしないように。

あたしたちの見つけた正しい世界に、百合を持った天使がやってきた。そして、赤ん坊を祝福してくれた。この町ではだれも祝福してくれなかったけど、百合だけが祝福してくれた。

実を言うと、本当はすこし不安だった。妊娠がわかったとき嬉しかったけど、でも、やっぱり怖くてたまらなかった。そうしたら、片瀬くんが受胎告知の絵を見せてくれた。あたしたちは画集を広げて、いろいろな時代の受胎告知の絵を見た。フラ・アンジェリコ、ダ・ヴィンチ、ラファエロ、ヤン・ファン・アイク、ロヒール・ファン・デル・ウェイデン、エル・グレコ。何度も何度も眺めた。片瀬くんと寄り添って見た。

もちろん、あたしは処女じゃない。片瀬くんと何回も何回もセックスしたけど、それでも、あたしの『できた』は、受胎告知と同じくらいに神聖なものだと思う。ふしだらとか、だらしないとか、そんなふうにしか思ってもらえないけれど、それでもあたしたちにとってお腹の在は、世界を変える赤ちゃんだから。

だから今度こそ赤ちゃんを産むんだ。

明日も頑張ってお百度参りに行こう！

＊

森下翠の最後の日記は死ぬ前日に書かれていた。そして、遺言となった。

父はその遺言を守った。世界中で一番魅力的で、素敵で、かっこよくて、ハンサムな男を演じようと、死ぬまで努力した。

水樹がノートを閉じた。そして、ゆっくりと書斎を見渡した。

「伯母は本当に幸せだったんですね。世界を変える赤ちゃんを身ごもって、はじめて幸せになるはずだった。なのに、みんながよってたかって、その世界を壊した」水樹が声を詰まらせた。「どうしてそんなことをしたんですか？　伯母はただ好きな人の赤ちゃんを産んで、家族を作りたかっただけです。それがそんなに悪いことなんですか？　伯母がなにか悪いことしたんですか？」

在は黙って水樹に一通の封筒を手渡した。

「これは？」

「君にも読んでほしい」

水樹は封筒を持ったまま震えていたが、やがて思い切ったように中を開いた。

＊

森下翠とは南川高校で出会った。

入学して一ヶ月が過ぎ、みなが学校に馴染《なじ》んできた頃だ。最初は流動的だった人間関係も固定され、クラスのあちこちにグループができた。休み時間に悪ふざけをしたり、一緒に昼飯を食ったり、どのクラブに入るか話し合ったり、というやつだ。

だが、私はずっとひとりだった。他人と関わるのはただ面倒で煩わしく、うっとうしいとしか感じられなかった。もちろん、自分が高尚だとうぬぼれていたつもりはない。だが、興味のない話題に相槌《あいづち》を打ち、ただ下校するだけなのに他人を待ったりするのは、時間の無駄だとしか思えなかった。

声を掛けてくる者はいくらもいたが、適当な返事をしているとやがて消えた。私はひとりのままだった。だが、それを苦痛に感じたことはない。恥ずかしいと思ったこともない。休み時間には本を読み、勉強をした。幸い進学校だったので、それなりの成績を収めようとすればある程度の努力は必要だった。

梅雨に入って数日が過ぎた。だが、その日は雨の気配はどこにもなく、真夏と変わらない強い陽射しが照りつけていた。昼休みに渡り廊下を歩いていると、男数人に話しかけられた。顔に見覚えがあったので同じクラスの連中だろう。私はいつものように適当な返事をして行き過ぎた。夕飯の献立を考えていたからだ。

当時、私は祖母とふたり暮らしだった。祖母は高齢で少々血圧が高かった。このところ具合が悪いようで、夕食の買い物は私が学校帰りにすることになっていた。

すると、いきなり後ろから肩をつかまれた。

「おい、無視するな」

振り向くと、先程行き過ぎた連中が怒りをあらわにしている。うっとうしい、と思った。

「なにか？」

「なに？」

「僕に用事があるのかないのかどっちなんだ？」

すると、男がいきなり私の肩を乱暴に突いた。私はよろめいた。いきなりの暴力に腹が立ったが、それ以上に厄介だな、と思った。ケンカになれば放課後、生活指導室に呼び出しだ。夕飯の買い物をしなければならないのに、面倒くさい。黙って正面の男を見ると、みるみるうちに赤くなった。

「馬鹿にしやがって」

男が私を殴った。拳はまともに鼻に当たった。ひどい痛みがして、ぬるっと温かいものが鼻腔《びこう》からあふれた。思わず手を当てると、血がべっとりと付いた。想像よりも大量の出血だった。男たちが血を見てたじろいだ。しまったという顔をして言う。

「いや、そんなつもりはなかったんだ」

いきなり間の抜けた言い訳をはじめたので、私はいっそう面倒に思った。相手にするだけ時間の無駄だ。さっさと顔を洗おう。一番近いトイレは、と中庭を突っ切ることにした。

そのとき、うわあと、さも厭《いや》そうな声がした。中庭の真ん中には藤棚がある。その下のベンチに女の子がふたり座っていた。この暑いのに鯛焼《たいや》きを食べている。ひとりが私を見て露骨に顔をしかめていた。

もうひとりの女の子が立ち上がって、こちらに近づいてきた。血だらけの私を見ても、おびえたふうも嫌悪を覚えたふうもない。片手に食べかけの鯛焼きを持ったまま、無言でポケットティッシュを差しだした。「はい」とも「どうぞ」とも言わない。ただ、私をじっと見た。その眼は真剣で、すこしの余裕もないほど懸命だった。

私は黙って受け取った。ポケットティッシュには手製で、青いチェックの布で作ったカバーが掛かっていた。縁にレースまで付いた少女趣味のものだった。私は背を向け、鼻の穴にティッシュをねじ込んだ。ティッシュはすぐに真っ赤になった。私は大股《また》で歩きだした。いつの間にか汗をかいていた。息苦しい、と思った。

歩きながら、鼻に詰めたティッシュを取り替えた。青いチェックのカバーはすっかり汚れていた。私はどんどん歩いた。中庭を横切り、男子トイレに入った。鏡を見る。想像以上にひどかった。

私はその夜、彼女のことをずっと考えていた。広くて白い額、肩までの髪、細い首。そして、あの奇妙な眼。熱か涙に潤んだような、なにかを訴えているような、苦しげな――それでいて私など一瞬で呑《の》み込んでしまいそうな深い眼だ。

学年章は黄色。つまり、私と同じ一年だ。私はティッシュカバーを洗ったが、血の染みは完全には落ちなかった。祖母に染み抜きの方法を訊ねようかと思ったが、やめた。祖母は私を大事にしてくれたが、無遠慮な口出しも多かった。一目で女物とわかるものを見せれば、なにを言うかわからなかった。

翌日の昼休み、中庭をのぞいた。だが、昨日の女の子はいなかった。仕方なしに、教室を順に探してみると、すぐに見つかった。彼女は三つ先の教室にいた。昨日と同じ友人と一緒だった。真っ直ぐ近づいていって、カバーを差しだした。

「助かった」

彼女はすこし驚いた顔をした。なにか言おうとしたらしいが、横にいた女がしゃべりだした。

「ちゃんと返しに来たんだ。えらーい」私の手からカバーを奪うと、彼女に渡した。

「翠。一応、洗ってあるよ。よかったねえ」

翠と呼ばれた女の子が一瞬困った顔をした。だが、それには気づかず女はしゃべり続けた。

「片瀬くん。ねえねえ、結局、昨日はなんでケンカ？　すんごい流血だったじゃない？」

私の名前を知っているらしいが、こちらは女の名を知らない。不愉快だが、わざわざ訊ねるのも厭だ。私は黙って背を向け、教室を出た。腹が立った。本当は翠と呼ばれた女の子と話をしたかったからだ。昨日の晩からそのことで頭がいっぱいだったからだ。

そのまま自分の教室に戻る気がせず、廊下を端まで歩いて廻り階段を下りた。外の自販機でコーラでも買うつもりだった。

古いレンガの廻り階段を下りていると、後ろから足音が付いてくる。小走りで、ほんのすぐ後ろから聞こえる。なんだ、と振り向くと、翠がいた。三段ほど上に立ち、私を見下ろしている。

昨日と同じ眼をしていた。ひとつ息を吸いこむと、唇が震えた。

「わ、わわ、わざ……わ、あ、あり、わ……」

声は震えて、なにを言っているのかさっぱりわからなかった。その顔は泣きたいようにも怒っているようにも見えた。

ああ、と思った。これはきっと吃音《きつおん》というやつだ。はじめてだな、吃音の人間と話すのは。

吃音という医学用語にはなんの感慨もわかなかった。だが、眼の前にいる女の子には激しい圧力を感じた。私はまた息苦しくなった。なにも言えず、じっと翠の顔を見ていた。翠ももうなにも言わなかった。私たちはただ黙って見つめ合っていた。

喉がからからだった。コーラを飲みたいと思った。だが、足が動かなかった。翠も動かなかった。だが、足が震えていた。首も細いが足首も細かった。

「座れば？」

私は出窓を指さした。廻り階段には出窓があって、ちょうど腰掛けられる高さだった。翠は素直に腰掛けた。窓から差し込む光で、翠の姿が逆光に浮かんだ。教会に飾られた古い宗教画のようだ、と思った。

翠が黙って自分の隣を示した。私は黙って座った。私たちはチャイムが鳴るまでただ黙って座っていた。階段を通る人がおかしな顔で私たちを見ていった。

次の日の昼休み、出窓に行ってみた。すると、翠が座っていた。私は嬉しかったし、ほっとしたし、驚いたが、それでも当たり前だと感じた。そして、私たちは一緒にいるようになった。

言葉のせいで翠がどれほど辛い目に遭ってきたかは想像がつく。だが、あえて触れることはなかった。私たちの間では、吃音はまったく問題にもならなかったからだ。翠は話すのにすこし時間が掛かるだけだ。だが、時間が掛かれば掛かるほど、一緒にいる時間が延びる。翠の懸命な眼、震える唇、吐息。そんなものを感じていられる。

やがて、翠はぽつぽつと自身の事情を語るようになった。翠の両親は離婚していた。ずっと夫婦仲はよかったのに、突然父親が女を作って出ていったそうだ。離婚が成立するまでひどくもめたらしい。

翠の母親は感情的で過干渉だった。翠の吃音を甘えで片づけ、弁護士になれと強要していた。あの母親は口を開くたびに他人を傷つけた。もはや才能といえるほどのものだった。だから、翠は自分の家に居場所がなかった。一方、私には祖母と暮らす広い家があったが、そこは空っぽだった。私たちはぴったりとはまった。

私は身と心のすべてで翠を愛した。そして、翠も私に応えた。私たちは祖母の目を盗み、ところ構わず抱き合い愛し合った。湿ったリビングのソファ、冷たい書斎の床、私のベッド、そして、軋《きし》む揺り椅子の上で――。あちこちに蠟燭を並べたこともあった。部屋中に小さな火が揺れる中、私たちは互いを決して離さぬよう、しっかりとしがみついていた。翠と触れていると、なにもかもがうまく行く気がした。

翠は血まみれの包帯のようなものだった。彼女自身も深く傷つき打ちのめされていたが、それでも私を癒そうとしてくれた。私たちは互いを必要としていた。生きていくためには互いが必要だった。

やがて、祖母が死んだ。私は本当にひとりきりになった。苦手な祖母だったが、それでも死んだときは悲しかった。涙など出なかったが。

翠が書斎の揺り椅子に座ったのはそのときだ。するりと腰を下ろして私を見上げ、堂々と微笑《ほほえ》んだ。私は呆気《あっけ》にとられた。翠があれほど自信たっぷりに、誇らしげに笑ったのははじめてだった。

翠は私のそばにいることを選んだ。なんの迷いもなくだ。私たちの世界がより遠く高く広く深く、開けた瞬間だった。


妊娠した、と聞かされたのは一年で一番寒さの厳しい頃だった。

あのときの喜びをどう表そう。私は一瞬で舞い上がってしまった。翠と結婚しよう。生まれてくる子と、新しい家族を作ろう。大学入試を控えていたが、答えは最初から出ていた。産まない選択肢などない。翠と離れることなどありえない。不安などこれっぽっちもなかった。

だが、翠はそうではなかった。森下家が反対していたせいか、迷っているようだった。私はそんな翠がもどかしかった。なにをためらうことがある？　なぜ、幸福を享受できない？　お腹には世界を変える赤ん坊がいるではないか。

そのとき、ふと思いついた。少々大げさかもしれないが、翠の不安を払拭する方法がある。

次の日、早速百合を買ってきた。そして、書斎の揺り椅子に座った翠に、私は百合を捧げた。大天使ガブリエルによる受胎告知。あなたは聖なる赤ん坊を授かりました、と。

翠は驚き、それから泣いて、最後に笑った。そして、つっかえながらこう言った。落ち着いたら、母子手帳を受け取りに行かないと、と。

私たちは早速赤ん坊の名前を考えた。まだ男か女かもわからないのにだ。いろいろ悩んで、決めた。

在。片瀬在。

この世界にたしかに存在する「在る」だ。無条件で存在する。ただ、在る——。

だが、その赤ん坊は生まれなかった。

あの日のことは一生忘れられない。

大学から家に帰る途中、交差点で横転しているミキサー車を見かけた。派手な事故だな、と通り過ぎようとしたが、なぜか胸騒ぎがした。事故の様子を訊いてみると、若い女の子が挟まれたままだという。たぶん即死だろう、と。

いやな予感がした。整理に当たっている警官に訊いた。すると、女の子が持っていたというバッグを見せられた。事故のとき、手から離れて転がっていたものだという。

翠のものだった。念のため、中を見た。すると、ハンカチとティッシュ——うっすらと染みの残った青いチェックのカバーのついたティッシュ、それにメモ帳とペンが入っていた。

私は自分でも不思議なくらい落ち着いていた。そして、森下家に電話を掛けた。翠の弟が出たので、事情を話した。彼はすぐにやってきた。ひどく興奮していた。

陽が落ちると雨が降ってきた。まだ事故処理は終わっていなかった。衝突の衝撃で崩れそうになったビルと、流れだした生コンが作業の邪魔をしているらしかった。事故車両はブルーシートで覆われていた。その中に翠がいた。

雨は夜通し降った。私はずっとブルーシートに落ちる雨の音を聞いていた。ぱらぱら、ばらばら、高く低く強く弱く。耳に障る音だ。頭がおかしくなりそうだ、と思った。

目撃者の話によると、事故に遭ったとき翠は裸足だったという。なにも履かず素足で飛ぶように駆けてきたのだ、と。

やがて夜が明けた。翠はまだ瓦礫《がれき》の下、生乾きのコンクリートに埋まったままだった。昨日から涙は一滴も出なかった。

翠はあの中でなにを考えているのだろう——。もうとうに命がないとわかっていても、それでも私は想像せずにはいられなかった。今、翠はなにを思っているのだろう、と。

私は家に向かって歩きだした。やるべきことがあった。背後で森下英夫が怒鳴っていたが、気にはならなかった。母子手帳を交付してもらおう。書斎に妊娠届があるはずだ。

朝一番で役所に行き、母子手帳を受け取った。窓口の若い女性職員がにっこり微笑み、おめでとうございます、と言った。私は機械的に返事をした。──ありがとうございます、と。

これこそ翠の望んでいたものだ。棺《ひつぎ》に入れてやらなければ。

だが、その望みはかなわなかった。最後の別れをすることもできず、私は母子手帳を手に虚《むな》しく家に戻った。

翠の持ち物はすべて森下家が持ち帰った。翠と暮らした証《あかし》はすべて失われていた。私はしばらく茫然《ぼうぜん》と生きていた。

そんなとき、台所で一冊のノートを見つけた。料理本の間にあったので、今まで気づかなかった。ボールペンが挟み込まれたままだった。何らかの事情で咄嗟《とっさ》に隠したらしかった。

私は翠の最後の日記を読んだ。そして、生まれてはじめて泣いた。事故に遭ったとき裸足だったのは、白蝶神社でお百度参りをしていたからだ。

私の母は長く子に恵まれず、白蝶神社でお百度参りをして私を授かったという。もちろんただの偶然だと思うが、両親も祖父母もそうは思わなかった。その思い込みは出産時に母が亡くなったことでいっそう強化された。祖父母は私に言い聞かせ続けた。——おまえは母の命と引き替えに、神さまが授けてくれた特別な子だ、と。

くだらない昔話だ。そんなことを翠に聞かせなければよかった。悔やんでも悔やみきれない。翠をそこまで追い詰めたのは私だ。

私は繰り返し翠の遺した日記を読んだ。だれにでも好かれる片瀬くん——。その言葉が重くのしかかっていた。私は翠の最後の望みをかなえることにした。

そして、私は努力をはじめた。身だしなみに気を配り、穏やかで魅力的な、だれにも好かれる人間になろうとした。無論、簡単ではなかったが、外見は努力と費用をかけることでなんとかなった。雑誌を読んで研究し、それなりのブランドを着ればある程度の格好はついたからだ。だが、性格を変えることは容易ではなかった。身についた高慢な気質は問題だった。無愛想で朴念仁で傲慢で冷酷な性格をごまかそうと、私は常に演技を続けた。

在、おまえがうらやましかったよ。人に愛されることが当たり前で、なんの疑問も持たずに生きている。私はそんなふうになりたかった。

たとえ演技でも毎日続ければ、人はだまされる。一年、二年が過ぎる頃には、周囲の人間は、私が変わった、と思うようになった。

由香里と出会ったのは、演技が板についてきた頃だった。

由香里は短大を出て働いていた。彼女は早くに両親を亡くし、親戚の家で育った。両親がないという点では私と同じだった。だが、決定的な違いは、彼女が伯父夫婦に愛されて育ったということだ。彼女にとっては家族とは当たり前に幸せなものだった。

私は由香里の前で精一杯演技をした。おおむねうまく行ったが、あるときひどいボロを出してしまった。

「片瀬さんは南川高校出身ですよね。学校の近くに美味《おい》しい鯛焼き屋さんがあったでしょう？」

「え。ああ、あったよ」心臓が苦しくなった。「河上屋のことだろ？」

「一度食べてみたかったんです。行ってみませんか？」

私はうまく返事ができなかった。思わず鼻で笑って、そっぽを向いてしまった。すると、由香里は驚いた顔をした。

しまった、と思った。なにもかもバレた。本当の片瀬和彦は傲慢で冷酷で最低な人間だと知られてしまった――と。

だが、由香里は面白そうに声を立てて笑った。

「片瀬さんって、正直っていうか素直っていうか」

「え？」

「フランス料理の店は平気でエスコートするのに鯛焼き屋さんは照れくさいなんて、なんだかカッコつけてる中学生の男の子みたいで」

「いや、そうかな」

「完璧じゃないところもあるってわかって、すごく嬉しいです」

彼女は私の傲慢に気づかず、好意的に解釈してくれた。これは翠にはなかったものだった。翠は私の傷を理解し、その傷を愛してくれた。だが、由香里は違った。彼女は私の傷を傷とは認識しなかった。それは幸福に育ったゆえの鈍さという美点だった。

由香里は私にはもったいない女性だった。会えば会うほど彼女の美点に気づかされ、信頼が深まっていくのを感じた。やがて、私は彼女と生涯を共にしようと思った。彼女も承諾してくれた。

妻となってからも、由香里は申し分がなかった。穏やかで慈愛に満ちた生活が待っていた。私はきちんとベッドで由香里を抱いた。避妊の必要はなかった。やがて、由香里は妊娠した。

だが、その瞬間、私は激しい衝撃を感じた。思い知らされたからだ。

——私は今でも翠を愛している。そして、在という世界を変える赤ん坊を望んでいる。

何度も言う。私は由香里を愛していた。彼女と一緒にいれば心が安らぎ、穏やかな毎日を過ごすことができた。それは、紛れもなく幸福というものだった。

だが、そんな幸福を軽々と飛び越えたところに、翠との日々があった。私の頭上はるか、空のずっとずっと高いところ。それとも、私のどこか深いところ、手の届かないはるか深みで、翠は笑っていた。幸せそうに下腹に手を当てて。

どれほど満ち足りた日々を過ごそうと、翠を忘れることなどできなかった。私にとって、翠は特別だった。

私はどうすればよかったのだろう？　翠のことを思いながら、一生ひとりで過ごすべきだったのか？　生まれなかった在と飼わなかったクロを想像しながら、この家でひとりで死んでいけばよかったのか？

在、おまえは私を、過去を美化し思い出に囚《とら》われる愚かな男だと笑うか？　夜ごと秘密基地に詣で、百合を飾って満足する卑小な男だと笑うか？

だが、笑うな。私にとって書斎は聖域、神聖な場所だった。そして、翠は世界を変える赤ん坊を身ごもった聖母、もしくは村を救うために駆けた白蝶神社の娘だった。

私は生まれた子に「在」と名づけた。

在。おまえには本当にすまないと思う。たしかにおまえの名は翠の腹の子につけるはずだったものだ。そのことを不快に感じたとしても当然だ。

だが、わかってほしい。私は由香里を愛していた。翠とは違うやり方で愛していた。そんなふうに人を愛することができたのは、翠のおかげだ。

翠の日記を読んで私は泣いた。そして、決めた。――世界一魅力的な片瀬くんになろう、と。私は世界を変える赤ん坊を失った代わりに、私自身が変わる決意をした。

幼く愚かだった私と翠が世界を変える赤ん坊「在」を心の底から望んだように、ほんのすこし変わることのできた私と、そんな私を愛してくれた由香里も赤ん坊を望んだ。だから、今、おまえがこの世に「在る」のだ。

在。おまえは死んだ赤ん坊の代わりなどではない。決してない。おまえは翠と由香里というふたりの女の愛を受けて生まれた、世界一幸せな赤ん坊だ。

由香里には本当にすまないことをしたと思う。彼女が書斎の秘密に気づいていたかどうかはわからない。だが、彼女はなにも言わなかった。なにも知らずに逝ってくれたと信じたい。

何度も言う。私は翠とは違うかたちで由香里を愛した。そして、家族を、妻と息子を心から愛していた。


最後になったが、森下水樹のことを書かなければならない。

もう四年も前になるだろうか。ゴールデンウィークが終わった頃だ。仕事が終わって駐車場へ向かうと、声を掛けられた。振り向いて私は息を呑んだ。少女が立っていた。

「片瀬和彦さんですか？」

少女は硬い声で訊ねた。中学生くらいだろうか。私は茫然と眼の前の少女を見つめていた。声も出ない。翠だ。翠は生きていた。死んだなんてやはり嘘だったのだ——。

「翠……」声がかすれた。

「いえ、違います。あたしは森下翠の姪《めい》の森下水樹です」

姪ということは森下英夫の娘か。それならば翠に似ていてもうなずける。私はなんとか気を取り直して言った。

「そうか。すまない。あんまりそっくりだったから」

「片瀬さんに訊きたいことがあって来ました」水樹は真剣そのものだった。「今、よろしいですか？」

この少女は話せるのか。私は驚きに胸が痛んだ。翠はこんなふうには話せなかった。そっくり同じ顔をしていながら、流暢《りゅうちょう》に喋る水樹を見ていると息苦しくてたまらなかった。

「わかった。立ち話もなんだから、場所を変えよう」

私が車のドアを開けると、水樹はしばらくためらってから乗った。

水樹を助手席に乗せて車を走らせた。私は混乱していた。翠そっくりの少女が隣に座っている。翠が一度も乗ることのできなかったスカイラインにだ。

くだらぬ誤解をされないよう、ホテルの喫茶室に行った。人目のある場所で堂々と話すべきだと思ったからだ。水樹はアイスティーを頼むと、持ってきたバッグからノートの束を取りだし、テーブルに置いた。

私はそれがなんであるか一目でわかった。懐かしいキャンパスノートだ。

「伯母の日記です。全部読みました」水樹の声がすこし震えた。「伯母がどれほど片瀬さんのことを真剣に愛していたか、が書いてありました。片瀬さんと結婚して幸せな家庭を作るつもりでした。なのに、なぜ伯母は死んだんですか？」

「君の伯母さんは交通事故で亡くなったんだ。あれは、高校を卒業してすぐだった」

「ええ、知っています。父と祖母から聞きました。妊娠して家出して、片瀬さんと同棲《どう》《せい》していたときに交通事故で死んだ」水樹が私をにらみつけた。その眼には涙がにじんでいた。「そのとき、伯母は裸足で駆けていた、と」

「それは……」

「伯母が裸足で逃げだすようなことがあったんですね。父と祖母は片瀬さんのせいだと言っています。本当なんですか？」

二十年以上前に会ったきりの森下英夫とその母親の顔を思いだした。当時、彼らがどれほど私を憎んでいたか。それは今でも変わらないのか。

「そうだ」

私は家族に飢えていた。あさましいほど家族を欲した。翠をお百度参りというくだらない迷信に向かわせたのは私だ。翠の死のそもそもの責任は私にある。どれだけ責められても仕方ない。

「なぜ？　一体なにがあったんですか？」

それ以上、私は答えることができなかった。水樹は混乱し、泣きだした。

「すまない」

「伯母は本当に片瀬さんのことを愛してたんです。なのに、どうして？」

「すまない」私は詫びることしかできなかった。

「本当は伯母なんてどうでもよかったんですか？　ただの遊びだったんですか？」

「違う」私はきっぱりと否定した。「私は心から翠のことを愛していた」

「じゃあ、なぜ？　なぜ伯母は死んだんですか？」

「すまない。彼女の死は私に責任がある。言い逃れなどできない。だが、信じてくれ。私は翠を愛していた。あんなふうに愛した女性は翠だけだ」

水樹の眼を見て言った。水樹はまだ完全に私を信じたわけではないが、すこし混乱は収まったようだった。

門限があるというので、家まで送ることにした。

「また会えるだろうか」

誘ったのは私だ。翠のことをもっともっと話したかった。翠、と名を口に出せることだけで嬉しくてたまらなかった。

私と水樹は翠について語り合った。私は翠の日記を読み、驚き、赤面し、それから涙した。翠が当時なにを思い、どんなふうに感じていたか——。ぽつぽつとしか話せなかった翠が日記の中では饒舌《じようぜつ》だった。水樹も私の話を聞きたがった。日記には書かれていないことを私が補完した。私たちは翠の思い出を語り合い、幸せな時間を過ごした。

「翠は書斎の揺り椅子がお気に入りだった。日だまりの中でうたた寝をし、私は床に座り込んでそれを眺めていた。古い書斎だから、すこし黴臭《かびくさ》いんだ。だから、ときどき窓を開けて風を入れる。すると、庭の花の香りがわずかに流れ込んでくる。冬には沈丁花《じんちょうげ》、初夏にはクチナシ、秋には金木犀《きんもくせい》――。私たちはこの世でふたりきりだった。至福の時間だった。生まれてこの方、これほど満ち足りたことはなく、かつての私を思えば信じられないほど穏やかな時間だった。私たちには根拠のない確信があった。この幸せはいつまでも続く――と」

「伯母は本当に幸せだったんですね」

「そうだ。私はあれほど幸せそうに笑う人を見たことがない」

「伯母はどんなふうに笑ったんですか？」

「口では言えない。だが、翠は揺り椅子に座って微笑んでいた。それがこの世のすべてだった」

「なのに、なぜ？　なにがあったんですか？　なぜ伯母は裸足で死んだのですか？」

「すまない」

在。おまえのことも話題になった。水樹は私の家族に興味を示した。それは当然のことだ。だが、私は水樹に頼んだ。

「身勝手とはわかっている。だが、私の家族にはなにも知らせないでくれ。妻も息子もなにも知らない。もし、翠のことを知ったらふたりとも傷つくだろう」

「傷つくとは限らないのでは？　過去のことだから平気かもしれません」
「片瀬家でも過去のことじゃない。私には秘密基地があるからだ」

いぶかしげな顔をする水樹に説明した。書斎は立ち入り禁止の聖域であること。そこはかつて翠のお気に入りの場所だったこと。だから、どれだけ鈍い者でも私が過去に心を残していることに気づくだろう、と。

私は優しい由香里を傷つけたくなかった。そして、おまえに要《い》らぬ煩悶《はんもん》を与えたくなかった。薄汚い保身と思うかもしれないが、おまえたちのことを思ってのことだ。嘘はない。

水樹は私の身勝手な願いに従ってくれた。決して片瀬家には近づかない、と約束してくれた。

水樹の抱える闇に気づいたのは、すこし経ってからだった。彼女は真面目で礼儀正しく、しっかりした少女だった。だが、家庭で苦しんでいた。

森下家は翠が死んだまま、時間が止まっていた。水樹の父も祖母も死んだ翠のことばかり考え、互いに傷つけ合っていた。水樹は父と祖母の確執に巻き込まれ、ふたりのストレスのはけ口にされていた。

想像できるか？　大の大人が二十年以上も前に死んだ者のことで争い、幼い水樹に八つ当たりすることでなんとかバランスを保っていたのだ。水樹を守るべきはずの母親は嫌気が差して逃げだしていた。水樹は孤独だった。彼女の支えは翠の日記だけだった。

私はなんとかして水樹を救いたかった。だが、森下家に私が顔を出せば状況が悪化するだけだ。私は水樹の避難所になることしかできなかった。

月に二回、水樹と会い、訴えを聞いた。あるとき、水樹は私の顔を見るなり泣きじゃくった。腕には包帯があった。彼女は自分で自分を傷つけたのだ。我慢ができなくなった私は森下家に乗り込もうとした。だが、水樹が止めた。

「暴力もネグレクトも、虐待なんかなんにもないんです。父も祖母も死んだ伯母さんの話をするだけ、ただそれだけなんです。でも、あたしの家は壊れてる」水樹が泣きながら首を振った。「もし、片瀬さんと会っていたことが知れたら、父はどんなに怒るでしょう。やましいことはなくても、きっと父は疑います。なにを言っても信じてくれません。片瀬さんに迷惑が掛かります。訴えられるかもしれないんです。だから、絶対に父とは関わらないでください」

水樹の言うことは誇張ではない。森下家の人間ならそれくらいのことはするだろう。

「でも、このままでは君は辛いだろう」

「大丈夫です。こうやって片瀬さんと会って話ができるから」水樹が涙を拭いて無理に笑った。「愚痴を聞いてもらって、助けてもらってる」

私は自分が間違っていたことに気づいた。翠の思い出に浸るだけではいけない。翠は死んだ。きちんとその死に向き合わなければならない。だが、かといって、翠の遺した夢を否定することなどできない。私は翠を祝福しつつも、その死を弔うことにした。

私は書斎に百合を飾り続けた。だが、これまでと違うところは、もうひとつの意味がこめられたことだ。

葬式不要。戒名不要。一切の弔いなど私には不要のものだ。だが、翠には弔いを受ける権利がある。彼女は棺いっぱいの百合でおくられるべき人間だ。

先程、私は水樹を救いたい、と書いた。その気持ちに偽りはない。だが、結果には大きな齟齬《そご》があった。救われていたのは私だけだった。私は水樹に翠の思い出を語り、心地よく過去に浸った。水樹との時間は心地よかった。私は彼女に慰められていた。私にとっては水樹だけが理解者だった。私は自分よりもはるかに年下の少女にすがっていたのだ。なんとあさましい男だろうか。

私は甘かった。できる限りの償いをしようと思ったが、結局、それはさらに水樹を傷つける結果となった。救うどころか、苦しめていたことに気づかなかった。

そして、そのことを知り、私は最も卑劣で恥ずべき行動を取った。――私は逃げた。水樹を見捨てたのだ。

私は一晩考え、もしものときのために、おまえに手紙を書こうと決めた。もう水樹に会うことはできない。二度と会わないほうがいい。彼女はもう十八だ。大学に行き新しい世界が広がれば、すこしずつでも新しい人生を送ることができるかもしれない。私は離れたところで見守ろうと思う。

もし、私になにかあったときは、おまえに水樹を頼みたい。もし、彼女が苦しんでいるなら力になってやってくれ。必ずだ。あまりにひどい状況ならば、迷わず助けだせ。絶対に水樹を救ってやってくれ。

長々と書いたが、己の言い訳がましさに、今さらながらに冷や汗が出る。

在。これだけはわかってほしい。私は翠を忘れることはできなかったが、本当に由香里とおまえを愛していた。私の家族は由香里とおまえだ。ほかのだれでもないのだから。

では、このあたりで筆を置くことにしよう。在。すまないが、なにとぞよろしく頼む。

＊

「ずいぶん厚かましくて、不親切な遺書だと思わないか？」在はほんのすこし冗談めかして言った。父ほどではないが、さらりと聞こえたはずだ、と思う。「父の頼み事は書いてあるが、肝腎《かんじん》なことは書いていない。書き忘れたんじゃない。あえてごまかしてある」

「ええ」水樹が顔を上げた。眼は真っ赤だった。「祖母のしたことが書いてありません。片瀬さんは隠し通すつもりだったんですね」

「翠さんを追い詰めたのは母親だったんだ。それを知れば、君のお父さんも君自身もいっそう傷つくだろう、と父は考えたんだと思う」

「だから、片瀬さんはなにも言わず、罪をかぶったんですね」水樹が顔を歪めた。

父の手紙の冒頭の部分は隠した。父が動揺していたことを知れば、水樹が自分を責めるかもしれないと思ったからだ。

父は亡くなった日、中川弁護士に連絡を取っていた。用件はたぶん遺言の差し替えだ。在が中川弁護士から受け取った手紙には、机の中身を見ずに処分しろ、とあった。だが、父は考えを変えた。机の中身を確認し、すべてを理解し、水樹を救ってほしい、と。それが、この長い手紙だ。

あの日のことを想像してみる。父は「受胎告知」を眺めながら、時間をかけて手紙を書き終えた。そして、百合が枯れかけていることに気づき、新しい百合を買いに行くことにした。父は雨の中、スカイラインで家を出た。手紙と翠の日記は画集と一緒に棚に押し込んだ。封はまだだったので、たぶん後でもう一度見直すつもりだっただろう。

かつて、片瀬和彦は翠とお腹の在を祝福するために百合を捧げた。酒井祐子が翠の仏前に百合を供えようとしたとき、片瀬和彦が怒ったのは当然だ。ふたりにとって百合は特別な花だったからだ。手向《たむ》けの花ではない。聖なる赤ん坊を祝福する花だ。

だが、ときは流れた。父は結婚し、子供が生まれ、そして、水樹と出会った。森下家という檻《おり》の中で翠の呪いに苦しめられる水樹を知り、父は自分が間違っていたことに気づいた。

翠の死を認めよう。祝福だけではいけない、きちんと弔ってやらなければ、と。そして、父はふたつの意味を込めて百合を飾り続けた。

「愚かと知りつつ父は百合を飾った。父にとって、それほど世界を変える夢は美しかったんだ」

在は手紙を水樹から受け取ると、無人の揺り椅子を見下ろした。父もこうやって、夜毎《よごと》、この椅子を見ていたのだろう。

水樹がそっと揺り椅子の背に手をかけた。揺り椅子がゆらり、と揺れる。しばらくそのまま動かなかった。黙っていたが、思い切ったように顔を上げた。

「片瀬さんが夢を忘れられないことくらい、わかってました。片瀬さんは伯母の思い出を語ってくれました。でも、いつまで経ってもあたしはよそ者でした。片瀬さんの中にあたしの場所はないんです。この揺り椅子は伯母が座る椅子です。あたしはこの椅子に座る資格なんかないんです」

水樹がもう一度揺り椅子を揺らした。わずかに軋んだ。その音は夜の書斎にしっくりなじんだ。

「在さんに隠していたことがあります」水樹がぽつりと言った。「あたしは一度、最低のことをしました」

眼を伏せたまま、水樹はじっとしている。すこし崩れたシニョンが哀しい。伯母譲りの美しい首に、黒い髪が乱れてまとわりついていた。

「手首を傷つけ、家を飛び出して、夜中にさまよっていたら……知らない男の人にホテルに連れ込まれました。その後、妊娠したんです。相手はわかりません。あたしはどうしていいかわからず悩みました。堕ろす勇気もなく、産む勇気もなく……。助けてくれたのは、片瀬さんでした」

――もし、君が産みたいのなら私がすべて責任を取ろう。父親として認知をしてきちんと面倒を見る。

「でも、これ以上、片瀬さんに迷惑はかけられないと思いました。片瀬さんは黙って書類にサインをし、病院まで付き添って、手術代を払ってくれました。指一本触れたことのない、あたしのために――。白蝶神社にお参りに行ったのは、伯母のためもありますが……

水子供養のためもあるんです」

　水樹の眼から涙が滑り落ちた。ひとつ、ふたつ、みっつ。揺り椅子に雨のように降る。

「あたしはいつの間にか片瀬さんが好きになっていました。そして、思い切って告白しましたが、断られました。二度と会えないと言われたんです。あたしはもう一度話をしようと思いました。父にばれないようこっそり家を抜けだして、片瀬さんの家の前まで行きました。わざわざ伯母のセーラー服を着て、百合を手に持ったのは、伯母になりきるためです。そうすれば、片瀬さんが振り向いてくれるかもしれない、と思ったからです」

　水樹の告白を聞き、父は衝撃を受けた。水樹の気持ちにまったく気づいていなかったからだ。自分が、まさか好かれているとは想像もしなかったのだろう。父はひどく混乱して悩んだ挙げ句、遺言を差し替えることを決め、在に長い手紙を書いた。中川弁護士に連絡を取ったが、留守だった。それから、百合を買うために家を出た。それが、在が最後に話した父だ。

　百合を買って帰路についたときになっても、たぶん父はまだ動揺していた。眼の前には工事中の迂回路《うかいろ》があった。闇の中に、真っ赤な誘導灯が灯《とも》っていた。まるで、赤い蠟燭のように――。

　そして、ブレーキが遅れた。普段なら曲がれたカーブだが、雨の夜では無理だった。

「あたしが片瀬さんを動揺させるようなことを言ったから……」

「違う。ただの事故だ。警察の人だって言ってたんだよ。走りたくなる車だからね、って。

スカイラインはスポーツカーだ。ほんとにスピードが出る車なんだ。君のせいじゃない」

「でも……」

「やめるんだ。君がそんなことを言って父が喜ぶか？　父は君が苦しむことを望んじゃいない」水樹の肩をつかんで強く揺さぶった。「そうだろ？　だから、自分のせいだなんてもう二度と言わないでくれ。それが父のためだ」

「片瀬さんのため？」

「そうだ。でも、それ以上に僕のためでもある」

水樹が驚いて在を見た。戸惑い、返事ができないようだ。

「僕は君が苦しむのを見ていると辛い。静かに泣いていた君を思うと、いてもたってもいられなくなる。君と会ってからずっとずっと苦しいんだ。毎晩眠れないほど苦しいんだ」

「ごめんなさい。あたしが迷惑かけて……」

「違う。謝らないでくれ。前に君はおばあさんがマスクをして三味線を弾く話をしながら、本当に面白そうに笑った。僕はほっとして嬉しくなった。そのとき、わかった。君はああやって笑っているべきだ。君の正しい世界はあそこだ」

在は水樹をそっと揺り椅子に座らせた。水樹がすこし驚いた顔で在を見た。そしてなにか言おうとしたが、在は首を振って制止した。

「君を助けると言ったのは、父に頼まれたからだけじゃない。僕自身が望むからだ。身勝手な言い分だけど、僕は君に二度と泣いてほしくない。君は正しい世界でやり直すべきだ」

「でも、あたし、子供の頃からずっとこんなふうで」水樹がもどかしげに顔を歪めた。

「僕が百倍するから大丈夫」

「百倍？」

「友人に言われた。僕は人の苦しみを理解するときは、想像してからそれを百倍しなければいけないそうだ。だから、僕は百倍して、なにがあっても絶対に君を助ける」

「でも、在さんにそんな迷惑をかけるわけにはいかないし」

「何度も言う。迷惑なんかじゃない」すこし強く言った。「余計な心配はいらない。とにかく、今は朝まで堂々とそこに座ってればいい。僕はそばにいるから」

在は揺り椅子の足許に腰を下ろした。硬い床はひやりと冷たい。だが、はじめてなのに妙にしっくりきた。なんだかおかしくなる。水樹が揺り椅子で、僕はその足許でくつろいでいる。まるでクロになった気分だけど、結構いいじゃないか。

水樹はどうしていいのかわからないようで、椅子の上でしばらくもじもじと落ち着かなかった。だが、やがて諦めたように身をもたせかけた。揺り椅子が何度か揺れて、それから止まった。

百合の匂いがする。青く、甘く、鮮烈な香りだ。息をするたび胸に突き刺さる。

「父と君の伯母さんは、いつもこんなふうにしていたんだろうね」

「ええ。きっと」

庭から虫の声が聞こえてくる。どれくらい経っただろう。いつの間にか、カーテンを揺らす風はずいぶん冷たくなっていた。

在は百合の花を見ていた。わずかに風で揺れていた。きれいな花だ、と思った。

「朝になったらどうするんですか?」水樹がつぶやくように訊ねた。

「すべてを終わらせようと思うんだ。なにもかも、すべてを」

「終わらせるって、どうやって?」

「父が死んで思った。やっぱりお葬式は必要だな、って。僕みたいな凡人がケリをつけるには、わかりやすい儀式が必要なんだ。だから、夜が明けたら三人分のお葬式を出そうと思う。父と君の伯母さんと、初代在の」

水樹はなにも言わなかった。だが、うなずいたのだろう。かすかに揺り椅子が揺れたからだ。

在は父の手紙をもう一度開いた。何度も読み返したものだが、それでもまた開かずにはいられなかった。

――私は翠とは違うかたちで由香里を愛した。そして、家族を、妻と息子を心から愛していた。

この一文を読んで、どれだけ嬉しかっただろう。

母さん、と在は思った。あなたはおそらく気づいていたんでしょうね。父さんの心の中には別のだれかがいること、決して忘れられないだれかがいること――。だって、二十年も一緒に暮らしてたんだから、あれほど仲むつまじいおしどり夫婦だったんだから、気づかないはずはないでしょう。でも、母さんはなにも知らないふりをした。父さんのことを信頼していたからだ。父さんの過去になにがあろうと、家族への愛情を信じていたからだ。だから、父さんの秘密基地を尊重して不満ひとつ言わなかったんだ。そうでしょう？　母さん。

僕たちは裏切られていたわけじゃない。父さんは僕たちを愛していた。大切な家族だと思っていた。だから、母さんは形だけの惨めな妻なんかじゃない。僕は偽者だけどただの偽者じゃない。僕たちはちゃんと愛されてたんだ。

父の思いをすべて理解したわけではない。今でも多少の戸惑いはある。だが、父の青臭い恋に居心地の悪さ、気まずさを感じながらも、不可解な憧れを抱いてしまうのは事実だ。父さん、あなたを理解できる日がやってくるんだろうか、と在は白い百合の花を見上げた。いつか、僕もだれかに恋をするんだろうか。あなたが翠に恋したように、激しく、狂おしく、なにもかもかなぐり捨てて、身と心のすべてで人に恋するときが来るのだろうか。

在は椅子に座る水樹を見上げた。水樹はいつの間にか眠っていた。小さな寝息を立てている。はじめて見る、静かで穏やかな顔だった。在は子供のような水樹の寝顔をいつまでも見ていた。

父さん。安心してくれ。僕はちゃんと約束を守るから。

静かに夜が明けた。

まず、父のPCを開き、すべてのデータを消去し初期化した。そして、揺り椅子を庭に運んだ。

夏の朝は水と緑の匂いがする。空には雲ひとつない。今日も暑くなりそうだ。

庭の真ん中に椅子を据え、座面に母子手帳、そして日記を置いた。それから、受胎告知の画集、古い製図、古民家の資料などは椅子の下に押し込んだ。そして、周りにぐるりと赤い蠟燭を並べる。これが父への誕生日プレゼントだ。そして、最後に、百合を一輪置いた。

「片瀬和彦と森下翠のために。そして、世界を変える赤ん坊のために」

在はライターを取りだした。父の手紙に火を点《つ》けようとしたが、手が震えてできなかった。気がつくと足も震えていた。自分で思っているより緊張しているらしい。すると、黙って水樹が手を出した。ライターを渡すと、代わりに火を点けてくれた。

ぼうっと小さな火が灯った。炎の上がる手紙を座面の籐《とう》の部分に押し込んだ。背もたれ、曲げ木のあちこちに、丹念に火を点けていく。乾ききった椅子は待ちかねたように火を受け入れた。

蠟燭にも火を移す。明けていく空の下で、小さな火を揺らめかせながら、赤い蠟燭はとろとろと溶けていった。やがて手帳に火が移ると、ビニールカバーが溶けた。片瀬翠と書かれた几帳面な字が焼け焦げ、白い灰になって崩れていく。しだいに、煙の色が薄くなり透明になっていった。

「運ばれた病院で、父は笑って死んだ。死の間際、この上もなく幸せそうに笑ったんだ。僕はずっと考えてた。なぜ、父は死の間際に笑ったんだろう、って」

管に繋《つな》がれた血まみれの父を思い出した。もう意識などとうになかった。モニターの音が聞こえるだけだった。だが、父は笑った。はっきりと笑った。

「苦しんで死にたいと言っていた男が、笑って死んでいったんだ。なぜだと思う？」

水樹が黙って見返した。その眼をじっと見つめながら、思い切って言った。

「翠さんが迎えに来たんじゃないかな、って思う」

「伯母が？」

「そう。苦しんで苦しんで死にたい、なんてバカな望みを笑い飛ばすためにね。父を勝手な思い込みから救ってあげたんじゃないかと思うんだ」

水樹ははっとして大きく眼を見開き、在の顔を見た。そのまま、しばらく動かない。だが、やがて大きくうなずいた。もう泣きはしなかった。

乾いた木に明るい炎が滑るように広がっていく。焼けた腕木が跳ね上がり、座面の籐が燃え上がった。たわんだ脚がばちんとはぜる。背もたれが燃え、脚が燃え、やがて、椅子全体が炎に包まれた。

在、と書かれた白蝶神社のお守りを手に取った。初代の在、世界を変える赤ん坊だった在、無事に生まれることのできなかった在。

た。

「いつかきっと生まれてこいよ」

在はお守りを火の中へ投げ入れた。すると、陶製の蝶は高い音を響かせ、火の中で割れた。

そっと水樹の手を握った。震えが伝わってくる。今度はすこし力を入れて握った。すると、ほんのわずか間があって、水樹も強く握り返してきた。

「片瀬家の家訓があるんだ。いろいろなことが落ち着いて、君が自分でもう大丈夫だと思えるようになったら、もう一度君のお父さんと話をしていいか？」

水樹が驚いた顔で在を見て、それから眼を伏せた。繋いだ手からかすかな震えが伝わってくる。しばらく黙ってふたりで火を見ていた。

「すこし時間が掛かるかもしれませんが……」

「かまわないよ。僕は片瀬和彦の息子なんだ。たとえ何年掛かろうとも、君の返事を平気で待てる」

在の言葉を聞くと、水樹が笑った。それから、お願いします、と言った。まだどこか恥ずかしそうだったが、しっかりとした声だった。

ふいに蝉の声が止んだ。百合の香が立った。

八月の空に、真っ直ぐに煙が上っていく。暖かな炎が揺れて揺れて、揺れ続ける。

きれいだ、と思った。こんなにも澄んで、静かで、柔らかな火を見たことがない。

父さん。

あの日、あなたもこんな火を見たんだろう。

世界は変わると信じ、暖かな世界が在ると信じ、この幸せがいつまでも続くと信じ、翠とふたりで火を見ていた。そして、蠟のように身も心も溶けてひとつになったんだろう。

父さん、僕は心の底から祈る。

片瀬和彦と片瀬翠が再び新しい世界を見つけられますように、と。


舞い上がる火の粉が、ぐるぐると螺旋《らせん》を描きながら空に上っていった。燃え尽きた椅子がゆっくりと崩れていく。名残の熾《おき》が明滅し、だんだんとその間隔が長くなった。

夏の風が吹いて、蟬がまた鳴きはじめる。

最後の光は灰の中だった。正しく輝き、それから消えた。


（了）

解説

瀧井朝世

「喪の作業」という言葉がある。フロイトが提唱した、大きな喪失の体験から立ち直っていく心理的な過程を説明したものだ。それには段階があって、大まかにいえば無感覚、否認、絶望を経ての再建、とされている。嘆き悲しむことは後ろ向きな姿勢ではなく、むしろ気持ちを整理して次の一歩を進めるために必要なのである。……という一般的な解釈を踏まえつつ、個人的には、大切な存在を喪った人物が故人や自分を見つめ直す様子を見聞きした時いつも、ああ、この人は今「喪の作業」を行っているのだなと思う。『あの日のあなた』の主人公、片瀬在の行動を追ううちに、頭に浮かんだのはやはりこの四文字だった。

本作は書き下ろし長篇として二〇一五年に『お葬式』というタイトルで刊行され、文庫化の際に改題されたものだ。著者は二〇〇九年に『月桃夜』（現・新潮文庫ｎｅｘ）で日本ファンタジーノベル大賞を受賞してデビュー、本作は五作目にあたる。その後も二〇一七年五月現在新たに二作を上梓しているが、奄美大島を舞台にしたファンタジー作品『月桃夜』以外は現代を舞台にしたリアリスティックな小説である。

大学生の片瀬在は、服装も振る舞いもこなれていてすべてが完璧な父親、片瀬和彦を尊敬している。二年前に母親が亡くなり二人暮らしであったが、ある大雨の夜、百合の花を買いに行くといって出かけた父が交通事故で亡くなってしまう。長年のつきあいである弁護士が保管していた父の遺言には「葬式不要、戒名不要、弔いごと一切不要。書斎の机の中の書類は決して目を通さず、すべて処分すること」とあった。遺品の処理のために、幼い頃から立ち入ることを禁じられていた父の書斎にはじめて足を踏み入れた在は、そこで奇妙なものを見つけてしまう。それは一冊の母子手帳。記されている子どもの名前は「在」であるが、生年月日と母親の名前が違う。果たしてそれは何を意味しているのか。

彼の不信感をさらに煽るのは、父が亡くなった日に家の前に立っていた少女だ。父の母校の古い制服を着て、百合の花を持っていた彼女は一体何者なのか。突然たった一人の肉親を奪われるという喪失体験の中で、在は父親の過去について調べ始める。本人が隠し通そうとした秘密を暴くことは故人への冒瀆になるのではないか、という躊躇はもちろんある。しかし、それは残された生者である在にとっては、自分が悲しみから再生するために必要なプロセスでもあるわけだ。在の前に次第に浮かび上がってくる真実は、胸をえぐられるような内容だ。でも知らなければ、彼はずっと疑心暗鬼のままでいたに違いない。次の一歩を踏み出すために、在はとことん真実を追求していく。それこそが、彼にとっての

「喪の作業」なのである。

遠田作品には、どれも不穏な気配が漂う。そして根底に流れるものに著者ならではの着眼点が感じられる。多くみられるテーマのひとつが、「過去」である。しかも、残酷で理不尽な過去。主人公自身が辛い経験を経てきている場合もあるが、本作の主人公、在の場合、自分が生まれる前の過去の出来事が突然降りかかってくるというわけだ。両親は仲睦まじい夫婦だったはずなのに、父の心の中にはずっと別の女性がいた事実、その女性との間にどうやら子どもが生まれる予定だったという事実が見えてきた時、在は父親にとって自分は代替物、つまり「スペア」だったのではないかという思いに苛まれる。

もうひとつ、遠田作品でよく扱われるモチーフが、問題のある家庭環境だ。在の場合は温かい家庭に生まれ育ったつもりが、それがまやかしのものだったのではないかという疑念にかられ、一方彼が出会う翠という少女は、明らかに父親によって抑圧されている。それだけではない。父親の片瀬和彦や彼が若き日に愛した女性、そして在の友人の高丘もまた、親との間に葛藤を抱いていたことが見えてくる。いつだって子どもたちは、親の身勝手さの下で、苦い思いを味わわなくてはならない。そしてその連鎖は縦にも横にも広がっている。そんな虚しい景色が広がっていく。

ただ、親だって、生まれてきた時から親だったわけではない。片瀬和彦のように完璧な父親でも、かつては誰かの子どもであり、親の言動に苦しめられていた。在が少しずつ気づいていくのは、親もまた生身の人間であり、親である前に男であり、人間であり、そして時には人に言えない秘密を抱えた存在だ、ということだ。そうやって親のことを一人の人間として見つめていくことで、人は少しずつ〝誰かの子ども〟という立場から卒業するのだろう。そして誰かを受け入れ、誰かに手を差し伸べていくなかで人は大人になっていく。そこに至るまでの心の軌跡を、本作は克明に描き出す。

印象的なのは、ひと言では説明しきれない愛の形だ。在は父親が息子である自分や母親を本当に愛していたのか思い悩むが、片瀬和彦が息子や妻に与えた愛と、心の中に潜ませていた愛はまたまったく違う形のものである。彼がなぜ、一〇代の頃に比べ人が変わったようになり、過去を引きずるようなものに囲まれて生きていたのか。彼がなぜ、書斎に他の人を立ち入らせようとしなかったのか。その背景にある愛は、非常に複雑なものだ。恋人や家族に対する愛とはまったく異なっている。ただ、それが具体的にどういう類の愛なのかは、本人、もしくは愛し合う二人にしか分からないだろうし、もしかすると本人たちもよく分かっていないかもしれない。それでも、そうした愛があるということを受け入れ、彼らを悼むことで、在はまた一歩前に進むことができる。「喪の作業」というのは、自分が悲しみから立ち直るための作業であるだけではなく、亡くなった人たちを、きちんと弔うということでもあるのだろう。

人生という理不尽な重荷と、どう折り合いをつけて前に進んでいくか。それをさまざまなバリエーションで見せてくれる遠田潤子。ファンタジーの新人賞の出身ではあるが、それ以降の作風はミステリーや心理サスペンスと呼びたくなるような、人の心という最大の謎に迫る内容である。そしてその謎が解けた時、人はどのような心的変化、時に精神的な成長を遂げているかを丁寧に見せてくれているのだ。世界は不条理に満ちているけれども、だからこそ見えてくる人間の真心だってある。それこそがささやかな慰め、ささやかな生きる糧になっていく。冷ややかな事実を読み手に突きつけながらも、それでも人を生きていくのだ、という力強さを見せつけてくる、頼もしい作家である。

（たきい・あさよ／フリーライター）

本書は二〇一五年二月に小社より単行本として刊行された
『お葬式』を文庫化にあたり改題したものです。

Haruki Bunko
ハルキ文庫

と 7-1

あの日《ひ》のあなた

著者　遠田《とうだ》潤子《じゅんこ》

2017年5月18日第一刷発行

発行者　角川春樹

発行所　株式会社角川春樹事務所
〒102-0074 東京都千代田区九段南2-1-30 イタリア文化会館

電話　03(3263)5247(編集)
03(3263)5881(営業)

印刷・製本　中央精版印刷株式会社

フォーマット・デザイン　芦澤泰偉
表紙イラストレーション　門坂 流

ISBN978-4-7584-4092-9 C0193 ©2017 Junko Toda Printed in Japan
http://www.kadokawaharuki.co.jp/ [営業]
fanmail@kadokawaharuki.co.jp [編集]　ご意見・ご感想をお寄せください。

JASRAC 出 1701954-701